U0935682

北京外国语大学王佐良外国文学高等研究院出品

# 20世纪美国文学中的城市形象研究

外国文学研究丛书

尹星 著

外语教学与研究出版社
FOREIGN LANGUAGE TEACHING AND RESEARCH PRESS
北京 BEIJING

**图书在版编目（CIP）数据**

20 世纪美国文学中的城市形象研究 / 尹星著. -- 北京 : 外语教学与研究出版社，2023.6

（外国文学研究丛书）

ISBN 978-7-5213-4615-2

Ⅰ. ①2… Ⅱ. ①尹… Ⅲ. ①文学研究－美国－20 世纪 Ⅳ. ①I712.065

中国国家版本馆 CIP 数据核字（2023）第 125603 号

出 版 人　王　芳
责任编辑　李旭洁
责任校对　李　鑫
装帧设计　奇文云海
出版发行　外语教学与研究出版社
社　　址　北京市西三环北路 19 号（100089）
网　　址　https://www.fltrp.com
印　　刷　北京捷迅佳彩印刷有限公司
开　　本　650×980　1/16
印　　张　18.5
版　　次　2023 年 7 月第 1 版　2023 年 7 月第 1 次印刷
书　　号　ISBN 978-7-5213-4615-2
定　　价　55.00 元

如有图书采购需求，图书内容或印刷装订等问题，侵权、盗版书籍等线索，请拨打以下电话或关注官方服务号：
客服电话：400 898 7008
官方服务号：微信搜索并关注公众号“外研社官方服务号”
外研社购书网址：https://fltrp.tmall.com

物料号：346150001

# “外国文学研究丛书”编委会

# 丛书总序

由北京外国语大学王佐良外国文学高等研究院策划、外语教学与研究出版社出版的“外国文学研究丛书”就要与读者见面了。近年来，我国外国文学界同仁一直在积极探索有效途径，提升我们的学术研究水平，增强我国学者的国际学术话语权。王佐良外国文学高等研究院专门策划了这套外国文学研究丛书，旨在将我国学者在外国文学研究领域取得的最新优异成果及时介绍给国内学者，也希望以此丛书，促进我国学者与世界同领域学者的学术对话，借此提升我国外国文学学科在世界学术界的影响力。

“外国文学研究丛书”定位于国内具有影响力的学者以中文撰写的外国文学研究专著。这是一套开放性丛书，范围包括以下五个方向的内容：外国文学理论与批评研究、经典作品与作家批评、比较文学理论与批评、外国文学史研究、文化批评研究。高等研究院邀请了国内知名学者加入编委会，向我国外国文学界学者征集研究书稿并参与审稿。

近年来我国外国文学学者中学术造诣深湛之人很多，他们为我国外国文学研究倾注了大量心血，在外国文学作品与作家、理论与思潮、历史与文化等方面做出了精到的解读。在世界文学格局不断发生变化的今天，他们的研究为我们了解外国文学的发展进程打开了一个窗口。我们希望通过这样一套丛书，展示他们在外国文学研究领域取得的成就，也为广大的研究者提供一个学习、对话、交流的平台。相信他们的著作将为读者带来思想的震撼、精神的启迪和阅读的快感。

这套丛书的出版，得到了我国诸多外国文学学者的鼎力相助和大力支持，也得到了外语教学与研究出版社的全力配合，特此表示衷心的感谢！

北京外国语大学　金莉

2017年7月18日

# 目　录

# 第一章

# 城市文学与文学中的城市

任何一本研究城市文学的书都不可能穷尽城市的所有奥秘，哪怕只是一座城市，它千变万化、包罗万象的景象足以让试图阅读和理解它的研究者置身于一个迷宫般的世界。时代不同、视角不同，同一座城市也会带来千差万别的感知经验，所以，研究城市文学不可能形成一套完整的、体系化的、固定的研究范式和理论方法，在这个城市构成的复杂多变、松散无序的问题场域里，作为个体的作家和批评家更多只是勾勒了文学中城市的某种形象，或是打开了阅读城市文学的某个视角，在城市数不尽的可见或不可见的经验中，人们所能触及的又是那么的微不足道，但这丝毫不会减少人们对城市的兴趣，相反，作为人类活动的中心，城市从诞生起就代表了人类在自然环境中创造的最伟大的文明成就，成为不可磨灭的丰碑。

## 第一节　定义城市文学

城市文学的界定，按陈晓明的说法，已经“变得异常困难，如果定义必须具有排他性，那么，‘城市文学’就无法独立存在”[1]。这意味着，在为城市文学下定义时，几乎找不到使其得以独立存在的排他性特征。习惯上，在界定城市文学时，我们总是根据类型、题材、主题、现象、流派或思潮，来了解和阐释与城市相关、描写城市生活、反映城市印象和叙述城市历史的作品。而这些作品，无论怎样界定，都绕不过对一般文学界定的窠臼，因此在陈晓明看来，是不能准确地定义城市文学的。其原因或许在于，我们在界定城市文学的时候，总是拿“某种特质”去代替城市文学本身，而没有解释“最内在的本质”和“它的最近因”[2]。那么，城市文学的“最近因”是什么呢？陈晓明认为，“只有那些对城市的存在本身有直接表现，建立城市的客体形象，并且表达作者对城市生活的明确反思，表现人物与城市的精神冲突的作品才能称之为典型的城市文学”[3]。这个界定突出的是文学的思想性，即，不仅表现城市生活和城市表象，而且要有对这些的反思，并最终表现人与城市的精神冲突。如果按斯宾诺莎（Baruch de Spinoza）的说法来理解，把“人与城市的精神冲突”视为城市文学的“最近因”，那么，依此类推，“人与乡村的精神冲突”也就成了乡土文学的“最近因”，表现这种冲突的作品便是“乡土文学”了。因此，这一点也成为中国文学批评中使城市文学区别于乡土文学的决定性因素。

如我们所看到的，虽然就文学本身的意义而言，“人与乡村的精神冲突”和“人与城市的精神冲突”本质上并非完全不是一回事，但乡土文

1. 陈晓明：《城市文学：无法现身的“大他者”》，见杨宏海《全球化语境下的当代都市文学》，北京：社会科学文献出版社，2007年，第2页。
2. 斯宾诺莎：《知性改进论》，贺麟译，北京：商务印书馆，1986年，第53页。
3. 同1，第3页。

学的确成为界定城市文学的一个重要根据或主要参照系，即从人文地理和空间的视角，在空间上使城市文学区别于乡土文学，“具体是指以城市这一特定空间形态为观照视角、以城市的物质构成、发展状态、文化品质、人文景观以及城市居民的生存方式、性格特征为主要表现对象的文学”[1]。按此界定，城市文学作品中不应仅仅描写建筑、街道和人群，还要通过异于乡村的城市风貌、城市生活、城市印象、城市经验、城市想象和城市记忆等，反映由某些文化符号承载的创作主体的“情感倾向与价值诉求”，这些文化符号构成了城市的意象，“具有心灵镜像之功能”[2]。无论是谁，城市文学的创作主体都必然基于对城市的“零距离接触的真实感受，……以文学艺术的手法表现个体对城市文化的反思和批判”[3]。按照镜像反映论，这种反思和批判显然来自“人与城市的精神冲突”。

从这两个界定来看，城市文学之所以是城市文学，是因为它在空间观照上区别于乡土文学，在人文地理上描写城市人对城市生活的感受和认识，在地缘政治上表现人们对随现代性到来的城市发展的质疑和批判。在这个意义上，根据斯宾诺莎和维特根斯坦（Ludwig Wittgenstein）的界定方法，城市本身就是城市文学的“最近因”，城市经验就是城市文学“最内在的本质”。文学，无论是城市文学还是乡土文学，其根本任务都是描写人与外在环境的关系，并在这种描写中表现人与外在环境的种种矛盾，因而必然要表现人的内在世界。但是，一般来说，文学作品所描写的客体并不一定就是作家 / 作品就某一特定环境想要表现的主题。经典作品的主题总是大于作家 / 作品所描写的事件或讲述的故事，总是超越

1. 周晓琳、刘玉平：《中国古代城市文学史》，北京：人民出版社，2013年，第1页。
2. 同上。
3. 同上，第3页。

故事而对人性本身进行深入挖掘和再现，在人与自身生存环境的冲突中反映人的精神实质，最终，文学所承载的是人和人性本身。这是就文学的总体而言，它有别于基于个别具体生存环境界定的个别文学类型，因此，在界定城市文学时，切不可用文学总体的特质来代替城市文学这一类型的特质，城市文学的最终身份仍然是关于人和人性的文学，必须用文学的普遍价值来衡量。

然而，如果一般文学与城市文学分享相同的普遍价值，那么，城市文学的特殊性又在哪里呢？文学与城市是什么关系？现实中的城市与文学中描写的城市又是什么关系？“城市是都市生活加之于文学形式和文学形式加之于都市生活的持续不断的双重建构。”[1] 这是对城市与文学之间关系的一种比较贴切的描述。城市自其诞生之日起就与文学相伴共生，相互建构。一方面，城市为文学提供了鲜明的意象和特殊的主题，这些意象和主题激发了作家在特定情状下的态度和情感，构成了他们自身的城市体验，作家进而将其写进诗歌、小说和戏剧，在这个意义上，文学的存在取决于城市的存在。另一方面，对文学的阅读经验一旦与生活经验结合起来，便构成了我们对世界的理解；而城市文学的阅读经验一旦与城市生活结合起来，也便构成了我们对城市的理解。这种理解反过来会影响我们的所做、所说、所想，影响我们对城市文化价值的判断、对城市身份的认同甚至对城市场所的取舍，因而最终必然影响我们对城市的想象、叙述和书写。在现代环境中，这些想象、叙述和书写会再度影响我们对城市的建设，也就是说，文学与城市的相互建构基于相同的文本性和相同的历史性，阅读文学中的城市将加深对现实中城市的理解；反

1. 理查德·利罕：《文学中的城市：知识与文化的历史》，吴子枫译，上海：上海人民出版社，2009年，第3页。

过来，对现实中城市的阅读将大大深化表现城市的文学。最终，城市文学或文学中的城市将在人类思想史上留下浓墨重彩的一笔，正如城市的发展和建设将给人类文明史留下一笔宝贵的遗产一样。

然而，迄今为止，关于城市文学之特殊性的研究一般只聚焦于乔伊斯·卡罗尔·欧茨（Joyce Carol Oates）所说的“想象的城市”[1]，在英美文学研究中尤甚。根据欧茨的观点，20世纪美国文学已经把人类几千年来关于城市的想象归结为两种相互对立的城市形象，即与“上帝之城”相对应的“神圣之城”和与“人之城”相对应的“俗世之城”，而在社区宗教衰落的当今时代，这两种城市又出于一种心理需要而结合在一起了。欧茨对这两座城的讨论，是希波的奥古斯丁（Augustine of Hippo）早在412年就已开始并历经14年于426年完成的一次讨论，其结果《上帝之城》（*The City of God*）不但成为西方政治哲学和宗教哲学的基础，而且也在某种程度上成为城市文学研究的原型。在奥古斯丁看来，在以造物主上帝为统领的单一宇宙中，有两座城：一座是真正的、名副其实的城，它的首要条件是正义，其中的每一个人都遵守公正的律法，并以基督为王；另一座因前者而获得存在的条件，作为公正之城的“反城市”而存在，因而是不公正的，所以也不以基督为王。这两座城并非一个天上一个地下，而是人类的两个社会。在基督教传统中，这两个社会起源于两种人，一种是由亚伯代表的热爱善的人，另一种是由该隐代表的喜欢恶的人。热爱善就是爱上帝，正是这种爱把这个社会中的人团结在一起；喜欢恶就是不爱上帝，只爱自己，甚至爱到无视上帝的程度，最终

---

1. Joyce Carol Oates, "Imaginary Cities: America", in *Literature and the Urban Experience: Essays on the City and Literature*, Michael C. Jaye and Ann Chalmers Watts eds. New Brunswick: Rutgers University Press, 1981, pp. 11-33.

这个社会中的人将与魔鬼一起遭到上帝的惩罚。于是我们有理由认为，这两座城都是出于爱而建造的，都是具有普遍意义的。而这“两种爱，一种是圣洁的，另一种是不圣洁的；一种是社会性的，另一种是个体性的；一种是为了天堂的社会而注意到共同利益，另一种为了傲慢的统治欲望甚至把共同福利降格为一己的目的；一种臣服于上帝，另一种把自己立为上帝的对手；一种是宁静的，另一种是狂暴的；一种是和平的，另一种是好争的；一种喜欢诚实，不要虚假的赞扬，另一种对赞扬有难以满足的胃口；一种是友好的，另一种是妒忌的；一种希望邻居同样得到自己所希望的东西，另一种希望在邻居面前显摆；一种致力于邻居的好处，另一种致力于自己的好处。”[1]这两种人居住的两座城——上帝之城和人之城——最终都获得了极具象征意义的尘世表现，即象征和平愿景的耶路撒冷和象征混乱无序的巴比伦。

按欧茨和大多数文学家的描写，当代城市正是耶路撒冷和巴比伦的结合，其神圣性代表着当代人对乌托邦的向往，其物质性恰恰是人类文明堕落的自我表达。在文学中，尤其在19世纪末和20世纪初的美国文学中，对神圣之城的乌托邦想象往往与自治、安全、健康的“乡村”联系起来，而其背后则是对自然（几乎全然成为象征的自然）的一种集体欲望（无意识）。这种集体欲望始源于历代哲学家和思想家对现代城市的深度思考，如奥古斯丁对罗马城的思考，莫尔（Thomas More）对伦敦城的思考或爱默生（Ralph Waldo Emerson）对纽约城的思考等。这些思考的前提始终是复杂的城市现实，如罗马城的衰落、伦敦城的贫穷以及纽约城的商业化等。如果再继续追溯的话，这些思考中无不渗透着柏拉图基于

1. 奥古斯丁：《上帝之城》，庄陶、陈维振译，上海：复旦大学出版社，2011年，第13—14页。

对现实的不满而形成的关于理想国的想象，也即自古以来始终交织在一起的、把城市与乌托邦社会综合起来的一种想象。在乌托邦社会的比照之下，现代城市显得苍白无力，甚至烟雾弥漫、荒芜堕落、举目狼藉。仅英美现代文学中的例子就举不胜举：如辛克莱（Upton Sinclair）笔下芝加哥的“丛林”，这里不但有德莱塞（Theodore Dreiser）小说中从乡村来到城市寻找幸福、为了摆脱贫困而出卖贞操的嘉莉妹妹，也有索尔·贝娄（Saul Bellow）刻画的不知归属、在贫民窟里寻找自我、与命运抗争的悲剧英雄奥吉·马奇；不仅有麦尔维尔（Herman Melville）笔下靠商业体系运转的纽约（华尔街）——被冠以“美国梦”之名的美与丑、善与恶、温柔的浪漫与耀眼的金钱交相辉映的商都，也有千金散尽、梦幻破灭、最终以犯罪和凶杀推动城市无序之轮的地下世界。只要翻开19世纪末至今的英美文学作品，城市与乡村的分野，工业化、商业化和消费主义给城市带来的负面影响，以及由此而产生的违法犯罪、道德堕落等比比皆是，昭然可见。这意味着，关于城市的书写仍然延续着以“上帝之城”为比照而对“人之城”进行批判的路线，前者充当乌托邦的指向，后者则为批判现实提供了素材。这种批判一般只注重城市文明的黑暗面，对城市的明媚阳光少有赞扬，因而忽视了现代性给现代城市文明嵌入的异质性、差异性和多元性，对现代和后现代建筑学打造的全新的、全球化的、去工业化的后现代城市景观少有建设性的研究。

城市是可怕的，但也是伟大的。即使是在21世纪的今天，城市仍然标志着人类征服大自然的能力，仍然象征着人类社会最为原始的本能和最大力量的积聚，仍然以其高耸入云的商业塔楼和科技景观震撼人心。现代城市的建设自19世纪初突飞猛进，其发展迅速而久未被制约的工业主义常常令人联想起它给自然造成的毁灭性灾难，因而人们将城市的法理社会（相当于俗世的"人之城"）与乡村的礼俗社会（被喻为健康的"神圣之城"）对立起来，将"城镇老鼠"和"乡下老鼠"对立起来，也把城市生活体验与乡村生活经验对立起来。恩格斯在《〈英国工人阶级状况〉1892年德文第二版序言》中就把伦敦东头描写为"一个日益扩大的泥塘，在失业时期那里充满了无穷的贫困、绝望和饥饿，在有工作做的时候又到处是肉体和精神的堕落"[1]。即便在19世纪的英国工业重镇曼彻斯特，肮脏的工人住宅里也没有家具，没有乐趣，只有肉体上堕落、精神上失去人性、智力和道德上都已沦为禽兽的人才适合居住在那里。这样恶劣的生活环境在狄更斯（Charles Dickens）的小说和布莱克（William Blake）的诗歌里更是比比皆是。现代城市化进程的确在开启现代城市文明的同时创造了一个与工业文明相对立的无产阶级。在19世纪末20世纪初的美国，这个阶级既是促进城市化和大工业急遽发展的生力军，也是城市文学所着力刻画的反映城市生活经验的重要人物。

马克思在《共产党宣言》中就一针见血地指出："资产阶级不仅锻造了置自身于死地的武器；它还产生了将要运用这种武器的人——现代的工人，即无产者。"[2]这些无产者不像《伊索寓言》中的"乡下老鼠"，看到城市的拥挤、肮脏和危险就放弃原初的惊诧和好奇重返田园。恰恰相反，他们留了下来，宁愿乞讨，宁愿露宿街头，宁愿被剥削、付出廉价的劳动力。而当资本通过扩大再生产促成了城市资产阶级之时，这些与资本对立的无产者也随之构成了庞大的无产阶级，即现代工人阶级。随着工业发展步伐的加快，工人阶级的队伍也在扩大，力量不断壮大，最

1. 马克思、恩格斯：《马克思恩格斯选集》第四卷，北京：人民出版社，1973年，第281页。
2. 同上，第一卷，第257页。

终将成为资产阶级的“掘墓人”[1]。尤为重要的是，工人阶级在受剥削、受压迫的苦难现实中逐渐觉醒，意识到自身的异化，即同自己的劳动产品相异化，同自己的劳动活动相异化，同自己的类本质相异化和同作为同胞的人相异化。这些异化打破了人与自然的关系，打破了人与其自身劳动活动的关系，打破了人与自身种属和同胞的关系，使人丧失了自由，丧失了个性，甚至丧失了人性。只有消灭异化，恢复人与劳动、与自身、与社会的正常关系，工人阶级才能获得最终解放。在马克思之前，有费尔巴哈（Ludwig Andreas Feuerbach）和黑格尔（Georg Wilhelm Friedrich Hegel），在马克思之后，有弗洛姆（Erich Fromm）和萨特（Jean-Paul Sartre）等，他们都先后从不同侧面讨论过异化的问题。而在古典文学中，这种异化表现为人与自然的斗争（古希腊神话和悲剧）和人与神（宗教）的对立（文艺复兴前后的文学），但当人类从农业社会步入工业社会，现代性与商业社会的“物化”加剧了人的异化之后，文学便更多地表现灵与肉、精神与物质、乡土经济与城市商业经济的对立了。从笛福（Daniel Defoe）的《鲁滨逊漂流记》（*Robinson Crusoe*，1719）到德里罗（Don DeLillo）和奥斯特（Paul Auster）的小说这一整个英美现代小说传统，讲的无不是城市中人的异化的故事。而从异化角度对这些小说进行的研究和批评也大多着重于人与自身的异化和社会的黑暗面给人造成的精神扭曲，进而落笔于由焦虑、困惑、苦闷和绝望等导致的精神崩溃，使人把世界视为死寂的“荒原”。在这方面，关于城市生活体验的文学再现与对城市经验的社会学研究基本上是一致的。所不同的是，在对城市资本主义及其导致的各种不平等予以严厉批判的同时，研究城市的社会学家们从不同侧面看

---

1. 马克思、恩格斯:《马克思恩格斯选集》第一卷，第263页。

到了城市所承载的文明内涵，追溯了城市所绘制的历史进步的足迹，探讨了城市对未来人类社会和生活所具有的文化意义和价值。对于城市文学批评来说，这既是亟须弥补的一大缺憾，也是在文学对城市“荒原”的再现中发现和重绘城市宏伟蓝图的机会，进而可以对现代和后现代城市予以公正客观的评价。

## 第二节　城市社会学研究的路径

城市社会学研究该从何入手呢？正如城市是城市文学的“最近因”，城市体验是城市文学的“最内在的本质”一样，在某种意义上，城市社会学是普通社会学的核心所在。在马克思、韦伯（Max Weber）和涂尔干（Émile Durkheim）等社会学奠基人的著作中，城市始终是一个重要主题，城市化、工业化以及工业城市的种种影响则是这一主题的主要内容。马克思在《共产党宣言》中追溯了现代城市的起源：“从中世纪的农奴中产生了初期城市的城关市民；从这个市民等级中发展出最初的资产阶级分子。”[1]这些资产阶级分子迅速壮大，在地理大发现和世界贸易的外部环境中，在市场扩大、需求增加、工业技术取得长足进步的内部环境催生下，最终形成了现代资产阶级。这个阶级“使乡村屈服于城市的统治。它创立了巨大的城市，使城市人口比农村人口大大增加起来，因而使很大一部分居民脱离了乡村生活的愚昧状态。正像它使乡村从属于城市一样，它使未开化和半开化的国家从属于文明的国家，使农民的民族从属于资产阶级的民族，使东方从属于西方”[2]。马克思进而总结了18

1. 马克思、恩格斯:《马克思恩格斯选集》第一卷，第254页。
2. 同上，第255页。

和19世纪欧洲工业革命推动的城市化进程，其间，起初属于从属关系的乡村和城镇、农民和工人、东方和西方转而变成了对立关系。雷蒙·威廉斯（Raymond Williams）认为，对这种对立的研究将“成为我们认知自身体验的核心部分，是使我们意识到我们社会的各种危机的主要方式之一”[1]。马克思所谈的城乡对立、农工对立（第三个对立——东西方的对立当属另一个话题，在此暂不涉及）是资本主义大规模发展的必然结果，具体体现了对两种不同社区和两种不同生活方式的态度，因此有助于我们认知表现这种态度和生活方式的时代，以及依据上述对立来考量表现这些时代的文学。但在资本主义兴盛、人类进入现代后期或后现代时期之后，城市无疑战胜了乡村，成为乡下人逃难、寻梦、实现远大理想的乌托邦，重建“耶路撒冷式城市”的话题也在社会学家中传播开来。

与文学家和文学批评家不同的是，有些社会学家在对城市生活和城市状况持批判态度的同时，也对城市大加赞扬。格奥尔格·西美尔（Georg Simmel）就是其中一个。西美尔主要关注的是城市的社会秩序，包括都市个体之间的关系和都市人的精神生活。他认为现代城市充满了差异，乡村社会其乐融融的大家庭式结构变成了相互隔离、彼此老死不相往来的分裂式或原子式结构，在这种环境中居住的人都保持着高度的理性，懂得自我保护，表面上麻木不仁、沉默寡言，内心里却运筹帷幄、工于算计，这些从表面上看都是由现代性、商业化和消费主义造成的。但从另一个角度分析，乡村社会的大家庭氛围和情感纽带虽然多了共享信息和利益的机会，增进了相互了解和友谊，却也给个体徒增了许多毫无意义的束缚，按照社区的准则和礼仪同步行事恰恰是对个体的最

1. Raymond Williams, "The City and the World", *Royal Institute of British Architects Journal*, Vol. 8, No. 80, 1973, p. 426.

有效规训，个体从而被剥夺了自由。而都市的原子式个体恰好在分隔的孤寂状态中享受了自由，增进了思考和自我反思的机会，进而能够理性地面对严酷的现实。此外，只有真正置身于冷漠、孤独、唯理性的城市生活中，才能真切地体会到冷漠、孤独和理性的真正意义，才能在分隔状态中体验自由的价值。这种对自由的热爱和追求，对个性的挖掘和保护，以及对理性的高扬和利用，构成了西美尔及其追随者进行城市“知识考古学”研究时所不可或缺的理论话语。

受西美尔影响，紧继其后在城市研究方面做出卓越贡献的是瓦尔特·本雅明（Walter Benjamin）。本雅明不仅对“大都市精神生活”进行了深刻的分析和叙述，而且将其集中在一类文学人物身上，即19世纪的城市漫步者（Flâneur，又译作浪荡子、游手好闲者）：他首先是来自爱伦·坡（Edgar Allan Poe）故事中的街头侦探，然后是波德莱尔（Charles Pierre Baudelaire）诗中的浪荡子、游手好闲者（其原型仍然源自爱伦·坡的故事）；他本身还是一位艺术家和诗人。与西美尔一样，本雅明也把现代性看作城市发展的重要促成因素，而城市建筑和由这些建筑搭建起来的街道则不仅表明现代城市建筑学对都市生活的影响和制约，而且，在本雅明的城市考古学中，街道也是城市人集体记忆和生活经验的挖掘现场，在这个现场所发现的每一点蛛丝马迹都将构成历史的惊鸿一瞥，就如同它在特定历史时代就给那个时代的人带来惊颤的感觉一样。

从街头漫步者眼中的考古现场发现的历史遗迹最终构成了另一个重要的文学形象：废墟，即城市中早已衰败的、被遗弃的物理空间。本雅明所热衷的，但最终由于第二次世界大战而未能如愿完成的是他对巴黎拱廊街的研究。作为本雅明所界定的历史废墟，巴黎拱廊街是最早的现代城市空间，是资本主义商品文化和消费主义的展厅。拱廊建筑所用的钢架和玻璃外表后来为詹明信（Fredric Jameson）[1]研究的后现代摩天大楼所继承，但更为重要的是它完成了西美尔所赞扬的都市的历史功用，即以物质形式记载或精确复制城市人的集体无意识，也即本雅明所挖掘的城市的过去，包括商品拜物、物化、人的内向性、时尚、颓废、各种资本主义活动以及公开或私密的日常生活，它们所讲述的都市故事其实不亚于文学中想象的城市故事。

与拱廊街相伴共生并构成巴黎都市景观的是妓女和漫步者。他们是现代城市的原型人物，是为城市场所（废墟）的静态环境提供的动态想象或人与街道的历史互动，也是时间在作为符号的空间景观中的流动或流动的痕迹。如果说带顶棚的拱廊街标志着城市的进步、城市人的消费能力和资产阶级的权力意志，那么，这两种人物便也成了为此种城市空间填充内容的表意符号，他们在观察和记录城市时所采用的视觉隐喻和集体记忆的叙述方式也为后世艺术家和文学家所效仿。这两种原型人物所标志的拱廊街时代最终被豪斯曼（Georges-Eugène Haussmann）设计的林荫大道所取代，漫步者的形象也随着老城区的改造而消亡。然而，曾由妓女代表的女性化公共空间却没有消失，反而被无限度地扩大：百货商场和大型购物中心的兴建淹没了从事街头活动的妓女，取而代之的是在商场里从事商业活动的资产阶级女性。我们在弗吉尼亚·伍尔夫（Virginia Woolf）的小说中屡见这种穿梭于商场之间、耳灵目明、时刻注意街头动静的女性。如果说妓女曾经在拱廊街的公共空间里从事着某种私密的活动，那么，现代资产阶级女性则在商场这个公共空间里从事着窥视的活动。这就颠覆了城市与性别的原始关系，尽管在伍尔夫之前，

1　此人名有詹明信、詹姆逊、杰姆逊等译法，本书行文中采用詹明信这一译法。

文学和艺术的“官方话语”往往把女性处理成“看不见的人”，与在黑土地上劳动的黑人别无二致。本雅明之后的考古挖掘无疑把身份和性别问题嵌入了城市研究的理论框架，用鲜活的人物形象及其活动把社会学概念化的城市研究变成了颇具文学性和艺术性的文本阅读。

城市文本阅读的最突出代表是法国社会学家米歇尔·德·塞都（Michel de Certeau）。德·塞都也和西美尔一样从城市秩序的角度研究城市日常生活，但掺入了福柯关于治理与规训的理论，即都市个体可以通过规避秩序的规训而在某些特定空间内享受自由。德·塞都遵循的另一条路线显然是对本雅明的继承，即通过都市漫步来研究作为城市“鲜活文本”的街头活动。这个“鲜活文本”并非官方叙述中概念化的静态城市，而是城市个体在巧用城市空间过程中进行的一种动态的、不可见的、具有创造性的“空间实践”。在这方面，罗兰·巴特（Roland Barthes）关于神话意指和文本意义的论述也为德·塞都提供了非常有效的叙述方式。在德·塞都的“空间实践”中，都市漫步不可或缺：漫步既是一种行走行为，又是一种隐喻，喻指无数漫步者在城市为自己提供的空间中进行自由书写的活动。这种自由书写产生了无数片段式文本，如果把它们记叙的轨迹和关联综合起来，城市的形态便昭然可见。由于这些片段式文本是无数流动的个体创造的，所以它们所讲的故事也是流动的、多层次的且无固定作者的，因此表现了城市的集体无意识。由于这种无意识与场所相关，是作为书写者的漫步者对城市的记忆和体验，因此具有物质的边界。在象征意义上，这些边界加在一起就构成了城市想象的“诗意空间”。在当代城市研究中，边界是一个重要概念。它界定一个人在城市中的位置，通过与这个场所的亲疏关系定义自己的身份，并通过跨越边界的协商决定与他人的关系。这些场所通常是由城市的街区与郊区、室内与室外、公共空间与私密空间的界限界定的。在没有具体身体体验的情况下，这种边界是靠想象设定的，即根据大众舆论或媒体宣传加诸场所的印象来界定。个体对场所的认知、对场所名称的了解以及亲历场所的内外在体验，三者加在一起将界定个体所理解的、有时会掺入大量想象的都市文化意义。

上面简述的社会学城市研究成果意味着，城市在文学中的再现有时源于个体活生生的城市体验，在这种情况下，所再现的就是“真实的城市”，但文学“再现”往往是由体验和幻想综合构成的，其结果便是论者所说的“想象中的城市”。“真实的城市”和“想象中的城市”可以同时存在，如狄更斯笔下的伦敦和伍尔夫小说中的伦敦，它们不仅仅由于时代的不同而不同，还由于个人感受和体验的不同而不同。此外，这种差异性不仅是历时的，也是共时的，有时甚至同时表现在一个作家的作品中。这意味着，在个体的体验以及对这种体验的讲述中，城市是一个充满情绪的多面体：既有友谊、挚爱和亲情，又有孤独、恐惧和焦虑；既有个体对城市整体的真实感受，进而由此产生爱或恨，又有城市本身对个体的界定和规训，进而引发个体对城市进行政治的想象或虚拟的测绘。在表现城市生活的文学和艺术中，这种测绘也是多元的，能够从不同维度呈现出城市形态的全球性和普遍性。整个20世纪至今，城市形态始终是围绕着信息和影像的生产和消费发展的。人们在感叹大都市的主题公园、摩天大楼、高架路和购物中心的同时，依然会想到城市阴暗角落里或地下世界中那些不见天日的颓废形象，在令人难忘的现代城市景观中也始终残留着历史的记忆，难免让人循着这份记忆去追寻城市发展的轨迹。

## 第三节　文学中的城市

早在文字出现之前很久，人们就以口传文学的形式讲述着“城市”的故事。在文化史上，中国城市和西方城市的发展并非大相径庭。在中国，“城”与“市”并不是同时出现的，其出现的先后次序记录了城市的早期发展史。中国古城是作为“以盛民”（《说文解字》）的大规模防御工事，“为保民为之”（《穀梁传》），即用以保护居民人身和财产安全的堡垒。这类似于西欧的城堡，尤其是9世纪时出于军事防御目的而建造的城堡，如法国西北部出现的土岗–城郭式的建筑群。此类建筑群一般是在某个皇族或贵族家族的领地上建造的城堡。“城市”的“市”在汉语中意为“贸”“贾”（《尔雅·释言》），指“买卖所之也”（《说文解字》）。而交易之所通常是“井边”，交易时间为“日中”：“日中而市，致天下之民，聚天下之货，交易而退，各得其所。”（《易·系辞下》）此即“市井”之来由。[1]“井”通常位于村落的中央，表意符号中用“十”字表示街道的交叉路口，“十”字的外围加一个圆圈，指防御外敌的城墙。可见，“城”与“市”的来历不同，却有着相同的目的，即满足居民的基本需求，或军事，或贸易。“城”与“市”的结合说明人类共同体已经存在，由居住在城墙内的人组成，而且，只有这样一个共同体——定居中心——才能给居无定所的部落人提供安全感和日常所需。

然而，对于原始初民来说，安全感并非仅仅来自作为城市之原型的这种防御工事或城堡。无论在东方还是西方，十字路口都是集市或贸易中心，城市围绕它建造、发展起来。城市往往是河谷的延伸，而这些河

1. 周晓琳、刘玉平：《中国古代城市文学史》，第14页。

谷都是古老文明的发源地，如西亚的幼发拉底河和底格里斯河、埃及的尼罗河、巴基斯坦的印度河、中国的黄河等，许多早期城市都建在这样的河谷附近。这不仅因为河谷周围有肥沃的良田、充足的水源和茂盛的植被，还因为河流书写了人类发展的神话（讲述人类起源的神话中无不有人类与洪水斗争的故事，如古巴比伦神话、《圣经》中的相关故事和中国的大禹治水等），滋养了人类的哲学思考（老子的《道德经》为其典型），更为自然提供了生命源泉，为人类提供了生存的最基本条件。人类为了生存，从部落发展到城市，城市也因此具备了第三个功能：拜神祭祖，以求神灵的护佑，神庙也由此诞生。在最早的城市里，神庙和市井一样，都建在城市中央，是人们集体朝拜的地方，因此也成为文学作品中神迹出现的场所（《俄狄浦斯王》《罪与罚》等）。

早期城市的三种功能——防御、贸易和祭拜——承载着古代文化的宗教和神话意义，充分体现了人与自然的深度交流以及各种文化间的相互交往，其结果便是青铜生产和宫殿建造。由于地理位移和人类迁徙，居住在河谷区的人类共同体转而在山顶上建造“城邦”，构成了以山顶卫城为核心、以周遭乡郊为市区的大文化圈，如古希腊时期的雅典城邦和文艺复兴时期的意大利城邦。这种城邦实际上是城市和乡村的共生之地，以农业促进经济的繁荣，通过经济发展开拓民主和法律空间，带动政治和文化的繁荣，其结果是乡土文化演变为商业文化，城市居民越来越远离自然，进而在力量和财富的驱动下滋生了扩张疆土、建立帝国的欲望。实际上，城市的兴起哺育了一个强大的利益集团，这个集团逐渐发展成社会上一股强大的力量，构成了领导社会的中坚阶级，并在欲望的驱使下开始建立帝国。在某种意义上，人类历史就是帝国的兴衰史，帝国的更替也留下了城市发展的足迹。

城市在历史中生存，从古代的村落共同体，中经希腊城邦和中世纪城堡，到18世纪的西欧庄园，历经军事堡垒、市井贸易场所、封建采邑，以及从乡土经济向工业经济的重大变迁。每一次变迁都是一场革命，每一场革命都在文学艺术中得到了充分的再现。文学的确与城市相伴共生。

真正促成现代城市发展的是启蒙运动。启蒙运动信奉理性，引发了人类发展史上一场深刻的思想革命，把人们从乡土世界带入现代城市，从封闭的庄园和城堡带入一个由金钱和权力主导的开放和扩张的王国。笛福的《鲁滨逊漂流记》发表于以霍布斯（Thomas Hobbes）和洛克（John Locke）哲学为指导的英国革命和以启蒙运动思想为指导的法国革命之间，完整地再现了城市在这一时期的发展历程："从孤立走向群体，从个人权威到选举出的政府，从原始的荒野到初期的农业社会，再进入一个初步的商业秩序世界。"[1]小说的主人公鲁滨逊从文明世界来到荒岛，他凭借敏锐而富有经验的观察，不但掌握了自然界的生存法则，而且控制了岛上的人类和外来的水手，实行了标志着从封建采邑向现代城市发展的商业贸易和金钱往来。这个故事生动地反映了资本主义初期的社会现实。如果说小说描写了城市从荒野到都市的发展历程，预示了伦敦作为大都市的出现，那么，笛福对这座城市的最详尽分析却不是在这部小说中，而是在《英伦之旅》（*A Tour thro' the Whole Island of Great Britain*，1724—1727）中。书中，对伦敦的商贸市场、向郊外的扩张、权力的转移、封建采邑的消失和工资劳动的兴起，以及在这个市场社会里钱权的主导，笛福都尽着笔墨，使人认识到："伦敦就是钱的源头，是商业社会自身的纪念碑。"[2]这与狄更斯笔下充满诱惑、摧残人性但又为提升自我价

1. 理查德·利罕：《文学中的城市》，第38页。
2. 同上，第41页。

值提供机会的伦敦别无二致，也与菲茨杰拉德（F. Scott Fitzgerald）笔下喧嚣、冷漠、空虚、令人迷惘但又是美国梦之象征的纽约没有本质区别。

狄更斯出生的时候（1812）笛福的小说已经发表近百年了。这期间伦敦历经了从半封建、半商业城市到充斥着贫民窟的工业城市的转变。这也是威廉·布莱克写作《天真与经验之歌》（*Songs of Innocence and of Experience*）的年代，他诗中被锁进“黑棺材”的“千千万万扫烟囱的小孩”，在还不能喊得清“扫呀，扫”的时候就开始为富人扫烟囱，“裹着煤屑”在黑咕隆咚的屋子里睡觉。这是城市工业长足发展的结果，它给城市居民留下的是对黑烟囱的痛恨和对“玫瑰色天国”的向往。几十年后，在狄更斯的作品里，甚至连这种对天国的向往也不多见了，更多的是无以计数的贫民窟里的儿童。新兴工业和商业化带来了贫富分化，穷人和他们的孩子在富人灯红酒绿的奢侈中忍受着不幸、痛苦和死亡。城市的建造霸占和耗损了肥沃的良田，城市的资源一点一点地被蚕食，城市的规划变成了围墙内的无序混乱，原本天然的荒野变成了人工制造的废墟荒原。伦敦成了一个阴森、恐怖、怪诞、野鬼幽魂经常出没的“荒凉山庄”，充斥着污泥和浮渣的沼泽地，任何个体的力量都无法拯救它：“还有什么仁慈的愿望可以抵挡得住城市的摧毁力量”[1]呢？

然而，我们从狄更斯作品中了解到的除了城市摧枯拉朽的力量，还有被这股力量改造过的不可救药的人性：人在欲望的驱使下甚至超出了原罪的限度，把城堡变成了监狱，把墓园变成了坟场，把城市本身变成了荒原。这正是艾略特（T. S. Eliot）在20世纪初所描写的“荒原”的起点：大地因干旱而枯竭，因灾害而塌陷，因工业而荒凉。而这个过程，

1.　理查德·利罕：《文学中的城市》，第57页。

在艾略特看来，早在文艺复兴时期就开始了，而那恰恰又是现代性开始的时候。因此，“荒原”蔓延的地方并不仅仅是伦敦，还有耶路撒冷、亚历山大、雅典和维也纳。这些城市既代表西方文明的巅峰，又代表各个帝国的倾塌；它们在黯蓝的天空中撕裂，几经重构后又再度崩塌。艾略特创造了城市的双重形象：神之所和世俗之所，理性之邦和堕落之邦，上帝之城和人之城。然而，他在诗歌中所着力呈现的是城市给人的地狱感，在这方面，艾略特和波德莱尔对城市的描写几乎如出一辙：肮脏、平淡、古怪、变幻、倦怠和堕落。人们聚集在城市里，不是为了彼此相爱，而是为了从对方那里捞取钱财；教堂敲响的钟声不是神圣的召唤，而是世俗的追逐；城市风貌呈现的不是天堂的美景，而是地狱的阴森；即便城市里遗留的圣物也并未给人以神圣的启示，只能加重颓废的情感和涣散的意志。艾略特诗中的城市把历史叠加起来，那是欧洲各国的历史，但这历史不过是不断循环往复的时间进程。

如果说波德莱尔的诗歌哺育了20世纪初的现代主义者们，那么，给波德莱尔本人以灵感的则是他目睹的巴黎城。巴黎是19世纪的都城，它本身就是一本书。波德莱尔以读者的身份阅读了这本书，又以批判者的身份和诗人的眼光透彻地分析了这本书。他的读者和译者本雅明从中得出的印象是：“在所有城市中，与书保持联系之最紧密者莫过于巴黎。”[1]巴黎是一本书，城市是一本书。这不仅是一个出新的比喻，而且还把城市与文学紧密地联系在了一起。本雅明的鸿篇巨制《拱廊计划》（*The Arcades Project*）本身就是19世纪迷宫般的巴黎城，是思考和书写城市与文学之间关系的最重要著作之一，它就和巴黎一样，既有百科全书般

---

1. Walter Benjamin, «Paris, die Stadtim Spiegel», in *Gesammelte Schriften*, R. Tiedemann and H. Schweppenhäuser eds. Frankfurt: Suhrkamp, 1974.

的包容性，又如洪水般四处扩散。于是，书也是城市，城市也是书。对诗人瓦莱里（P. Valéry）来说，世界上没有任何其他城市能像巴黎这样多元。巴黎的语言——法语——竟有如此的频率、如此的响亮、如此的豪放，“把全部的思想都堆积在一座城市的城墙之内”[1]。对卡夫卡（Franz Kafka）来说，每当听到布鲁昂的流行歌曲时，他就感到“巴黎就在我的喉咙口”[2]。而对简·里斯（Jean Rhys）来说，虽然“没有意义，没有理由”，但巴黎却是“摆在我面前的美丽生活，好像我手中张开的扇子”[3]。这就是19世纪作为世界之都的巴黎给世界各地的作家留下的印象。其开放性、自由度，以及这种开放和自由掩盖之下的无数秘密和内在机制，使巴黎成为20世纪本身，成为想要创造20世纪文学艺术之人的安身立命之所，[4]而城市与主体的相互界定（“人与城市的精神冲突”）也界定了19和20世纪的法国文学。

18—19世纪之交的巴黎发生了两件事，在很大程度上导致了上面谈到的“人与城市的精神冲突”。一件是18世纪末修建的用于向商人课税的23米长的包税人城墙（Murdes Fermiers généraux），它不但界定了巴黎的行政区，也前所未有地界定了巴黎人的身份。第二件是1815年拿破仑战败后，波旁王朝复辟期间巴黎的扩张和重建。这两件事可以说是城市向内和向外的互补式发展：向内巩固了巴黎作为都城的地位，强化了巴黎人的归属感；向外则通过扩张地理疆域而赋予巴黎一种不断变化的、能动的环境。这些引起了人类学家、考古学家、地理学家以及文化历史

1. P. Valéry, *Monsieur Teste*, trans. J. Matthews, New York: Alfred A. Knopf, 1948, p. 55.

2. 卡夫卡：《卡夫卡全集》第六卷，叶廷芳主编，洪天富等译，石家庄：河北教育出版社，1996年，第34页。

3. Jean Rhys, *Good Morning, Midnight*, London: Penguin, 2000, p. 99.

4. Gertrude Stein, *Paris France*, London: Peter Owen, 2003, pp. 11-12.

学家的注意，当中也不乏集上述身份于一身的文学家。这番描述在于说明，巴黎的确像本雅明所说的那样是一本书——作家和画家的书，尤其是漫步者的书。巴尔扎克（Balzac）就是在这本“书”的激励下，像考古学家那样挖掘，像人类学家那样调查，像文化历史学家那样记录，最终在由90余部小说构成的《人间喜剧》中“复兴了一座已死的巴黎城”，向后世呈现了“正处于变成过去之过程中的”[1]巴黎的当下。巴黎是通过它之外的地区，即外省和外国，以及内在差异，即阶级、性别、服饰和居民区等来界定的。与此同时，像巴尔扎克这样的“人类学家”“考古学家”和“文化历史学家”在绘制他胸中的巴黎蓝图时，也必然会想到人与动物、自然与社会之间的相似性，必然会看到城市创造的各色人等就像自然界创造的各色动物一样，有陈腐的势力也有新生的力量，有胜者也有败者，有富裕也有贫穷。巴尔扎克表现了城市的物质性，也表现了城市的自然局限性。

巴尔扎克是公认的伟大作家，其成就大大超越了同时代的许多作家。这是由于巴尔扎克采取了特殊的视角和身份，即局内人和局外人的双重视角，以及作为“巴黎的外省人”和“城市的漫步者”的双重身份。作为来自外省的局外人，他描写了穿梭于巴黎与外省之间的诸多人物，通过他们的旅行描绘了两个截然不同但又不可分割的世界：都市与乡村。他透过人物犀利的眼光洞察了“都市流放者”的内心世界，以局外人的视角窥见了局内人激烈的内心冲突，把从外部透视的城市全景与从内部解析的街头隐秘综合起来，呈现了既陌生又熟悉、既可见又隐蔽的微观与宏观相结合的世界。这种双重性贯穿了巴尔扎克的整个创作生

---

1. Jeannine Guichardet, *Balzac,* «archéologue de Paris», Geneva: Slatkine Reprints, 1999, p. 17.

涯：他笔下的城市既激发人的斗志又异化人的本性，既是魔幻的又是恶毒的，既充满无尽的活力又是一片不毛的荒原。[1]正因如此，他对巴黎的现实主义描写才比现实更加真实。

巴黎作为19世纪世界都城的最大特点在于它既是由艺术家构成的城市又是由人群构成的城市。艺术家和人群是两个完全不同但又密切相关的群体。艺术家群体承载城市的内在感觉和印象；人群则承载都市自身的含义和规模。随着人群规模的扩大，街头充满了大众，而大众极易变成无所作为的乌合之众。但是，一旦大众受到权力的控制，人群便会由乌合之众转而屈服于极权统治，个体的人也会迷失其中，艺术家从中获取的印象也就会越来越模糊、神秘。在社会学家眼里，人群本来就是迅速变化的，而随这种变化而来的是潮水般涌现的各种印象。这些印象的杂沓无序、乏味单调、循环重复，都会使人群中的个体变成穆齐尔（Robert Musil）所说的麻木不仁的人、毫无价值感的"没有个性的人"，或西美尔所说的被金钱内化的人，即随金钱的洪流漂浮不定的人，或是马尔库塞（Herbert Marcuse）所说的连"单向度"都不具有的没有向度的人。但对于诗人波德莱尔来说，如果说艺术家是描画现代生活全景的画家，那么，这些在街头漂泊无定的个体，也就是本雅明将之命名为漫步者的，就是这幅现代画卷上的重要人物，或许是唯一重要的人物。他们构成了城市的灵魂。他们像侦探一样远距离地观察着城市，却又像城市的内脏一样感受人群赐予他们的杂陈五味。虽然大部分情况下他们都无法消受这些营养丰富的养料，但他们却不满足，越是不能消化，就越是表现出强烈的欲望，越是频繁地穿梭于人群之间，体验人群给予他们的

---

1. Pierre Citron, *La Poésie de Paris dans la littératurefrançaise e Rousseau à Baudelaire*, 2 vols, Paris: Éditions de Minuit, 1961, p. 233.

神秘感、陌生感和近乎偏执的妄想。这是现代城市的经验。

这种神秘感、陌生感和偏执式妄想是城市漫步者的特征，但其更为重要的作用，是孕育了现代主义文学中的关键人物，即城市艺术家或相当于艺术家的人群中的人。这些人对城市进行极有耐心的观察，具有非凡的领悟力，且能准确地预见都市发展的后果。他们对城市的观察就像福尔摩斯探案时那样细致和清晰，但不具有福尔摩斯的理性和秩序感；他们对城市的领悟就像福尔摩斯分析案情时那样深刻、合理，但不具有福尔摩斯的理智和冷静；他们对城市的了解也可谓福尔摩斯般见多识广，但他们从未像福尔摩斯那样把一切都归于必然，全然忽视偶然。实际上，他们就生活在偶然性之中。如果说福尔摩斯这样的城市人物是为了保护城市、铲除城市罪恶而生的，那么，城市艺术家或相当于艺术家的人群中的人就是出于相反的目的而塑造的：他们的生活是无序的典范，他们的外表之下隐藏着罪恶，他们的沉默暗示着对现实的反叛，他们的行踪总是没有明确的目的地。这就是漫步者的原型，即爱伦·坡笔下的“人群中的人”。

或许不该忽视的是，艺术家或人群中的人对生活的观察是入微的，从不放过每一个微小细节，如买牛奶的老妇人、描述口蹄疫的一封信或横穿马路的牛群挡住了前往公墓的送葬队伍。这是在农业和乡土社会向工业和商业社会转变期间城市（都柏林）里发生的微小事件，但在乔伊斯（James Joyce）的小说里却有着举足轻重的地位，如同普鲁斯特（Marcel Proust）小说中羹匙碰撞茶杯的声音一样。这些细节，普通的日子、普通的人和普通的事件，都是日常生活的内容，是发生于街头巷尾或室内深闺里的平常琐事，却从未逃脱漫步者的眼睛，从未躲过艺术家的偷窥，而且从来就是艺术家和作家所着重描摹的对象。甚至流言蜚语、为正人君子所鄙视的谎言或严肃学术从不过问的街谈巷议，也成了城市人类共同体所共享的信息，若不分而享之，你就可能被排除在这个共同体之外，或为这个共同体所不齿。因为一次琐碎的闲聊完全可能会揭示出城市的本质，一个毫无根基的道听途说完全可能会成为某一翻天覆地变化的起因，而看门人的一把钥匙也完全可能打开一座储藏城市诸种秘密的仓库的大门。都柏林这座了不起的城市就是在乔伊斯描写的细琐小事中浮现出来的。那些就连报纸新闻和狗仔队都懒得去理会的微不足道的故事，恰恰是把神圣的城市加以世俗化的重要因素。最终，城市在这些细微琐事中变得苍老了，堕落了，由膜拜死者的场所变成了死亡自身："一片荒原，不毛之地。火山湖，死海。……平原上的这些城市：所多玛、蛾摩拉、埃多姆，名字都失传了。一座在死亡的土地上的死海，灰暗而苍老。"[1]

城市是从内部被破坏的。乔伊斯笔下的英雄之城，由于熵发生了作用，由于可怕的梦魇，由于其兴衰往复的神话，不可避免地变成了现代生活的坟场，人们所能做的只能是在漆黑的夜里在一只巨大的脚下（the Hill of Howth）为一个巨大的阴茎（威灵顿纪念碑）守灵，旁边流淌的是川流不息的利菲河（女性生殖器的象征）。在这个意义上，乔伊斯的《芬尼根守灵夜》（*Finnegans Wake*）就不仅是一本"反英雄"小说，也是一本"反城市"小说。在这类小说中，城市的发展违背了其自然演进的规律，一切都变得极其荒诞，就仿佛陀思妥耶夫斯基（Dostoevsky）笔下的圣彼得堡，本来极为合理的城建规划，后来却被扭曲地建在沼泽地里，被北极光所照耀，从而使城市里的人脱离城市共同体而进入地下，成为"地下人"。

"地下人"的浮出标志着城市共同体的瓦解。人们在作为启蒙主义

---

1. 詹姆斯·乔伊斯:《尤利西斯》，萧乾、文洁若译，南京：译林出版社，1994年，第143页。

城市之代表的圣彼得堡中得不到安慰，便到阴暗潮湿、毫无生气的地下寻求替代，如同理查德·赖特（Richard Wright）的故事中为逃避警察追捕而生活在地下的“黑鬼”。“地下人”的出现还意味着启蒙理念出了问题。人们不再享受地上的生活，因为那里已经不是理性支配的王国，不是上帝主宰的乐园，也不是适于现代人居住的家园，而是满街铜臭味的消费社会，商业利润是这个社会的上帝。城市的这种商业化在18世纪末就开始了。普希金（Alexander Pushkin）早在《青铜骑士》（*The Bronze Horseman*，1833）里就以遥望西方的彼得大帝暗示了圣彼得堡人那种有悖于民族身份的错位感。城市并未给生活于其中的平民大众带来十分充实的自我感，也没有给他们非常明确稳定的身份归属；他们有的只是一种非真实的现实、一种虚幻的体验，以及与价值毫不相关的一个接一个的商业活动。普希金的同代人果戈理（Nikolai Gogol）就描写了从乡村购买“死魂灵”，拿到城市里的银行做抵押，以此来拯救已死的城市的情节，其代价是把城市变成了商品。

## 第四节 美国文学中的城市主题

城市的资本化和商品化虽然在18世纪末19世纪初的文学中已有描写，但文学对资本主义和商业化的批判却是晚近的事。19世纪末和20世纪初频繁的战争推进了工业主义，也使以商业化、拜物教和消费文化为具体体现的城市资本主义达到巅峰，瓦解了具有悠久历史的同质性城市共同体，取而代之的是以物欲为驱动的、破碎的、病态的、世俗化的、从内部分裂的现代异质性城市。启蒙主义和个人主义在这里到达了终点，自由、理想和传统的英雄主义变成了已死的浪漫主义符号，社会进步和科学技术也不过是资产阶级用以标榜自己谎言的代名词。城市不但从内部开始毁灭，而且成为人的宿命：城市和人所共同遵守的最高法则是金钱；城市和人所共同追逐的目标是权力；城市和人所共同面对的是愈加荒诞的现实。在这种情况下，有些人欲从现实中走出来，试图用科学和技术（尽管控制人类、给人类带来焦虑感的也恰恰是科学和技术）建造新的城市，通过幻想未来的生活反观现实的残酷和人类的退化，如威尔斯（H. G. Wells）的《时间机器》（*The Time Machine*）、《莫罗博士岛》（*The Island of Doctor Moreau*）和《当睡者醒来时》（*When the Sleeper Wakes*）等科幻小说。在这类小说中，科学家取代了传统的哲学–王。世界仍然是弱肉强食的丛林，但真正的掌权者却是由机器控制的独裁者。最终，国家的最高发展形式不是已经替代了帝国的民族–国家，而是把个人精神融入种族记忆和集体精神、由四等人（创造者、活动者、蠢人和一般人）构成的、由富有智慧的新知识分子指引的世界–国家。

显然，这种幻想给人带来的只能是更大的幻灭。一方面，欧陆城市的愈加商品化哺育了一种幻灭文学，它是城市的特殊产物。城市在商品化进程中越来越远离土地，自由、机会、平等的理念也使心怀金钱梦的人离开土地进入城市，但发财的名额是有限的，金钱的数额是有限的，权力的分配也不是每个人均摊的，因此会不可避免地导致一些梦想的破灭，而且是极其残酷、致命的幻灭。另一方面，欧陆城市文学的发展始终是以城市的发展和变化为参照的，而被城市文化抛弃的乡土文化只是对应物，尽管是非常重要的对应物。随着美国城市进入世界版图，美国城市文学随之发展壮大。但是，作为美国城市文学之“最近因”的美国城市虽然在初期曾以欧洲城市为楷模，但其最终发展却没有像欧洲城市那样依据历史经验，而是跨越边疆，开拓荒野，积累了与欧洲经验迥然有别的美国城市经验，因此其文学也具有了开拓性，讲述的不是历史上已经讲过的故事，而是在旷野上拓荒、建造新耶路撒冷的故事，尽管“美国人”最终所面对的命运，仍然是在自然的无序与城市的有序之间痛苦挣扎，体验城市共同体的有限性。

美国文学自其伊始就不曾离开城市这个重要主题。甚至被称为“草叶诗人”的惠特曼（Walt Whitman）也曾在诗中极力渲染城市。这位诗人身居闹市，却酷爱乡土，因此他对城市有着一股掺杂着理想主义的浪漫情怀。对惠特曼来说，城市就是人群，就是人民大众，就是包含了所有人性的群体。而这个群体又常常体现为个体，具化为爱伦·坡、华盛顿、林肯和他自己。有时候，他诗中那些最广大的普通人，在他周围沸腾的大众，就是美国本身。城市，无论是他定居过的纽约还是小住过的华盛顿，都是他汲取力量、获取大量习语和俗语、丰富其浪漫主义想象的地方。城市的天空，甜蜜、静谧而清澈；城市的夜，平静、安宁而令人欣慰；城市的月色，恬淡、美丽而清爽。城市是人群聚集的地方，而人群是制造秘密、隐藏秘密的场所。沉浸在人群中正是人性的体现，而从人群中发现诗歌，又恰是真理的体现。惠特曼在人群中发现了英雄，因而也在诗歌中发现了自己和美国。惠特曼的浪漫主义代替了启蒙运动的理性主义。

然而，美国的城市并非总是如此浪漫。诗人惠特曼对民主的信任是有限的，对自由的讴歌是有度的，对科学技术的兴趣也不是持久的。当他把道德的显微镜聚焦于美国社会时，他看到的是干燥荒凉的撒哈拉，各种卑鄙怪异之徒在幽灵般的城市里上演着毫无意义的闹剧。虽然他从未失去希望，但对光明也不抱太大的幻想。当他仔细观察美国宪政，看到了泛滥的物质主义时，他感慨美国正在为金钱而出卖灵魂，各级政府部门充斥着贪污、贿赂、谎言、乱政和各种不光彩的无赖行径。他不得不对这新的国家、新的民主、新的城市表示怀疑。城市曾经拥有的光辉暗淡了。他所注意到的美国城市的黑暗和邪恶在爱伦·坡的作品中演变成了死亡的意象，成为一股巨大的破坏力量和持续至今的毁灭过程，也使美国成为一座萧森寥落的“海上城市”。

前面提及，爱伦·坡对城市文学的最大贡献是塑造了“人群中的人”，这个“人群中的人”是后来波德莱尔诗中的主要人物，是本雅明命名为“漫步者”的原型，也是此后城市文学批评理论中一个不可逾越的重要符号。然而，如我们所知，哺育《恶之花》的是爱伦·坡的全部作品，而不仅仅是一个叙述“人群中的人”的简单故事。《恶之花》中充满罪恶的阴暗的城市实际上也是坡笔下常见的但丁式的地狱、死亡之城。爱伦·坡不但描写了街头充满各色人等的伦敦，而且描写了更加阴险神秘、便于作恶谋杀的巴黎，甚至预测了2848年已经成为废墟的纽约[1]，它代表着城市的最终毁灭。这场致命灾难缘于2050年的一次地震，地球内核受损，加之财富和时尚成为人们膜拜的神，而民主又使大众蜕变为乌合之众，所有这一切都是导致世界退化、堕落、最终消亡的因素。在坡看来，世界是一片荒野，在荒野的一端建造的城市本来就是过去的废墟，未来的事物将在那里聚集，再将这个本来就是废墟的城市变成死亡之城。只有艺术能把废墟的城市变成永恒。

如果说爱伦·坡的城市打破了时间的线性发展，致使过去和未来发生了错位，那么，麦尔维尔的城市时间则是现在。与坡相同的是，他笔下的城市也始于荒野，终于灭亡。在麦尔维尔看来，城市和自然各行其

---

1. 见爱伦·坡的反乌托邦科幻小说《未来之事》（*Mellonta Tauta*）。

道。如果自然遵守其造物主上帝的律令，那么城市就一定遵守其造物主——人的律令。顺此推去，如果人生来就是有罪的，那么，人建造的城市里就一定充满罪恶。而且，通过把过去和现在的利物浦加以比较，他发现城市是不稳定的，无时无刻不在发生变化，而且是朝着邪恶的方向发展。通过把利物浦与纽约加以比较，他发现所有城市都大同小异，都奉金钱为法则，视财富为亲朋。都市人的心肠是硬的，都市人的表情是冷漠的，都市人的生命是廉价的。所有城市都由于金钱和商品而加重了后伊甸园的罪恶，而人们一旦陷入其中，死亡的现实便无法逃避。

正如前述“十”字周围的圆圈代表墙壁一样，麦尔维尔笔下的城市是由“墙”构成的，但不是防御外敌、保卫家园的城墙，而是供人面壁的监狱的墙，或是位于城市中央的“坟墓”（监狱的名字）的墙。墙内每日运行的是支撑现代城市生存的各种活动，每天签署的合同、契约和工资单是资本主义社会的命脉，而城市作为商业体系得以运转则靠的是森严的等级制。一旦进入这个等级制，就如同进入城市的死亡机制一样，再也无法脱身：高高的、已经变成黑色的、死气沉沉的砖墙总是挡住你的去路，使你插翅难飞，最终只能选择死亡。作为纽约乃至全美国商业的代表，华尔街本来就是一条墙街（Wall Street），被关在这里的巴托比由于每天机械的工作而丧失了一切兴趣，最后选择向城市挑战，向制度挑战，向人群挑战，甚至向语言挑战，因为当老板向他交代各项工作时，当老板出于无奈或恻隐之心向他提供各种生存机会时，他只说一句简短的话：“我宁愿不。”最终，他被当作无家可归的流浪汉抓进真正的监狱（名字也叫“坟墓”），即使在这里，他面对着高墙，仍然拒绝老板留下的钱，拒绝监狱提供的饭食，最终绝食身亡。这或许是他向以金钱为主导的资本主义制度做出的最后反抗。

巴托比的命运并不是每一个城市人的命运，他所面对的高墙已经变成了现代和后现代由钢筋和玻璃架构的摩天大楼，令他倍受折磨的那种处理死亡档案的单调工作在电子时代异质多元的城市文化中也由电脑取代。然而，城市的故事是讲不完的。或许在城市故事无休止的罗列面前，我们可以说一声“我宁愿不”，但城市的魅力又有谁能够抵挡得住呢？城市文学的想象又怎能靠边界来划定呢？正如菲茨杰拉德在《我所失去的城市》（“My Lost City”，1932）一文中所描述的，城市既让人感到恐怖，也给人带来刺激。他同样采用了奥古斯丁的城市二分法，只是不同于奥古斯丁划分的“上帝之城”与“人之城”，菲茨杰拉德把以纽约为代表的城市分为两种：一种是无限的，是向荒野纵深发展时期的城市；另一种是有限的，是由摩天大楼或荒原–废墟界定的城市。城市为人们提供享之不尽的娱乐和金钱，但其背后却是不断的失落和幻灭，是无家可归的人流，是感染性病的精神错乱。他试图把纽约这座都市写成“人间天堂”，把这个天堂里的人刻画成“了不起的人物”，甚至连城市的夜色也说成是“温柔的”。然而，城市霓虹灯的浪漫掩盖不了中产阶级的庸俗，自我创造的幻想在严酷的现实面前只能演变成坐落在皇后区的“灰烬谷”——标志着都市梦想之最终结果的死亡之城。如同奥古斯丁所划分的“上帝之城”和“人之城”一样，现代城市以其盎然的生机和巨大的生命力推动文化向文明迈进，其中蕴含着人世间所有的神秘和美丽，但这也恰好是把文明带入衰落和死亡的巨大动力。或许，城市的希望并不在于其拥挤的街道和井然的秩序，不在于其粗俗的消遣和虚伪的虔诚，更不在于其脆弱的理想和“远大前程”，而在于城市天际之外那一眼望不到边的绿野和青山，那是生命的源头，是希望的源泉，也是尚未被城市掠夺蹂躏的纯净心灵之所在。

# 第二章

# 城市与欲望：解密消费社会的生存法则

城市，无论古代的还是现代的，无论现实世界中的还是艺术再现中的，都是由欲望和符号构成的。这是因为，城市首先是物之城。在文明发展史上，城市即物，物即符号。城市最早出现在公元前3200年前后，而无论是当时尼罗河流域的孟菲斯，还是幼发拉底河东岸的乌尔城，或是印度拉维河左岸的哈拉帕，其共同点是都有高高的城墙、宽阔的护城河、砖块铺成的街道，以及由房屋和商店簇拥着的位于正中央的一座塔庙，庙里供奉着当地人信奉崇拜的主神。这里传达出的一条重要信息是：城市由这些物与象的东西构成，它们既是物的表现，也是精神的喻体。城市作为人类文明的重要标志，其物与灵的发展几乎是同步的。也就是说，城市的建立是出于人对物本身的需求，而对这种需求的满足既是身体上的，又是精神上的。在人之初，对物的这种双重满足是以物自体为体现的，即是说，人由于饥饿而寻找食物，食物给人带来的满足感既是饿的解除，又是吃的快感。这是市场经济的原始体现。当个体的人组织成部落、氏族、社会之后，这种简单的生存方式（饿–吃，需求–满足）就进入了一种权力关系，物种之间由简而繁、由个体而集体的“适者生存”原则演变成了一种非常复杂的社会权力关系，其决定因素不仅是“物竞天择”的力量，而且是一种与生俱来的欲望。

于是，作为迄今为止仍在无限膨胀的、其重已令人无法承受的人类聚集地，城市就成了欲望衍生和实现的最佳场所。《吉尔伽美什》、荷马史诗以及《旧约全书》中，都记载和描写了美索不达米亚的古代城市，以及这些城市中的人受欲望的驱使而变得穷凶极恶的情景。后来，奥古斯丁出于基督教的善恶信条和亲历的城市生活而把城市分为“上帝之城”和“人之城”，前者为善，后者为恶。究其实，无论是《吉尔伽美什》中的乌鲁克，荷马史诗中的特洛伊，还是《旧约全书》中的所多玛，甚或卡尔维诺（Italo Calvino）笔下当代的“看不见的城市”，其建立都由欲望所驱使，因此都是“欲望之城”。如果说人类社会由原始社会的自然经济到农业经济，再到工业经济，直到当下的数字经济，这一系列发展标志着人类文明的进步以及人自身的成熟和进步，那么，在其所经历的千变万化之中，有一样东西是从未改变的，那就是欲望。

物种出于生存的需要追求物质和物质享受，本是天性使然。人类作为于自然界中寻求生存的物种之一，也必然顺应天性以期获得最好的生存，欲望随之产生。然而，随着高度发展的资本主义工业取代了劳动者自给自足、靠劳动实现自身价值的农业经济，人类社会由乡村的田园生活转而变为城市的世俗生活，人与人的关系、人与自然的关系以及人与社会的关系都发生了本质变化。在马克思看来，这些变化是社会进入现代时期的标志，人也由于这些变化开始感到社会并不是自己建造的，不再反映自身的存在或本性，而变成了陌生的、外在的，因而也是对立于自身的。[1] 导致这些变化的最重要因素，按照马克思所说，是作为人类

1. Karl Marx, *The Economic and Philosophic Manuscripts of 1844*, New York: International Publishers, [1932]1964, p. 106.

生存和人性之本质的劳动活动和由劳动活动所决定的社会关系的变化。这是以人的异化为体现的：人与劳动产品的异化，与生产活动的异化，与人类物种的异化。这几种异化导致作为劳动者的人失去了自身的独立性，其意志、目的和欲望也随之而不由自身所决定，生存需求也不能直接得到满足，而必须经由市场调控，人与其所生产的物品一样成为市场交换的客体。一句话，人变成了物，人被自己的劳动及劳动产品所物化。

人自身的物化必然导致人之现代栖居地——城市——的物化，使之成为物之城。或者说，人之物化恰恰是由其居住环境所导致的。大规模的工业生产促成了一种物的商品化，激发起一种史无前例的商品消费欲。这无疑从根本上改变了人们的生活态度，进而使人们放弃朴素、单调、安静的乡村生活，转向物质极大丰富、文化生活多样、商品琳琅满目的城市生活，这一切正是“世俗之城”所提供的。在后一种环境中，人们并非完全出于本能的邪恶欲念而沉迷于所多玛和蛾摩拉等“人之城”的“淫欲”，而是在物欲的诱惑下，试图通过适应环境来改变贫穷的命运。而在工业资本主义时代，这种“欲望的放纵”便体现为对批量生产的物的无限度消费，并首先以从乡村田园生活向城市世俗生活的转移为标志。当工业资本主义开始大规模生产消费品，物质的极大丰富给城市人口带来前所未有的享受之时，不仅城市人口本身的欲望被淋漓尽致地展现出来，就连乡村人口也大规模涌入城市，追求这种以平等权利为体现的物质享受。

## 第一节 一统天下的货币

在这个金钱控制的世界中，货币是衡量一切价值的通用法则。早在19世纪30年代，法国思想家托克维尔（Alexis de Tocqueville）在其代表作《论美国的民主》（1835）中就对金钱主宰的美国社会生活有过精彩的论述。

> 美国社会是生气勃勃的，因为那里的人和物都是不断变化的，但这个社会也是单调的，因为所有的变化都是相似的。民主社会的人们会热爱很多东西，但这些爱好要么最终演变成对财富的热爱，要么干脆源自它。其原因并不是他们的精神越来越狭隘，而是因为金钱比以往任何时候都更加重要。当社会的所有人都相互独立，对彼此漠不关心，其中每个个体的运作只能通过购买才可以实现时，无异于无限放大了财富的用武之地，也极大地加大了其价值。[1]

货币自古有之，但现代的经济生活使它发生了意义深远的变化。前现代的社会生活中，人与人之间、人与所属群体之间的相互关系是明确的、固定的、带有鲜明的人身特征的；现代经济社会中，人们很少依赖某个具体的、特定的人，即使是婚姻关系，也可以以货币为媒介，达成协议后随意更换具体的依赖对象。现代人有更加复杂的社交网络，但在货币经济的前提下，与他人的联系不过是金钱表现出的利益关系。作为一个客观抽象的媒介，货币超越了具体事物，它不依附于任何阶级、种族或性别，赋予了事物前所未有的客观性。货币经济给现代社会的个体带来了内心独立和具有强烈自我意识的自由感，为展示其独特个性提供

---

1. Alexis de Tocqueville, *Democracy in America*, trans. Henry Reeve, Hertfordshire: Wordsworth Classics, 1998, pp. 309-310.

了广阔的舞台。作为价值公分母的货币经济结构抹去了日常生活中鲜明的、确定的、固定的人身特征，比如在大量多元、复杂异质的交往关系中，人们对交往对象的人身特征并不关心，身体及个性色彩甚至已经退出了冷漠、客观的金钱交往关系，因为彼此的身体与个性变得无关紧要，冷漠中立的态度也赋予了彼此更多的自由，而这种自由，“不过是货币生活为个体性和内在独立感带来的广阔空间”[1]。

出版于1900年的《货币哲学》是西美尔论述货币经济和现代生活的大部头著作。用刘小枫的话说，相比于马克思对资本主义制度的发展规律及其社会文化的批判性研究，西美尔的社会思想显得“温和”很多，他并没有想要投身社会革命或为其提供理论根基，在气质上与韦伯更为接近。韦伯探索西方新教伦理与资本主义精神的关系，并为生活在“铁笼”中的现代人忧心忡忡，而西美尔在《货币哲学》中全面、深入地剖析了现代人的日常经济生活，考察货币经济的现代发展对人们文化生活、内在精神的影响，书中处处暗含着叔本华式的生命悲情和对现代性的厌倦。

西美尔的现代性理论着重探讨金钱激发的心理效应以及货币经济产生的文化效果。他认为，货币经济同时引发了两种截然相反的文化倾向和发展方向。其一是货币经济引发的现代社会生活的量化、理性化和客观化。理性主义和实证主义不光是美国城市也是整个20世纪西方社会的主流思潮，理性主义不仅代表个体的行为准则，也是社会的运行法则，而货币在其中越来越成为一种纯粹的“符号和中立者”。伴随着工商业

1. 刘小枫：《金钱、性别、生活感觉》，见西美尔《货币哲学》中译本前言，北京：华夏出版社，2018年，第5页。

的飞速发展和城市劳动人口的急剧增长，货币作为交换媒介在现代生活中的应用获得了前所未有的深度和广度。通过以“一切价值的公分母自居”，货币成为“最严厉的调解者”，它“挖空了事物的核心，挖空了事物的特性、特有的价值和特点”，甚至人的价值也被客观化、物质化。它不仅在物质世界流动，更渗透到人们的精神领域。当金钱的价值被奉为唯一有效的价值时，其他在经济上无法表达特别意义的价值就会越来越淡薄。人们的情感维系被抽象的金钱关系所替代，对宗教的需要也大大减少。西美尔指出，货币本质上有两级，一级是手段，一级是目的，货币从“绝对手段”上升为“绝对目的”，加深了社会的世俗化倾向。“人们经常抱怨金钱是我们时代的上帝……金钱越来越成为所有价值的绝对充分的表现形式和等价物，它超越客观事物的多样性达到一个完全抽象的高度。它成为一个中心，在这一中心处，彼此尖锐对立、遥远陌生的事物找到了它们的共同之处，并相互接触。所以，事实上也是货币导致了那种对具体事物的超越，使我们相信金钱的全能，就如同信赖一条最高原则的全能。”[1]“金钱是我们时代的上帝”在西美尔看来并非比喻，人们相信金钱的万能好比信仰上帝的全能。然而，尽管被奉为世俗之神，金钱的“万能”只表现在形式上，其本身却是空洞的，没有任何的所指内涵和实质价值，它“承载着一切千差万别事物的等价物，而自身却空无一物”。“金钱只是通向最终价值的桥梁，而人是无法栖居在桥上的。”[2]拜金教的信徒永远无法获得神性的宗教体验，一旦将全部情感都寄托在空洞的手段上，生命的感觉必将枯竭。

1. 西美尔：《现代文化中的金钱》，见《货币哲学》，译者导言，第12页。
2. 同上，第13页。

货币一方面导致了量化、理性化、世俗化的社会文化向度，另一方面也极大地促进了个人主义和个体的自由发展。实物经济时代过于紧密和个人化的依附关系束缚了人身自由，传统的土地财产向货币财产的转变最大限度地缩小了财产对主体性的影响，人最大程度地获得了现代意义上的自由，也就是将货币作为一种使用可能性的自由，从而将个体从实体的外在维系和外在局限中解放出来。同时，金钱也充当了现代社会关系网络的“润滑剂”。所谓个体的自由，并非脱离社会、沉浸自我、离群索居的状态，相反，实现个体自由与社会关联是相辅相成的，个体自由本身就是一种互相关联的状态，社会意义上的个体自由必然是与他人相关联、相制约的关系。所谓自由即“人与人的关系尽量客观化，排除了主观的、人为的意志干预”，鉴于金钱是最客观中性的媒介，以金钱为中介的关系就为个性化和自由开辟了广阔空间。在这个意义上，以货币为媒介的个体自由只是一种潜在意义上的、形式上的自由，个体牺牲掉积极的内容来换取被动的、空洞的金钱无异于出卖个人的价值，因此，这种自由的状态是空虚的、变化无常的。金钱持续地赋予人们无穷无尽的可能性的诱惑，不断地暗示自我增长，而实际上金钱带来的是“自我的萎缩”，一旦获得某种渴望的东西，食利者瞬间又会滋生出超出这种东西的欲望，混乱无序、焦躁不安是多少现代城市人的生活常态。在金钱式的自由追求中，越是渴望自由，生活的厌倦感就越强烈，越是放纵个性，个人的价值就越无从体现。可见西美尔对现代货币经济带来的个人主义持悲观态度。“各种各样的矛盾冲突、无价值和令人失望的事（作为日常生活的单个事件它们是可以忽略不计的），甚或那些具有幽默性的事件，都呈现出一种悲剧般的、深深令人不安的特性，这是当我们意识到它们惊人地四散弥漫、日复一日无从避免以及它们所影响的不是某一天而是一般意义的生活的时候，才认识到的。”[1]

西美尔不仅发现了货币文化的两面性，更重要的是，鉴于货币经济与城市生活是一体的，因此，货币的两面性也必然带来都市生活的辩证法。在《大都市与精神生活中》，西美尔断言，“都会性格的心理基础包含在强烈刺激的紧张之中，这种紧张产生于内部和外部刺激快速而持续的变化。”[2]一方面，相对于乡村缓慢稳定的生活节奏，城市标准化的货币经济使人们在利益的驱使下极端务实，越来越精于算计，计较得失。城市人凭借理性应对城市瞬息万变的外界刺激，用心理的麻木、冷漠和克制保护自己不受外界危险的威胁。西美尔把对外界刺激的吸收和反应能力视为现代人的生存技能，称之为“厌世态度”（blasé attitude），正是这种“厌世态度”催生了一种个性不断消失的“自我隐退”的生存状态。“人们仿佛置身于一条溪流中，不需要自己游泳就能浮动”。另一方面，在现代工业制度下，精细化的劳动分工使个体越来越孤立，只专注于某一面，专业化趋势导致完善的个性难以为继，在复杂的都市机器中个体沦为一个个齿轮，而城市也成为一个巨大的异化和非人格化的场所。[3]

西美尔从社会哲学中得出结论，货币经济和都市生活是现代性的重要表征。反观19世纪末到20世纪初的美国社会，在工业化、城市化、商业化飞速发展，货币经济一统天下的时代，城市无疑成为现代世界中最重要的空间场所，货币经济统治下的物质主义和拜金主义既是城市生活的驱动力也是划定边界的制约力。正如汪民安所说，“现代性必须在都市中展开，

---

1. 西美尔：《现代文化中的金钱》，第20页。
2. 西美尔：《大都市与精神生活》，见汪民安等《城市文化读本》，北京：北京大学出版社，2008年，第132页。
3. 汪民安：《现代性》，南京：南京大学出版社，2020年，第25—26页。

而都市一定是现代性的产物和标志，二者水乳交融”[1]。美国镀金时代的都市力量和现代性表征在城市的日常生活中得到最广泛的累积和体现。

## 第二节 解密消费社会

19世纪末到20世纪初，西方现代社会的普遍特征就是全面进入消费社会。从马克思的自由资本主义时期到工业资本主义时期，资本主义发展主要解决的是物的生产问题，马克思所批判的社会的物化过程也是由生产过程延伸出来的。马克思在《资本论》中详尽描绘了货币作为一般等价形式在商品交换中的重要作用，并第一次对资本主义社会物的存在形式进行了批判性描述。货币语言表达的并不是商品的使用价值而是交换价值，通过对物的分析，马克思揭示，“在资本主义社会，社会生活的本质不再是由凝固的、实体化的东西构成的，而是通过资本的生产与市场交换不断建构起来的功能体系”[2]。物在资本主义社会中被赋予了双重意义。一方面，物在社会生产、流通和消费中被赋予了至高无上的地位，人们在对物质生活的无尽欲求中，自觉地拜倒在物、资本和货币面前。另一方面，物的物质属性和功能属性在市场中被消解，只有被货币也就是数字符号标识后的物才得以进入市场，任何一种物的存在形式都是以资本的生产和交换为中介的。

1940年以后，现代资本主义的一个重要转变就是从以生产为主导的社会转变为以消费为主导的社会，这时社会面临的首要问题不是如何组

1. 汪民安：《现代性》，南京：南京大学出版社，2020年，第27页。
2. 仰海峰：《“物”的分析：从马克思、海德格尔到鲍德里亚》，载《东岳论丛》，2004年第2期，第20页。

织生产而是如何组织消费。报业、电影、电视、广告等现代媒介的盛行将物的形象活生生地印在消费者心底，由此催生的大众明星更是给消费带来无与伦比的刺激效应，从而激发消费大众从心灵深处认可和追求某种消费方式和生活方式，认同消费社会中物的奴役状态。居伊·德波（Guy Debord）认为，“现代社会的基础不再是传统社会中物质生产物品与消费的真实关系，而是景观，是由视觉映像来统治经济的秩序”[1]。反观德波所指的20世纪60年代的景观社会，其实只是景观发展的最初阶段，大众媒介尚处于刚刚兴起的初始状态，而当下媒介网络以一种霸权式姿态横行全球，对社会生活产生了更加深远而广泛的影响。

与德波同时代的列斐伏尔（Henri Lefebvre）也捕捉到了现代生活的这一变化，认为马克思提出的异化不仅表现在经济领域，更充斥于日常生活之中，广告和经济对消费的控制使得日常生活被经济利益所驱动，人们消费的不是真实的物和使用价值，而是以广告为主要媒介，以商品包装、设计、展示等商品美学的手段炮制出来的幻象。在此过程中，不仅物变成了宣传符号，同时还创造出了一个消费的主体，这个主体自以为主动进行判断选择，主体与客体、个人与其消费的物之间实现了融合，但事实上消费文化作为“肯定的文化”（affirmative culture）已经对消费主体产生了补偿性功能，结果就是对消费文化的认同。当主体丧失了对资本主义进行批判性反思的能力，安然满足于异化现实中自由与快乐的假象时，就必定会完全沉浸在大众媒介创造和引导的幻象之中，完全被物化了。

从马克思到法兰克福学派，对物的批判性研究一直是现代社会和日

---

1. 居伊·德波：《景观社会》，张新木译，南京：南京大学出版社，2017年，第26页。

常经验研究的核心范畴。马尔库塞在弗洛伊德（Sigmund Freud）的影响下提出了人类社会发展中的“基本压抑”和“额外压抑”概念。前者指在近代以前，为保证文明发展，人类在征服自然的过程中为获得满足需要从事颇为痛苦的劳动；后者指近代以后，科技高度发展、物质空前丰富，压抑主要来源于“特定的历史机构和统治的特定利益”，也就是说，基本压抑趋于消失，资本主义通过制造一种“虚假需要”并将其强加给人们，从而实施“额外压抑”。[1]马尔库塞认为，对现代资本主义社会来说，需要不断制造这种“虚假需要”才能大量消费它生产的产品，只有将社会需要变成个人本能的需要，将社会利益与个人利益结合，“统治者的统治才不再仅仅是维持某些特权，而好像是在维护全体人的利益”。然而，当人们不断地购买新产品，相信这些产品能满足他们的需要时，自然也就失去了挑战既定社会秩序的能力，完全投入到拜物教的世界。人们为了满足这些被资本主义文化工业制造出的虚假需求，不断挣钱，不断消费，马克思所说的对劳动和自由劳动的需要被歪曲和异化为对商品的需要。人们的价值观、理想、思考能力都被社会流行的模式所规范和塑造，现代人成为“单向度”的人。

除马克思主义之外，符号学也为物质文化和消费文化提供了重要的理论模式和实践路径。罗兰·巴特无疑是将符号学引入消费文化研究的先驱，他在《神话——大众文化诠释》一书中通过对食品、时装、玩具等日常用品的分析，对大众文化进行符号学的祛魅，指出广告等大众文化形式通过混淆“明示”（denotation）与“暗含”（connotation）之间的关系，将原本属于文化范畴的东西转变为物的自然属性，而这种自然化过

1. 罗钢、王中忱:《消费文化读本》，北京：中国社会科学出版社，2003年，第20页。

程，即“神话”，是意识形态作用的结果。巴特对消费符号进行解构，揭示了商品拜物教的产生和运作机制。从符号学角度对商品的符号价值和消费文化进行深入研究的当属法国思想家鲍德里亚（Jean Baudrillard）[1]。鲍德里亚将商品和货币视为统摄一切的符号体系。根据符号学原理，符号的意义源自其处于某种结构体系之中，符号可分为能指和所指，然而现代社会的迅猛发展，特别是进入消费社会后，能指与所指之间的指涉关系被打破了，能指取代了所指，而资本主义的最根本作用就在于通过物化与消费的形式，将使用价值体系转化为交换价值体系。被消费的不再是物质性本身，而是作为符号的物、处于符号差异体系中的物，符号价值的消费已不限于20世纪初社会学家维布伦（Thorstein Veblen）提出的上层阶级用以彰显社会地位、博取名望的“夸示性”消费，它还构成了所有社会成员相互关系的纽带和基础。鲍德里亚在《消费社会》中写道：“流通、购买、销售，对做了区分的财富及物品/符号的占有，这些构成了我们今天的语言、我们的编码，整个社会都依靠它来沟通交流。”[2]物构成的符号体系体现的关系不仅是人与物之间的关系，更是人与人之间的社会关系。人们通过对物品的消费建立彼此的关系，物的符号价值正是对社会组织和社会秩序进行内在区分的重要基础。[3]尽管鲍德里亚指出符号同语言一样，体现的是一种以差异性为基础的意义秩序，也就是社会区分的内在逻辑，但可惜的是，在鲍德里亚那里，“社会实践被恰当地看作是文化的，但立刻就在符号体系中消失得无影无踪”[4]。

---

1　此人名也译为波德里亚，本书行文中采用鲍德里亚这一译法。

2. 波德里亚：《消费社会》，刘成富、全志钢译，南京：南京大学出版社，2001年，第71页。

3. 罗钢、王中忱：《消费文化读本》，第34页。

4. 同上，第35页。

在探讨物的意义时，鲍德里亚未能就符号功能与社会区分逻辑之间的关系展开具体的研究，也就是说，消费文化的符号体系未能与社会实践和社会历史紧密相连。而这一点，正是许多人类学家和社会学家的切入点，也为消费文化提供了马克思主义、符号学之外的第三种重要研究路径。他们认为，把物作为文本符号理解显然不够，对消费文化的分析必须是一种社会分析。玛丽·道格拉斯（Mary Douglas）和贝伦·伊舍伍德（Baron Isherwood）在《物品的世界》（*The World of Goods*）一书中指出，现代社会主要通过物的使用来确定意义，通过对物的比较、分类，通过赋予我们所拥有和使用的物以秩序，生产和维持社会关系。[1]当代文化社会学巨擘皮埃尔·布尔迪厄（Pierre Bourdieu）在其代表作《区分：鉴赏判断的社会批判》中指出，“人们日常消费中的文化实践，从饮食、服饰、身体甚至音乐、绘画、文学的鉴赏缺位，都表现和证明了行动者在社会中所处的位置和等级，鉴赏趣味的区分体系和社会空间的区分体系在结构上是同源的”[2]。布尔迪厄打破了日常消费与审美消费的界限，用大量的实例分析证明，日常消费与审美消费都是受消费主体的社会空间制约的，是不同的社会阶级在实践中建构的。在消费和审美实践中，客观的社会结构和社会惯例逐渐内化为行动者的惯习（habitus），继而决定了人们在消费中的鉴赏趣味。惯习一方面是由具体的社会实践塑造的，受特定的历史文化、社会条件影响产生出与之相应的秉性、风格和审美情趣；另一方面惯习又是动态的生成系统，它“根据不同的事件和地点随时改变，它具有创造和革新能力，生成符合自身逻辑的行动”[3]。与惯习

1. 罗钢、王中忱：《消费文化读本》，第37页。
2. 同上，第39页。
3. 同上，第41页。

密切相关的不是理性的选择，也不是抽象的哲学体系，而是日常生活实践。这一点特别在身体层面上得到最持久的体现，一个人可以改变自己的身份，掩盖自己的历史，但他走路的姿态、说话的口音、吃饭的姿态却会毫不留情地暴露他的社会出身和行动轨迹。布尔迪厄提出的另一个对消费文化研究产生重要影响的概念是"文化资本"。一方面，文化资本与经济资本和社会资本具有同源性，都体现了支配和被支配的权力关系，但同源并不意味着完全对等，在各自的场域中，每种权力关系的表现形式和等级秩序都不同。比如推崇为艺术而艺术，宣扬艺术独立的唯美主义就远离经济资本和社会资本，在文化艺术场域获得了其独有的符号权力。另一方面，同经济资本一样，文化资本也需要长期的积累，鉴赏品味的高低取决于所积累和传承的文化资本，因此，对某种文化实践和鉴赏品味的推崇和鄙夷往往是人为的。此外，经济资本在一定条件下也可以转化为文化资本，出身精英阶层的孩子能够获得良好的教育，积累丰厚的文化资本，因而文化艺术场域中的文化资本和鉴赏品味很大程度上都是在社会阶级的实践中构建的，"具有文化任意性，却不具有社会任意性"[1]。

## 第三节　商场中的女性漫步者：欲望、时尚、身体

马克思主义、符号学和社会学为物质和消费文化提供了三种主要的研究路径，但当借此来剖析嘉莉初见商场时物欲的萌发和对大城市秘密的体会时，我们会发现以上的研究路径似乎都缺乏性别因素在现代性和日常经验中的表征。珍妮特·沃尔夫（Janet Wolff）在那篇著名的《看不

1. 罗钢、王中忱：《消费文化读本》，第45页。

见的女性漫步者：现代性著作中的女性》（1985）中指出，女性在描述现代性作品中的缺席是因为这些作品在很大程度上关注的是公众领域，她认为虽然百货公司的出现为女性提供了一个公共区域，但波德莱尔、本雅明认定的现代性的典型特征——“短暂的、无名的相遇和无目的的闲逛”——并不适用于女性。[1]米卡·娜娃（Mica Nava）对此提出异议，她认为沃尔夫关注的19世纪后50年是波德莱尔所说的“早期现代性”时期，而作为现代性原型人物的城市漫步者只是现代性的观察者和记录者，在肆意游荡和窥探城市的同时，他们对普通人特别是不同女性的生活并没有参与。

米卡·娜娃认为商场是现代城市和消费文化中最突出的拜物表现，“百货公司和城市环境中的购物恰恰体现了女性沉浮于现代生活大漩涡的方式”[2]。百货公司、国际展览会、博物馆、画廊、休闲公园和电影院等作为城市所独有的公共空间，不仅为城市人提供了生活便利、娱乐场所和视觉快感，更成为展示现代发展成果的最重要场所，是现代生活最具魔力的舞台场景。很多百货公司都有巨大的楼梯和走廊、高高的穹顶、镶嵌着镜子的大理石墙面以及铺着东方地毯的木地板和丝绸、皮革装饰的家具，这些公共场所最先使用了取暖和照明设备，并且不断更新，为商品创造出新鲜诱人的环境。除了精心设计的场景为购物者提供的“视觉主题的大杂烩”[3]外，19世纪末的百货公司已经能够拥有包括儿童游戏

1. Janet Wolff, "The Invisible Flaneuse: Women and the Literature of Modernity", *Theory, Culture and Society*, No. 2, 1985, p. 44.
2. 米卡·娜娃：《现代性所拒不承认的：女性、城市和百货公司》，见《消费文化读本》，第173页。
3. 同上，185页。

区、厕所、化妆室、饭店、理发室、画廊、动物园、溜冰场、图书馆、票务和旅行代理中心等在内的大量设施，一战爆发前，公共娱乐形式相对缺乏，营业到晚上的商场已经成为城市的娱乐和社交中心，一个多世纪以来，百货商场的功能愈发强大，至今没有任何一个消费场所能够取代商场作为现代城市消费娱乐中心的地位。对女性而言，在公共生活相对匮乏的时代，百货公司为她们提供了隐身于人群的匿名之旅，它可以同时被传统家庭和社会礼俗所接受。事实上，百货公司为现代女性身份的创建提供了一个表达个体诉求的、具有女性特质的公共空间。她们围绕消费购物进行的一系列活动、获取的各种感官愉悦已经挑战了传统女性依附于男性、囿于家庭内部、私密纯洁、内向被动的特质。因此，百货公司不仅出售商品，也出售购物行为本身，日常的购物行为能够转变为让消费者获得感官享受的快感体验。

从女性主义的角度看，消费社会最显著的特征之一就是专注于女性享乐和女性欲望的不断刺激，而消费欲望的话语在很大程度上都是关于女性欲望的话语，女性形象也成为消费的代名词。比如，在1900年的巴黎博览会上，标志性的大门上方“是一个穿着紧身裙飞起来的塞壬，她头上是巴黎市的象征之船，一件仿貂皮的晚礼服披在她身上，俨然一个巴黎贵妇”[1]。同样，坐落于伦敦牛津街的塞尔福里奇（Selfridges）商场在1909开业之前进行了声势浩大的宣传，巨型的广告牌上一位插着双翅的女神将这座最新的商场拱手呈上，好似献给伦敦的一份厚礼，在女神的庇佑下它“致力于服务女性”，“满足儿童需求”，提供“最佳购物体验”[2]。

---

1 芮塔·菲尔斯基：《现代性的性别》，陈琳译，南京：南京大学出版社，2020年，第87页。

2. Rachel Bowlby, *Just Looking: Consumer Culture in Dreiser, Gissing and Zola*, New York and London: Methuen, 1985, p. 21.

这些饱含深情的广告语表面上代表女性购物者的利益，但同时也激发了女性的购物欲望，女性似乎注定无法逃脱琳琅满目的商品的诱惑。女性的欲望往往在于与其他客体发生联系时，才具有其主动性，也就是说，资本主义消费链的成功恰恰在于其潜在购买者的被动接受，女性的消费行为自然融入女性受到男性诱惑的话语体系中，在这个过程中，作为主体的男性资本家制造欲望并将其投射到女性消费者身上，还在商业杂志和报纸上谈论女人如何无法抵抗诱惑，大肆赞许女性购物，就这样，“欲望的回路从男人流向女人，又从女人流向商品”[1]。

在资本主义的迅猛发展中，女性的欲望一旦被唤起，必然会产生不可预见的影响。一方面，女性消费者的形象被描述为“像羊一样在软性商品标注的道路上走着”[2]，她们的顺从被视为必要的家庭义务和公民责任；另一方面，消费增长引发了一场挑战社会现有阶级制度的社会革命，女性欲望不断受到刺激，消费行为中萌发的自我意识与嫉妒冲动通通得到释放，她们“目无法纪，厌恶规矩，如果不加以抵抗，她们就任由自己性子乱来”[3]。女性消费时代也是女性自我意识全面觉醒的时代，以自我满足为核心的思潮日益流行，对两性关系乃至社会等级的稳定都产生了复杂的影响。如菲尔斯基所说，左拉（Émile Zola）的《妇女乐园》（*Au bonbeur des dames*，1883）和《娜娜》（*Nana*，1880）以及福楼拜（Gustave Flaubert）的《包法利夫人》（*Madame Bovary*，1857）等作品都再现了复杂多义的女性消费形象，她们既是现代性的受害者，对大规模生产的奢侈品可能带来的不良社会之风充满焦虑，又是现代性的特权行为人，享受现代社会的消

---

1. 芮塔·菲尔斯基:《现代性的性别》，第88页。
2. Gail Reekie, *Temptations: Sex, Selling, and the Department Store*, Sydney: Allen and Unwin, 1993, p. 16.
3. 同1，第89页。

费快感。专制的资本通过制造并施加欲望使女人臣服，与此同时，新兴的物质主义和享乐主义推动了社会的女性化，所以当我们在性别政治的语境下审视消费文化时，不难发现父权结构和资本结构之间极其复杂的关系，当我们把消费女性嵌入欲望和交换的回路之中，也不难发现大众消费的增长一面强化和巩固了男性资本家的身份权威以及社会阶级结构，一面又对它们构成威胁，乃至破坏了家庭内部父权制的权威性和社会结构。

左拉的《妇女乐园》可以说是描写现代百货商店的兴起、刻画女性消费形象的开山之作。在这部以百货商店的名字命名的小说中，商店本身成为左拉笔下最富现代意义的代表性场所，也是读者心中最难忘的角色。《妇女乐园》中的商店作为一个具有独特女性特征的公共空间，为女性提供了放纵、奢侈和幻想。女性在这里浏览商品，欣赏橱窗，面对令人眼花缭乱的诱人商品毫无抵抗力，她们卸下理性的伪装，兴奋地沉溺于购物的快感，小说用情欲般的描写将这种快感赤裸裸地呈现出来。比如左拉如此描述一个商店里的常客：她和女儿站在蕾丝柜台边，“她把手深深地埋入堆积如山的蕾丝、马林网眼纱、瓦朗斯花边及尚蒂伊花边中，她的手指因为渴望而颤抖，她的脸逐渐红润，充满感官上的快感；她旁边的布兰奇也受到同一种激情的感染，脸色苍白，皮肤丰满而柔软”[1]。这样的快感体验让女性陷入对理想美的盲目追求中，在欣欣然的自我欣赏中迷失。

然而，正如鲍德里亚对消费社会的解析所示，消费者不只是商品的占有者和获取者，在购买过程中，他们作为消费社会成员的全部身份还取决于获取适当的商品。该商品需要符合当下的流行趋势，更重要的是体现符合他们身份并被社会同等阶层认可的生活方式，在这个意义上，

1. 转引自芮塔·菲尔斯基：《现代性的性别》，第94页。

与其说消费者是商品的占有者，不如说消费者被商品裹挟，他们必然要依赖商品获得某种社会身份，同时个体的身份也具有了在个体自我主体性之外，能够通过伪装、扮演、购买获取的某种外在附属品的属性。鲍德里亚进一步指出，正如消费社会中没有自然，只存在关于自然的概念一样，消费社会也没有个人，而只有关于个性和个人化的一系列社会编码和符号规则。符号价值体现的是一种社会区分的逻辑，个体的主体性在生活方式和物品选择之中构建出来。对此，鲍尔比（Rachel Bowlby）总结道，“主体与客体，主动和被动，拥有者和被拥有者，独特与普通之间的界限，被消费者和消费品之间无休止的反身性互动打破。”[1]

20世纪的消费文化中，风格化的美学展示完美地应用了现代艺术陌生化和蒙太奇式的美学技巧，视觉刺激成为重要的营销策略。经营者善于迎合消费女性的心理调整商场布局，顾客常常在消费迷宫中迷失方向，受到更多迷人商品的诱惑。本雅明从波德莱尔的诗歌和19世纪巴黎拱廊街的历史流变中总结出了城市漫步者的形象，如果说这个漫步于城市街道、隐身于匿名人群、享受观察特权的形象更多是男性化的象征，那么百货商店则为女性提供了一个类似的空间，在此，她们得以迈着同样闲适的步伐，用洞察一切的目光审视光怪陆离的消费景观。如果说这个具有现代意义的漫步者形象体现了现代性的“既贪婪又色情的凝视”，那么这种凝视绝非仅限于男性，而是“女性与商品之间偷窥关系的决定性特征”[2]。然而，商场里游荡的女性却无法像人群中的男性漫步者那样用冷静而超然物外的目光审视城市看不见的文本，作为观察者，她们与目

---

1. Rachel Bowlby, *Just Looking*, pp. 28-29.
2. 芮塔・菲尔斯基：《现代性的性别》，第95页。

光凝视下的华丽商品之间存在着更加亲密、更具诱惑力的关系。纷繁、喧闹、炫耀的商品世界构成了消费无处不在的景观，它全方位地入侵女性的生活，不论结果好坏，都是不可避免的。女性与商品之间永远混杂着数不尽的欲望、诱惑、时尚情趣和生活风格等因素，正因如此，“引诱者与被引诱者、占有者与被占有者、女人和商品彼此炫耀，充满爱意，让年轻女孩在镜中顾影自怜这一经典画面得以延伸和强化”[1]。

为了理解视觉快感何以成为刺激女性消费欲望的有效策略，我们有必要回到形象（image）的概念本身。从希腊神话中那个痴迷于自己水中倒影的纳西索斯（Narcissus），到奥维德在《变形记》中对这个故事的重塑，自我形象都是自我主体性构建的基础。到了现代，形象与主体之间早已超出了最初镜面反射式的单一关系，从绘画、胶片、摄影、电影、广告，再到当下智能手机的普及，一方面，自我和他人形象的捕获已经成为日常生活中轻而易举的事情，另一方面，在多种技术媒介的支持下，形象在现代消费社会中得到了广泛应用，甚至侵入生活的每一个角落，主动也好，被动也罢，不管是个人还是集体，乃至整个社会都处于注视或者被注视的跨时空的视觉场域中。

拉康（Jacques Lacan）曾说，“在视觉这方面，一切都是陷阱”。因为视域是“由形象功能来编排的”，这是一个“由主体认为是真实的东西所决定的没影点的领域”，也就是说，观看者进入失去客体的领域，而观看的魅力在于与被观看客体的分离，因此，“视域准确地说，也是欲望之维”。[2]弗洛伊德认为，窥阴欲意味着作为主体的男性对欲望客体的女

---

1. Rachel Bowlby, *Just Looking*, p. 32.
2. 转引自玛丽·凯利：《形象欲望化／欲望形象化》，见陈永国《视觉文化研究读本》，北京：北京大学出版社，2009年，第391页。

性进行控制，欲望在形象中体现出来，特别是在对女性身体的局部特写中，窥阴癖将女性身体看作欲望和性的场所，是对女性身体的对象化和他者化。弗洛伊德通过俄狄浦斯情结来解释男性主体身份确立的过程，而这个过程的开始正是从男孩看到女性生殖器时引起的一系列精神事件诱发的。女性阉割的威胁是开始一系列压抑行为的信号，通过压抑，“客体的欲力投入被放弃了，由认同所取代。父亲或父母的权威被下意识地纳入自我的心灵之中，在那里形成了超我的核心”。超我的形成取决于男孩对父母的认同，也就是对异性恋机制主导的家庭规范的认同。对女孩而言，她们并未受到失去性器官的威胁，而是要接受阉割是一个“既定事实”，她们没什么可以失去的，因此“需要一个强大的动机来形成超我”。[1]弗洛伊德通过俄狄浦斯情结来解释个体的主体形成及其社会化的发展过程，继而揭示文明的进程。值得注意的是，视觉在弗洛伊德的叙事中占有支配地位，男孩和女孩的阉割情结正是因为他们看到异性生殖器而产生的，男孩可以将阉割威胁最终内化为一种积极的、符合家庭道义责任的超我意识，女孩则必须要应对自己缺乏阳物的事实，更重要的是意识到自己被排除在外的事实，因此，与其说弗洛伊德提供了一种与男性注视相当的女性注视，不如说女孩借用男性的注视只是看到了自己与男孩的差异以及阳物的优越。在弗洛伊德看来，注视的建构是一种阳物崇拜行为。“注视展现的是窥阴癖者对施虐权力的欲望，在这种欲望中，注视的对象被表现为被动的、受虐的女性牺牲品。”[2]因此，男性是弗洛伊德的成长叙事中不可避免的主体，而女性则是客体。

1. 转引自卡伦·雅各布:《对映的两面镜子：弗洛伊德、布朗肖和不可见性逻辑》，见《视觉文化研究读本》，第344页。
2. 同上，第346页。

作为西方现代主义重要的元叙事，弗洛伊德讲述了男性比较确定的发展，这也构成了拉康理论的基础。拉康在1949年于苏黎士举行的第16届国际心理学大会上发表了《在精神分析经验中显露的助成“我”的功能形成的镜子阶段》的文章，提出了人的自我意识产生于镜子阶段的著名论断。拉康指出，婴儿在诞生之初对世界的认识是混沌的完满，没有差别，没有他人也没有自己，所有的需要都是动物本能的表现。但随着认知的增长，他会发现世界中存在着不在场造成的匮乏，比如当他感到饥饿的时候，母亲的不在场让他体会到他者的存在，这就为自我意识的萌芽创造了条件。6个月大的时候，婴儿进入到镜子阶段。此时，婴儿已经模糊意识到世界中匮乏造成的差异，他需要的是一个投射“自我”的形象，而镜像凝视给他提供了一个这样的形象，他得以辨别自我和他人的差别。到镜像阶段结束时，婴儿可以判断镜中的人就是自我，并在父母的语言确认下，带着完整的自我形象，进一步向主体的形成迈进。然而，不幸的是，婴儿并不知道，他对自我的认识其实是一种“误认”，因为依照镜像建立起来的自身完整性不过是“矫形的整体形式的幻想，自我赖以确立的基准外在于身体实在，预示了它异化的结局”。为了克服匮乏，自我通过凝视建立了一个完美的理想形象，但这个“理想–我”却是建立在一个虚像之上，建立在永恒的匮乏之上，人的主体性归根结底不过是一个幻象。[1]

无论是弗洛伊德的俄狄浦斯情结还是拉康的镜像理论，主要关注的都是男性获得主体身份的问题，而女性如何实现欲望主体的自我建构则

1. 陈榕：《凝视》，见赵一凡等《西方文论关键词》，北京，外语教学与研究出版社，2006年，第354页。

成为众多女性主义理论家论述的主题。美国著名女性主义学者、艺术家玛丽·凯利（Mary Kelley）就从自己作为女性艺术家的经历出发，指出女性作为被注视客体的社会规约地位是“可质疑的、可消除的或可颠覆的”，打破男性作为主动凝视者的现象、拒绝男性的视觉快感是可能的。她认为，“欲望并不是由物体引发的，而是根据特定的幻想结构产生于无意识当中”[1]。比如，女性恋物癖的欲望可以从作为母亲的女性对孩子以及同孩子有关的一切物品的迷恋中得到证明。欲望，在视觉领域中是作为缺失的客体而发挥作用的，也就是说，“视觉所看到的就是欲望的表达，而欲望又以形象的方式被表现出来，图像的展示背后往往隐藏着某种意识形态的传播”[2]。

回到女性与商品的关系中，我们可以看出自恋的女性与消费女性之间存在明显的关联。自消费社会伊始，“女性究竟想要什么”的问题就成为商家费心琢磨的核心主题，消费女性自觉或不自觉地受到商品的诱惑，想要成为更好的自己，因此，女性和商品在对美的追求中成就了彼此，殊不知，“自恋与恋物之间的连接点是阉割”[3]，茫然不知的恋物只会更加强化源自缺失感的无限欲望，不论是迷恋自己倒影的纳西索斯，还是镜中顾影自怜的女孩，消费社会中形形色色的广告和光鲜亮丽的商品展示使他们从个体的自我世界融入世俗的商品世界之中。鲍尔比认为，“消费文化将顾影自怜的镜前时刻与商店橱窗前的凝视联系起来，玻璃映照的是站在它面前的女人（或男人）心中的理想形象”[4]。但是同纳西索斯

---

1. 玛丽·凯利：《形象欲望化/欲望形象化》，第393页。
2. 同上，第390页。
3. 同上，第394页。
4. Rachel Bowlby, *Just Looking*, p. 33.

的倒影与自恋式的镜面反射不同，橱窗的透明玻璃本身也阻隔着欲望的主体与客体，它既指向自由观看的愉悦享受，也导致无法真正获取的延时满足，因此，橱窗成为“距离与欲望的强大结合”。与其说橱窗里的模特是真实的自我投射，不如说它提供的只是一种潜在的自我，必须通过实施购买行为才能获得，同时它让橱窗外凝视目光的主体遭受“阉割”的威胁并感到恐惧，深深陷入缺失感和自责之中。消费社会中商品时尚潮流的迅速更迭进一步加剧了女性的缺失感，并不断激发她们对新事物的欲望，她们对每一次的时尚变换和潮流更替毫无抵抗，永远对那个理想的自己怀抱希望。

菲尔斯基认为，“女性欲望最令人不安之处，是它缺少一个对象”，“这种欲望总是从一种商品不断地移到另一种商品”[1]。在以日益增长的消费需求为基础的社会里，这种欲望必然使女性成为理想的消费主体。科林·坎贝尔（Colin Campbell）指出，“现代消费主义的精神可以被定义为一种无目标的、永不满足的渴望，这种渴望被固定在一系列物品中，它们可以组成无穷无尽的序列”[2]。在这个意义上，欲望的对象并非只是物体本身，而是物品所带来的自我幻想、自我欲望的满足，它与个人的审美情趣、阶级地位、身份特征密切相关。然而，即使幻想得以满足，这种满足感也往往无法长久维系，更何况预期的快乐和真正体验到的快乐总是不可避免地出现脱节。商品一旦买回家对它的兴趣就会减少，随之对新的物品的幻想又滋生出来，喜新厌旧成为现代消费主义的常态。在这种欲望逻辑中，物品本身并不重要，它是可以替换甚至丢弃的，引发欲

1.　芮塔·菲尔斯基：《现代性的性别》，第104—105页。

2.　Colin Campbell, *The Romantic Ethic and the Spirit of Modern Consumerism*, Oxford: Basil Blackwell, 1987, pp. 88.

望的关键不是物品本身的特殊物质属性或马克思所说的使用价值和交换价值，而在于作为商品在展示中所呈现的且能够激发欲望的象征意义，鲍德里亚称之为商品的符号价值。本雅明认为，在激发欲望的瞬间，商店橱窗里的商品好像摇身一变，成为博物馆中闪着神圣光晕的艺术品，具有了独特的收藏价值。所以在激发无限欲望、彰显商品景观的消费文化圣地中，消费者的欲望不可能真正获得满足，因为欲望的对象并不涉及客观的真实需求，相反，商品永远指向想象的成就感，然而在缺乏感和欲望的无限轮回中，这种成就感必然求而不得。对消费者而言，现实商品与想象形象、真实需求与虚假欲望、现实自我与幻想自我的界限被无情地打破了。

显然，现代社会的欲望规则和消费伦理对传统社会勤俭持家、纯真无邪的清教伦理构成了巨大威胁。伊丽莎白·威尔逊（Elizabeth Wilson）批评消费社会根深蒂固的时尚观和消费观时，曾这样描述潜规则："消费主义成了一种强迫性的行为方式，我们几乎无法有意识地控制消费。按照这种清教式的观念，我们受到了两面夹击，一面是市场的要求，另一面是无意识的涌动，而这种无意识的欲望是被我们的文化曲解和否定的。"[1]在鲍德里亚对消费社会的论述中，时尚正是构建消费社会符号差异系统的典型表现。"现代性是代码，而时尚则是它的象征标志。"[2]时尚以其变动不居的内在特性消解了传统的意义，让线性的时间维度进入了一种伪循环。鲍德里亚说，"时尚是这样一种东西：它从死亡中拉出轻浮，从常见中拉出现代性。它是一种绝望：任何东西都不可能永远延续；与此相反，它也是一种快乐：它知道任何形式在死亡之后，都总有可能再

1.　转引自芮塔·菲尔斯基：《现代性的性别》，第119页。

2.　波德里亚：《象征交换与死亡》，车槿山译，南京：译林出版社，2006年，第130页。

次存在，因为时尚预先吞食了世界和真实；它是符号的所有死的劳动压在活的意义上的重量……时尚的快乐是循环的幽灵的世界的快乐，在这个世界上，过去的形式作为有效符号不断地复活。”[1]时尚不断的循环往复让意义成为不断变换的能指，而时尚的生产模式正是现代消费社会的生产模式，时尚不仅体现在时装、发型上，更体现在和身体有关的一切装扮方式和生活品味上，其本身已经内化在现代人的生活方式中。具体到时尚与欲望的关系，鲍德里亚指出，时尚并不传递潜意识和欲望，“事实上，有一种时尚的‘冲动’，它与个体潜意识没有多大关系……这种冲动就是废除意义、投入纯粹的符号、走向野蛮的直接社会性的欲望。”[2]也就是说，时尚的欲望自诞生起，本身就是被符号建构的。罗兰·巴特在《流行体系》中指出，“时装的描述功能不仅在于提供一种复制现实的样式，更主要的是把时装作为一种意义来加以广泛传播。”[3]某种时装或时尚方式的流行源自符号的结构，而欲望是在这种符号流行的过程中生产出来的。对每个崇尚时尚的个体而言，“时尚成为自身形象的某种欲望之镜，它使得欲望成为一种交流模式，成为现代符码生产出来的信息。实际上，在福特主义将人的消费纳入生产规划的时候，欲望就已经成为被生产出来的对象了。”[4]女人们乐此不疲、费尽心机地一次次追赶最新潮流，迷恋时尚的美感，殊不知，时尚变动不居的特性决定了她们注定无法获得永恒的美，因为时尚的逻辑在于通过不断地否定之前的审美标准而制造新的审美标准，并通过符号化的生产将之转化为广泛流行的品味。时

1. 波德里亚：《象征交换与死亡》，第127页。
2. 同上，第135页。
3. 罗兰·巴特：《流行体系——符号学与服饰符码》，敖军译，上海：上海人民出版社，2000年，第9页。
4. 仰海峰：《时尚、身体与拜物教》，载《江苏社会科学》，2013年第4期，第20页。

尚追求的并不是珍藏在美术馆中传世画作一般永恒的、神圣的、令人顶礼膜拜却无法炮制的光晕之美，无论是极尽奢华的美学效果，还是通俗接地气的潮流，时尚永远浸染着金钱的气息，在昙花一现的绽放中它享受瞬时的高光时刻，沉寂后又期待着下一次的轮回。

长久以来，人们将女人同自然的原始欲望联系起来，也将女性同非理性的、冲动的消费联系起来，而资产阶级的男性气概则是以本杰明·富兰克林式的节俭和勤勉为代表，在理性与自我克制的约束下，男性似乎同消费格格不入。为此，在文学史上，诸如《妇女乐园》《娜娜》和《包法利夫人》等小说都通过对消费女性的再现来批判资本主义发展带来的庸俗物质主义，包括金钱的挥霍和性欲的放纵。左拉对娜娜挥霍无度的刻画就突出体现了"金钱、性和死亡之间的隐喻关系"。

> 现在是娜娜的黄金时代，她的名字在巴黎无人不知。她在堕落的地平线上越升越高，她大肆炫耀奢侈生活，挥霍财富就如粪土一般，她以这样的方式征服了整个巴黎。在她的公馆里，仿佛有一座火光熊熊的熔炉，她无穷尽的欲望就像炉中的烈焰，她的嘴唇轻轻一吹，就把黄金顿时化成灰烬，随时被风席卷而去。如此疯狂地挥霍金钱，确实罕见。这座公馆仿佛建在一个深渊上，那些男人连同他们的财产、身躯乃至姓氏都在这里被吞噬了，连一点粉末的痕迹都没留下。[1]

娜娜无休止的挥霍浪费彻底吞噬了以资产立足的男人，动摇了他们

1. 转引自芮塔·菲尔斯基：《现代性的性别》，第102页。

的文化根基。小说中左拉描述娜娜摧毁性的口欲时反复提到嘴巴、饥饿等。“在几个月内，娜娜就贪婪地把他们一个个吞噬掉，她的奢侈生活使她的需要不断增长，她的欲望变得毫无止境，她一口就能把一个男人吞掉。”[1] 如果说娜娜这样的女性形象是一种极端化、文学化的虚构载体，那么作家正是通过这一载体传达了对过度消费和经济变革的矛盾态度。在菲尔斯基看来，“对消费的性别化仍然是评价消费的社会文化意义的核心”。如上所述，消费主义的兴起与19世纪后半叶中产阶级女性日益高涨的公共政治要求和公共自由有关，现代资本主义社会在制造消费欲望的同时，也让更多女性体会到购物带来的愉悦，哪怕橱窗购物的视觉快感也足以促使她们不顾父权制的约束和宗法礼德，大胆表达并追寻自己的诉求，她们在现代化的商场中信步徜徉，在缤纷的世界里沉迷堕落。然而，伴随着对女性节俭持家等传统束缚的松绑，女性却在欲望都市的时尚潮流中受到色情化女性气质的规范，她们为获得某个理想形象不断地自我监控，而商品世界带来的益处在于她们能够随时将欲望以不同的形式投射到更多的商品上，甚至身体也被占有和消费。

现代社会的发展将人与物从传统中解放出来。鲍德里亚在《物体系》一书中系统分析了物的解放，即用符号重塑物的价值。在人的解放层面，弗洛伊德认为，现代人的解放伴随着对利比多的压抑，有些人可以实现利比多的压抑性升华成为正常人甚至艺术家，有些人却不能很好地处理这些压抑，它们就会在梦境中显现出来，或者指向自我，导致自恋状态。自恋“指一种人对待自己的身体就像对待有性关系的对象的身体一样。他可以通过注视、抚摸、玩弄自己的身体而体验到一种性的快

1. 转引自芮塔·菲尔斯基：《现代性的性别》，第103页。

乐，直至达到完全的满足”[1]。在鲍德里亚看来，弗洛伊德讨论的是古典意义上的自恋，它包含两种形式，初级自恋即主体与客体的融合，次级自恋指身体作为有区别的“自我”镜像，通过镜像的认识和他人的目光进行自我整合。消费社会后，出现了第三种自恋形式，即“身体变成符号与差异的工业化生产场所，让身体成为诱惑、满足、魅力的模式”[2]。消费社会中的理想身体意味着将身体建构为消费对象。鲍德里亚指出，在现代社会，“时尚、裸体、脱衣舞等不同形式中的身体，再次将欲望解放出来，使身体成为欲望的一种功能性存在”[3]。一旦身体被商品化，评判作为商品的身体必然需要一套完整的标准化、符号化的评价体系，女人们根据“美”“性感”和“气质”等符号化的标准来塑造自己的身体，这一点在今天的各种整容术、整形术中就能看到。身体作为一种性解放的符号充斥于广告、时尚和大众文化中，娱乐明星以身体为资本，普通人也不乏对青春美貌的追求，身体已然成为大众津津乐道的对象，就连营养保健、健身美体、康复护理等都包裹着对身体的救赎神话。身体的符号化依据的不是个体的自主目标，而是消费社会大众文化的标准化原则，而这个标准的存在必然带来新的社会规范和权力网络的控制，只是比传统父权社会中贤良淑德、足不出户等外在的道德标准更加隐晦罢了。在女人们看似对美的追求背后，身体已经成为裹挟着性暗示和种种欲望符号的消费对象。

鲍德里亚在弗洛伊德的影响下提出了“菲勒斯汇总本位制”。在弗洛

1. 弗洛伊德：《论自恋：导论》，见《弗洛伊德著作选》，贺明明译，成都：四川人民出版社，1986年，第143页。
2. 仰海峰：《时尚、身体与拜物教》，第20页。
3. 同上，第21页。

伊德对儿童性意识起源的探讨中，不管是男孩认为所有人都有和自己一样的生殖器官，还是女孩看到男孩的阳具而产生的羡慕之情，都潜藏着一个前提，即菲勒斯崇拜。弗洛伊德所说的菲勒斯仍然是传统的、具有特定指涉意义的，而鲍德里亚认为，菲勒斯在现代消费社会中具有新的符号意义，也就是说，当身体作为一种欲望符号和消费对象时，都具有同一个等价物，即“菲勒斯”。同商品市场的货币一样，菲勒斯是衡量一切性感的符码，是衡量身体和两性差别的硬通货。比如，脱衣舞女缓慢舞动的意义并不是最后暴露出的性器官，而在于过程中伴随着舞姿展现出的极具诱惑力的身体，缓慢的过程强化了舞女对自己身体占据主导的自满，通过“色情”将“阉割”排除了，通过对“阉割”的否定，“将身体表现为一个活生生的菲勒斯”[1]。鲍德里亚还指出一个生活中常见的菲勒斯形象，在他看来，口红就具有菲勒斯特征，它“让嘴具有菲勒斯交换价值的标记——勃起的嘴，肿胀的性，由此女人竖立起来了，而男人的欲望则在这里迷恋上了自我形象”[2]。符号化的菲勒斯已经丧失了原有的特定指涉意义，在日常生活中成为同货币一样具有通用性和标准性的一般等价物，只不过货币用以衡量物的交换价值，而菲勒斯则用以衡量、统摄和支配一切与身体和性有关的东西。当人们沉醉于这种漂浮的能指所统摄的符号体系时，就产生了符号拜物教。

根据鲍德里亚对消费社会的探讨，无论是对时尚的迷恋还是对身体的崇拜，其本质都是对符号的崇拜，它是有别于马克思所说的商品拜物教、货币拜物教和资本拜物教的新形式。鲍德里亚的消费社会学理论着

---

1　仰海峰：《时尚、身体与拜物教》，第21页。

2.　同上，第22页。

重考察和批判这种新的符号拜物教形式，而符号也自然成为消费社会批判的核心概念。传统马克思主义政治经济学理论对商品交换的历史进行了如下划分：在第一个阶段即前工业社会，商品交换发生于过剩品之间；在第二个阶段即资本主义时期，整个工业活动都处于商业范围内，交换的商品不仅是过剩品，而是包含一切产品，因此一切生产都取决于交换；进入到第三个阶段，一切精神的或物质的东西都具有了交换价值，比如爱情、信仰、德行和知识等都可以在市场上进行估值评价。按照马克思的理解，第一阶段到第二阶段是社会形态的根本变化，而第二阶段到第三阶段只是商品逻辑的延伸。鲍德里亚则认为，第二阶段到第三阶段也是决定性的、根本性的社会转型，它产生了一种新的社会关系类型，与第二个资本阶段对应的冲突完全不同，传统形式的拜物教批判也过时了。[1]

鲍德里亚考察了法语拜物教（fétichisme）一词的词源，它于17世纪在法国出现，由物恋（fétiches）一词变化而来，源于葡萄牙语feitico，意思是“人工的、人为的”，拉丁语词源是facticius，是“人造的、人为的”之义，因而“它是一种文化意义上的带有符号性的劳动，它作用于物恋的载体，同时也作用于这种物恋让人产生的迷恋当中”[2]。在这个意义上，作为一种符号操作，拜物教所揭示的“并不是对于实体（物或者主体）的迷恋，而是对于符码的迷恋，它控制了物与主体，使它们屈从于它的编排，将它们的存在抽象化”[3]。与其说与劳动相分离的主体受到某种拥有神秘力量的物的诱惑，不如说拜物教的作用在于将符号建构出的消费社会体系神秘化，追求物质享受的人看似因物而感到快乐和满足，事实

1. 仰海峰：《时尚、身体与拜物教》，第23页。
2. 鲍德里亚：《符号政治经济学批判》，夏莹译，南京：南京大学出版社，2009年，第78页。
3. 同上，第78—79页。

上他们面对的首先是符号，令他们着迷的也不是物本身的使用价值或与生俱来的价值，而是在差异体系中获得的符号价值。比如女人们购买名牌包，如果从满足基本需求的使用功能上来说，名牌包与普通包毫无差别，那些高价的名牌包并不是因为在某些使用功能方面更强大，而是因为这些包从普通款、限量款到定制款有严格的等级划分，拥有它们能体现自己的身份价值和社会地位。拥有一款限量爱马仕铂金包已经成为进入名媛社交圈的敲门砖。也恰恰是因为名牌包的符号价值才让它们更容易被模仿甚至伪造，所谓的高仿品也成为那些渴望获得社会地位但经济上又负担不起的人们装点门面的必备武器。女人的爱马仕也好，男人的劳力士也罢，这些品牌已经成为身份、资产和地位的象征，作为符号，它们同样从属和依赖于差异化的符号体系，也正是在与其他品牌和符号的差异中才凸显出自身的独特价值。

符号拜物教的重要特征在于符码编制的差异化和体系化，而符号的力量就是消费社会拜物教的力量，在这种“看不见”的隐性力量的推动下，时尚、身体都被纳入了符号体系。现代社会中，身体被赋予了各种诱惑力，而这些诱惑力本身都是被符号所宰制和统摄的。中国女孩执着于白皙的皮肤，因此春夏的街头随处可见女孩们撑起的遮阳伞；美国女孩喜欢小麦色皮肤，喜欢在海滩上身着比基尼晒日光浴。强烈的反差表现了中美女孩审美标准的不同，但更重要的是，她们对身体做出的不同选择却共同受到消费社会中符号体系的左右，甚至身体的各个部分都要按照符号的要求去规划，美妆、服饰、配饰等一系列与身体有关的物通过这种方式成为给人以安全感的崇拜物。因此，鲍德里亚认为消费社会的拜物教本质上是符号崇拜，并且能指与所指的对应关系被打破了。能指变成一种漂浮的、空洞的存在，一切都可能成为能指，成为具有意识形态价值的母体。这种能指拜物教使得消费社会的物和主体都失去了存在的独立价值，成为差异体系中的符号化存在。鲍德里亚揭示了能指拜物教的存在方式和内在逻辑，为消费社会的政治经济批判提供了新的路径，也为我们解读消费社会的城市小说文本提供了理论参考。

## 第四节 《嘉莉妹妹》中的城市奥秘：物、女性、消费

在过去的两个世纪里，美国经历了从农业社会到工业城市社会的剧变。1790年的人口普查显示，95%的美国人生活在乡村，而剩下的5%的城市人口大多生活在数千人的城镇，当时只有费城、纽约和波士顿的居民超过了1.5万人，整个南方都是广袤的乡村和农场。19世纪后半叶，南北战争结束，在第二次工业革命的推动下，重工业和基础设施建设飞速发展，机械化生产线、电话、汽车、家用和商用电器等得到广泛应用，美国迎来了财富急剧增加、城市化进程加速的镀金时代。越来越多的人被城市的物质生活和工作机会吸引，1870年，城市人口达到了总人口的1/4，而这个数字到1920年翻了一番，这期间有1100万美国人从乡村来到城市，城市人口达到总人口的一半多，并首次超过农村人口。同时，工商业发展迅速，需要补充大量的劳动力，为此政府制定了宽松的移民政策，从1870年到1920年，美国人口激增2500万。这一人类历史上最大规模的移民潮也大大推动了美国的城市化浪潮，让纽约、芝加哥和费城等城市迅速崛起，成为西奥多·德莱塞笔下的“了不起的大城市”。

作为美国现代主义小说的先驱和自然主义文学的代表人物，德莱塞对美国的城市了如指掌，这得益于他所从事的新闻业。做记者期间，他的足迹遍及芝加哥、匹兹堡和纽约等大都市，他深入城市的大

街小巷，对城市人的生活进行了广泛、深入的调查，为日后的文学创作积累了丰富的素材。德莱塞虽然只上过半年大学，也没有接受过正式的哲学训练，却深受赫伯特·斯宾塞（Herbert Spencer）的影响。1894年是德莱塞思想的转折点，正是在那个夏天阅读斯宾塞后，他感到“思想上受到极大的震撼”[1]。

斯宾塞被誉为社会达尔文主义之父，他提出“适者生存”不仅是自然界的法则，也适用于人类社会。尽管社会达尔文主义经常卷入优生学的争论，其引发的种族优劣和竞争思想也常常被拥护者用来为社会不平等、种族主义和帝国主义正名，但不可否认的是，在镀金时代的美国，推崇优胜劣汰的社会达尔文主义与自由放任主义共同成为占据统治地位的思想体系。“自由放任，反对国家干预”的经济思想得到广泛支持，美国人普遍认为拥有大量财富是神权的标志。在这样的思潮中，一方面，资本家创业的积极性被极大调动起来，这期间诞生了美国历史上第一批具有国际影响力和竞争力的垄断企业，如通用电器公司、福特汽车公司、美国电话电报公司、美国钢铁公司等，这些名字至今仍然掌控着美国的经济命脉。另一方面，美国中产阶级也积极参与投资活动，崇尚资本积累，到1913年，美国的人均国民生产总值和工业生产总值均位居世界第一，无可争议地成为世界第一经济强国。

理查德·利罕指出，“斯宾塞哲学的关键是他对力量的信仰”，而这种力量并非柏格森意义上的源自内部的生命驱动力，而是同外部休戚相关的力量。无论个体的人还是整个城市必然受到自然和社会力量的制约，随着这些力量越来越强大，制约受限的边界也会随之拓展，直到达

1. 理查德·利罕：《文学中的城市》，第198页。

到某个不可突破的“均衡点”，之后就会经过发展的停滞期而转向瓦解。所有的个体和事物从同质走向异质，从简单走向复杂，达到均衡点后瓦解再诞生另一种形式的同质性。作为一个整体，人类的城市和社会就是在无数个体不断循环的模式中向前发展的。而在这个过程中，个体如果不能适应环境，不管是自然环境还是社会环境，必然会走向瓦解和灭亡。社会中的“适者生存”在斯宾塞看来也属于不可抗拒的自然规律。

因为深受斯宾塞思想的影响，德莱塞在见证镀金时代的美国城市飞速发展的同时，必然要深究推动其发展的力量。城市不仅为德莱塞笔下的人物提供了具有现实意义的生活背景，城市本身更是他始终关注的主题。而且德莱塞尤其关注年轻的乡下男女抵达城市后所受到的城市文化和消费主义的诱惑和冲击，在追逐成功的路上，他们从满怀希望最终走向失望甚至毁灭。然而城市却像自然界中的日月、潮汐一样，始终拥有某种恒定的力量，像磁铁一样吸引着人们靠近它，人们一旦卷入其中的漩涡就无法自拔。在德莱塞看来，身处物质主义笼罩下的城市，没有哪种力量比物质欲望的力量更加强烈，但物欲的力量也同样受到金钱的限制，因此同斯宾塞一样，“德莱塞的世界是一个有自然局限的世界——一个自我不断挑战其极限的世界，一个受舒张与收缩过程约束的宇宙，它设定了一个具体的范围，个体、群体、城市，甚至全人类都不可超越的范围”[1]。

在从自然主义到现代主义、后现代主义的美国城市文学传统中，西奥多·德莱塞是一个响当当的名字，人们称其为美国现代主义小说的先驱，他给美国文坛，特别是城市文学留下了浓墨重彩的一笔。从第一

1. 理查德·利罕：《文学中的城市》，第262页。

部小说《嘉莉妹妹》（1900）到其姊妹篇《珍妮姑娘》（*Jennie Gerhardt*，1911），从鸿篇巨制《美国悲剧》（*An American Tragedy*，1925）到由《金融家》（*The Financier*，1912）、《巨人》（*The Titan*，1914）、《斯多葛》（*The Stoic*，1947）三部小说构成的《欲望三部曲》（*Trilogy of Desire*），德莱塞始终聚焦于城市。"他不厌其烦地讲述的只有一个故事：一个来自美国内地年青姑娘或小伙子逃避乡村生活的乏味，来城市中寻找新的生活。最终的结果却是从满怀希望走向失望和毁灭"[1]。城市文学研究者唐纳德·皮泽（Donald Pizer）认为，"在德莱塞之前，没有任何一个美国的本土作家像他那样完全深入到19世纪的新兴工业城市中"[2]。《嘉莉妹妹》作为德莱塞的第一部作品，虽然在出版之初因"有伤风化"而备受争议，甚至险些被封杀，但1901年在英国再版时当即引起轰动，后来又在美国多次重印，成为"美国小说史上一座具有历史意义的里程碑"[3]，最终为德莱塞赢得声誉。

《嘉莉妹妹》讲述了一个怀揣梦想的农村姑娘嘉莉一路从芝加哥到纽约的经历，为摆脱贫困、满足不断增长的物欲，嘉莉出卖自己的身体，先后与推销员德鲁埃和酒店经理赫斯特伍德同居，后又凭借美貌成为百老汇演员而大获成功。嘉莉的成功有悖于美国社会的道德传统，她先是不顾贞操未婚同居，后又跟有钱人私奔，依照当时的清教道德和社会风俗理应受到惩罚，可她非但没有遭到报应，反而成了红极一时的大

1. 朱振武：《生态伦理危机下的城市移民"嘉莉妹妹"》，载《外国文学研究》，2006年第3期，第141页。
2. Donald Pizer, Introduction to *New Essays on Sister Carrie*, in *Sister Carrie*, Donald Pizer ed. New York: Cambridge University Press, 1991, p. 1.
3. 潘庆舲：《嘉莉妹妹》前言，见德莱塞《嘉莉妹妹》，潘庆舲译，北京：人民文学出版社，2015年，第4页。本书所引《嘉莉妹妹》内容均出自此版本，后文不再逐一标注。

明星。这对当时奉行清教礼俗的、有教养的美国人而言，无异于赤裸裸的挑衅。然而，年轻的德莱塞无视世俗风化，坚持不落俗套，直击正统道德要害，他说“生活就是悲剧。我只想按照生活的本来面目来描写生活”。也正为此，辛克莱·刘易斯（Sinclair Lewis）对德莱塞大加赞扬，“《嘉莉妹妹》像一股强劲的自由的西风，席卷了株守家园、密不通风的美国，自从马克·吐温和惠特曼以来，头一次给我们闷热的千家万户吹进了新鲜的空气”。这股新鲜空气得益于德莱塞对传统理念束缚的大胆突破和锐意革新，更得益于他对美国现代生活的全面体察与深刻反思。

从乡镇到都市，在物欲横流的城市物品消费中身心堕落，这是德莱塞创作的核心主题。《嘉莉妹妹》一开篇，叙述者就断言这个智力上尚未成熟、只有简单的观察能力和分析能力的小镇姑娘，来到芝加哥这个大都市，结局只有两种：“要么遇好人搭救而越变越好，要么很快接受了大都市道德标准而越变越坏。”“变好”与“变坏”是一种道德标准，“变好”的前提是有他人拯救，“变坏”的条件是接受城市的生活准则，但从两个极端的条件设置看来，叙述者似乎在暗示城市生活中处处是陷阱，倘若一个人“思想松懈、意志薄弱”，“自然就堕落下去”。从嘉莉妹妹登上前往芝加哥的火车开始，小说已经为她在城市中堕落的命运埋下了伏笔。嘉莉的全部家当包括“一只已交行李车托运的小箱子，一只廉价的仿鳄鱼皮手提包，内装一些梳妆用的零星物品、一纸盒小点心和一只带有摁扣的黄皮钱包，里面装着她的车票、记着她姐姐在范博伦街住址的纸条和四块美元”。作为记者的德莱塞对生活有着细致入微的观察，但详述嘉莉这身行头的意义不仅仅是出于现实主义的细节描写，更蕴含着嘉莉与即将抵达的城市的紧密关联。这些随身物件透露出这个涉世未深的十八岁农村姑娘同很多年轻城市女孩一样爱美、赶时髦，“对物质有本能的追求”[1]，虽然真皮包买不起，仿鳄鱼皮包也是心头好，黄皮钱包和四块美元更凸显了城市生活必备的重要前提，也预示着嘉莉必然会被卷入物欲和拜金的城市漩涡之中。

物质生活的极大丰富是城市之于乡村最突出的差异表征，又没有什么地方比百货商场更能彰显城市的物质景观了。德莱塞充分发挥实证主义精神，新闻报道式地记录了1889年芝加哥蓬勃发展的工商业盛景。这是一座充满“雄心壮志、冒险精神和强大活力的”城市，人口猛增，各种大工业涌入，铁路、建筑业迅猛发展，它“犹如一块巨大的磁铁”，“把人们从四面八方吸引过来”。德莱塞更是从时空维度突出了百货商场在城市中的重要地位。空间上，“芝加哥中心乃是一片很大的批发商业区和购物中心……凡是有气魄的大商行都是单独拥有一幢大楼，这是当时芝加哥的一大特点”。时间上，“美国最早的三家（百货商场）始创于1884年，都在芝加哥”。也许从史学考证角度来看德莱塞的描述并不完全准确，但置身于百货公司大规模兴起、工商业突飞猛进的时代，任何城市人都难以抵御商场散发的诱人魔力，更何况初来乍到的打工妹嘉莉呢。找工作途中，她“偶遇”商场，便受到强烈的震撼和心理刺激。“每一个单独陈列的柜台，都是令人眼花缭乱、心往神驰的博览会场馆”，“她不由得感到每一件饰物、每一件珍品对她都具有极大吸引力”，“对琳琅满目美不胜收的珠宝、饰物、服装、鞋子、文具等商品简直艳羡不已”。在嘉莉眼中，百货公司陈列的商品如同博物馆中的艺术品一样令人心驰神往，对物的崇拜与渴望在此刻被激发出来。在充满物欲的目光下，色彩斑斓的

1. 金衡山：《欲望之城与效率的选择：城市的逻辑》，载《国外文学》，2018年第2期，第76页。

商品构成了消费社会夺目的景观。本雅明早在19世纪的巴黎拱廊街中就发现商品陈列在巨大的玻璃橱窗中仿佛“在耀眼的舞台”上进行着“神圣的炫耀”。的确，陈列的物品与目光之间已然构成“象征性的交换”，商品在满足人瞬间欲望的同时也获得了瞬间的“收藏价值”，即商品带给人的美感与快感。商场不仅仅是满足人们日常所需、实现经济交换的场所，更是激发无限物欲、彰显商品景观形象的消费文化圣地。在这里，人们沉醉于梦幻世界的视觉享受，正如鲍尔比所说，“形象就是一切”，“视觉享受本身就是金钱所购买的对象”[1]。

这个纷繁、喧闹、炫耀的商品世界的吸引力是无可抵挡的，它对生活的入侵无论好坏都无法避免。在观赏商品获得瞬间快感的同时，囊中羞涩的嘉莉必然感受到自己与那些“推搡她、瞧不起她、跟她擦肩而过的”漂亮太太们之间的巨大鸿沟，她深知自己是来找工作的，“这些东西哪一件都买不起”，然而当她发现这些幸运的女人们也在“贪婪地盯住她们自己在店里见到的所有物品”时，“她心里不由得妒火中烧”。商场裹挟着都市无穷的魔力，对初来乍到的嘉莉略施魔法，就已让她完全沉醉其中，“她模糊不清地意识到大城市里许多迷人的奥秘——财富、时髦、安逸——这一切都使女人为之熠熠生辉，于是，她就更过分醉心于渴求华美服饰和美貌了”。对嘉莉而言，物欲的产生是一种本能的冲动，而欲望的对象不仅仅是物本身，更是物所蕴含的社会身份和等级差异。嘉莉进城之前并不知道“大城市里比她幸运的姐妹们是什么模样”，而如今只是在商场里走了一遭，她已经觉得自己“怪寒碜的”，与那些“独立不羁”“满不在乎”又“显得格外可爱”的女人相比，“服饰和风度上”都

1. Rachel Bowlby, *Just Looking*, p. 6.

有“种种欠缺”。从欠缺感到欲念，嘉莉不由得“妒火中烧”。初见商场，欲念已在心中熊熊燃烧。

如上所述，嘉莉妹妹抵达芝加哥的1889年，美国已经从资本主义工业经济时期进入垄断经济时期，资本主义的清教伦理让位于崇尚消费的享乐主义，越来越多的主流中产阶级将伦理道德统统抛弃，物质富足和精神富足的天平越来越倾向于前者。一方面，精神伦理和信仰框架被打破；另一方面，永无止境的物质追求无法为人们提供慰藉心灵的精神力量。现代城市的商品文化和消费经济很大程度上阻断了人们的精神交流，金钱、物质和欲望腐蚀了人与人之间单纯、善良、美好的情感交流。如鲍尔比所说，小说中“商品匮乏的旧经济时代的限制和道德约束力都让位于去个人化和巨大规模的垄断资本主义，导致责任被欲望取代。同时，个人的工作伦理从生产转移到消费；个人的事业也屈从于商品世界中自由浮动的无限可能”[1]。瓦尔特·米歇尔（Walter Benn Michaels）更是直接点明德莱塞远离了传统现实主义确定的道德和经济秩序，将“人物与欲望结合起来，世界与人的自我感知的关系极其密切，以至于人是什么和想要什么之间的差距已经消失”[2]。

德莱塞在小说中直言，“一个阅世不深的人，无异于一茎弱草，任凭狂风暴雨吹刮。我们的文明还处在一个中间阶段——我们早已不是兽类，因为我们的行动完全不受本能的支配；可又不是完全像人，因为我们还不只是受理性的支配。……作为兽类的时候，大自然的力量使他们跟本能与欲念混为一体；可是作为人类，他们还没有完全学会让本能与

1. Rachel Bowlby, *Just Looking*, p. 61.
2. Walter Benn Michaels, *The Gold Standard and the Logic of Naturalism: American Literature at the Turn of the Century*, Berkeley: University of California Press, 1987, p. 41.

欲念听从自己支配。他们处在这种过渡阶段左右摇摆——既不能主宰自己的本能跟大自然保持和谐，也不善于按照人的自由意志理智地创造这种和谐……”受自然主义哲学的影响，德莱塞从自然和人性的角度指出，人类文明处于过渡阶段，在本能与欲念之间摇摆不定，而对过渡阶段的个体而言，或者至少是对嘉莉妹妹这些“涉世未深”的凡夫俗子来说，在本能与理智、欲念与觉悟的争夺中，“本能和欲念”终究还是“胜利者”，嘉莉终究“完全听从自己的欲念摆布，不是走下决心要走的路，而是很快就随波逐流了”。生活在大都市里的人遵循的首要原则是：“金钱既然人人都有，我也非有不可。”物质极大丰富，我也必须享受。不啻如此，城市市场经济学还必须遵循交换的原则。对于一个怀揣“美国梦”或“都市梦”的乡镇姑娘来说，她可用以交换的唯一资本就是身体，把身体变成商品，把身体变成物，供男人们消费，由此获得舒适的公寓、漂亮的服饰和高档餐厅的排场。

嘉莉的确在进城之初没有遇到“好人”。小说开篇，在通往芝加哥的火车上，嘉莉就被衣冠楚楚的德鲁埃所吸引，德鲁埃更是深知“衣着打扮对女人心理的重要性”，对嘉莉的攻势就从给她购置新衣开始。而自从嘉莉从德鲁埃那里得来了“两张软软的、漂亮的绿色十块头钞票”，金钱、欲望、诱惑就变得密不可分。第一次进入商场找工作时，周遭的“一切都激起她的个人欲望，可她又深知这些东西哪一件她都买不起”。再次进入商场，有二十美元在手，“她在每一件华丽的服饰跟前都要驻足片刻”，她的心“已被想要占有这一切的欲念燃烧得旺旺的”。正如德勒兹（Gilles Deleuze）与瓜塔里（Felix Guattari）所说，“一旦我们将欲望与获取等同起来，欲望就成为一种理想主义的概念，继而使我们将其视为一种缺失，对某个客体的缺失，某个实体的物的缺失”[1]。嘉莉在商场中屡次经历从欲念到缺失感的转变。她在珠宝部流连徘徊，时刻想着“她只要有几件，岂不是也会楚楚动人”。人们对物的占有欲或渴望获得与物相关的社会地位看似源于个人的私念，事实上却是在现代城市中由市场经济催生的。聚集了消费魔力的百货商场不仅彰显着商品催生欲望的过程，也见证了货币的主宰地位。理智的人们总是在欲望与需求间摇摆不定，然而他们毕竟受到现实生活的牵绊，欲望往往让位于缺失感，而这种缺失不仅仅是对物的缺失，更是物所代表的主体身份的缺失。

一个雄心勃勃、生气十足的“了不起的大城市”持续给人们灌输着欲望，将其卷入城市的漩涡。作为消费社会中的一员，嘉莉将有钱人精致的衣食住行以及露骨地表现出来的优越感通通看在眼里，渴望名利的她也始终受到欲念的摆布。特别是华丽的服饰，对嘉莉来说，它们“具有某种巨大的诱惑力”，这种诱惑力也集中体现了消费社会中物欲对主体的建构作用。在德莱塞笔下，服饰甚至掌握了欲望的话语，在激起消费欲望的同时，也同主体建立了关系。如叙述者所说，“它们甜言蜜语，似乎赛过狡猾的骗子，净给自己吹嘘。只要听到它们的恳求声，嘉莉心中的欲念就乐于俯首倾听。”这些“无生命物体”仿佛恋人在耳边喃喃细语，对她百般讨好，句句直抵内心。花边衣领说，“瞧，您一带上我多帅；千万不要把我扔掉”。“这么一双纤小的脚，”崭新的软皮鞋的面料说，“我把它们保护得多好；它们要是少了我，该有多可怜呀。”面对赤裸裸的诱惑，嘉莉最初也像所有的凡夫俗子那样受到良知的束缚，在道德良心的压力下，她“会屈从接受艰苦的劳动和贫困的生活”，但坚决不愿“再穿

---

1. Gilles Deleuze, and Felix Guattari, *Anti-Oedipus: Capitalism and Schizophrenia*, trans. Robert Hurley et al., Minneapolis: University of Minnesota Press, 1983, p. 25.

上旧衣服，露出一副可怜相来”。更具讽刺性的是，在物欲横流的百货商店里，皮鞋对嘉莉而言是“阔太太”一般美好生活的象征，却丝毫没有勾起她在制鞋厂单调乏味的生产线上辛苦劳作的记忆，令她作呕的机械的重复动作、不堪入目的环境以及粗野低俗的氛围在百货商场的魔力下通通消失殆尽，闪耀灯光下占据主导地位的是激发物欲的商品。

从乡镇到芝加哥，从芝加哥到纽约，嘉莉一路走来，所有的遭遇几乎都与金钱脱不了干系。虽时有坎坷，却也大获成功，而成功的秘诀就是把身体作为商品，将其转换为金钱，再利用主宰城市经济命脉的货币关系来满足物欲。“货币经济主宰着都市，它已经完全取代了家庭生产和直接的实物交易。”[1]嘉莉离开赫斯特伍德时，也留给他留下了二十美元，同德鲁埃最初给她的数目相当。德莱塞笔下的城市中，所有事情包括爱情、亲情和友谊，都有明码标价。即便当嘉莉初到芝加哥时，之所以能借住在姐姐家，也是因为她会每周付四美元的寄宿费，这样就能尽快偿还姐姐家里的房贷。在某种意义上，嘉莉不是妹妹，而是四美元。这意味着人与人之间的关系都是由金钱来决定的。金钱能改变一切，道德、本能、良知都难以与之抗衡。置身于无休止的金钱交易中，人们始终被城市的物质主义所笼罩，他们被自身无法抵抗的物欲所吸引，始终受制于城市生产和消费的法则。城市标准化的货币经济使人们在利益的驱使下极端务实，越来越精于算计，计较得失。城市人凭借理性应对城市中瞬息万变的外界刺激，用心理的麻木、冷漠和克制保护自己不受外界危险的威胁。这也就是西美尔所说的现代人应对外界刺激的吸收和反应能力，作为一种大都市必备的生存技能，西美尔笔下的“厌世态度”也催生出了一种个性不

1. 汪民安等：《城市文化读本》，北京：北京大学出版社，2008年，第133页。

断消失的“自我隐退”的生存状态。对嘉莉而言，与其说是“自我隐退”，不如说是从穷困潦倒到飞黄腾达，嘉莉在城市中始终无法摆脱孤独，“孤零零的一个人仿佛被扔到了波涛汹涌的无情大海”中，而似乎只有金钱购买的物才能赋予她切实的存在感，正如叙述者所说，“不是我们自己，而是这些事物——我们则是作为它们存在的根据——才算是真实”。

作为消费主体的人在物欲的驱使下变成了被消费的物（身体），也就是说，由消费商品（时装、豪车、大宅）的人（主体）变成了满足感官欲望的符号（能指），服装、首饰、外貌在嘉莉这里成为“实现自我价值”的舞台，甚至爱情和婚姻也仅仅是一种满足欲念和成就梦想的生活方式。最终，她连商品本身的价值都失去了，剩下的仅仅是一个标志、一个符号、一个完全缺失个性的漂浮的能指。小说最后，穷困潦倒、饥寒交迫的赫斯特伍德在百老汇的街角看到了白炽灯广告上嘉莉的大名，“一块镶金边框的大型招贴板，上面印有一幅精美的嘉莉画像，模样儿竟跟真人一般大小”。恍惚间，赫斯特伍德对画像中的嘉莉说，“原来是你啊！”“我配不上你了……”此时的赫斯特伍德面对功成名就的嘉莉“早已无能为力了”，他心中的狂怒很快就退去，转而渴求“她可不能不管我呀”。见不到嘉莉，赫斯特伍德只能向广告牌上的画像求救，而真正的嘉莉虽然“有的是钱”，可她的生活又何尝不是像画像中那样徒有一个精致的外表，“舞台已成为她塑造自我身份的主要场所和象征”[1]，叙述者在小说最后充满遗憾地说，“充满欲念的嘉莉总是觉得不满足”，它永远持续不断，引导着、诱惑着“直到你没有思想，再也不伤心的时候”。

在德莱塞的小说中，欲望是无可厚非的最重要的关键词，但是对德

---

1. Paula E. Geyh, "From Cities of Things to Cities of Signs: Urban Spaces and Urban Subjects in 'Sister Carrie' and 'Manhattan Transfer'". *Twentieth Century Literature*, Vol. 52, No. 4, 2006, p. 417.

莱塞而言，欲望的背后不光是资本主义消费文化对普遍人性的侵蚀，它本身就是具有伦理价值的道德问题。德莱塞深受斯宾塞的影响，并且在小说第十章将斯宾塞加入到讨论之中。“根据斯宾塞和我们当代自然主义哲学家们的分析研究，我们对道德的认识还很幼稚”。显然，斯宾塞并不能解决德莱塞对道德问题的追问。“面对这个像世界一样古老的难题，我们态度严肃，满怀兴趣，却又感到困惑不解；竭力要创立真正的道德理论——对什么是善这个问题找到真正答案。”这种模棱两可的态度却恰恰说明关于道德的善恶美丑往往无法定论。当嘉莉住进德鲁埃给她找的公寓时，两人各自经历了自问自答的心理过程。

> “啊，”德鲁埃暗自欣喜地想道，“我初战告捷，该有多美。”
>
> “啊，”嘉莉忧心忡忡地暗自思忖道，“我，从个人来说，失掉了什么呢？”

这种看似简单的自问自答却恰恰表现出对与错的无法判断，道德问题比“符合尘世间的事物这一标准要更深刻”，“道德的首要原则，寓于所有这些现象的实质之中”。

嘉莉妹妹的故事并不能简单归结为一个乡下女孩在城市中日渐堕落的故事，虽然从基本的情节线索上看，的确讲述了嘉莉先后同两个男人，即德鲁埃和赫斯特伍德之间的关系，其间涉及金钱、情爱、个人奋斗、成功与落魄等，但他们之间复杂的关系却不是善恶对立、黑白分明的。小说没有把引诱嘉莉的德鲁埃和赫斯特伍德描述成坏人，嘉莉自己在前行的路上也不断受到外界环境的影响。叙述者评论说，“在所有这一类人的思想发展中，环境是一个微妙的、诱人的主导因素”。叙述者似乎在为嘉莉的“堕落”开脱，或者说任何一个嘉莉这样的凡夫俗子必将无法抵抗环境的诱惑。“漂亮的衣饰、丰美的饮食、高雅的住宅，以及别人十分露骨地表现出来的优越感”，看到这一切，再迟钝的人也会激起心中的欲念。所以德莱塞想要表达的是超越人的力量的外部环境，也就是资本主义金钱社会对人的支配，他在《美国悲剧》中称之为“想要获得却无法拥有的痛苦感觉”，正如杰克逊·李尔斯（Jackson Lears）指出的，“混杂着强烈匮乏感和渴望的复杂情感是德莱塞小说艺术的核心”[1]。

城市连同它蕴含的无限可能塑造了嘉莉。在百老汇舞台上大放异彩的嘉莉最终成功了，但获得成功的她幸福吗？这个问题不仅关乎嘉莉生活的美国，在全球化的时代，它关乎任何一个被消费和资本裹挟的现代人。钱能买到幸福吗？小说提示我们，金钱是美好的，又是危险的，它在给人带来美好生活的同时，又捕获了人，在金钱的征途上，人既是失败者，也是胜利者。在资本运行的残酷现实中，不可能所有人都获得成功，赢取利益，每一个功成名就的嘉莉背后都有一个落魄潦倒的赫斯特伍德。城市丛林中适者生存的竞争法则意味着淘汰是不可避免的。小说结尾，赫斯特伍德在廉价旅馆里关掉煤气灯，打开煤气，“他的鼻孔一嗅到了煤气味儿”，就在黑暗中摸索着上了床，嘴里嘟囔着“活下去还有什么用呢”。曾经在芝加哥叱咤风云的酒吧经理赫斯特伍德在纽约身无分文，走投无路，孤独地结束了生命。

人民文学出版社出版的潘庆舲先生的译本至此结束，但如果翻开英文原著就会发现，德莱塞紧接着将视角转向嘉莉，跟随她一起出现的还有“礼服、马车、家具和银行账户”，叙述者说，嘉莉“似乎已经实现了

---

1. Jackson Lears, "Dreiser and the History of American Longing", *The Cambirdge Companion to Theodore Dreiser*, Leonard Cassuto and Clare V. Eby ed. Cambridge: Cambridge University Press, 2004, p. 65.

她的人生目标”，“至少她获得了曾经渴求的一切”，但此时的她却“孤独”地“坐在摇椅上”，“不再唱歌”，“不再做梦”。被舍去的这个结尾片段其实是小说一个著名的意境，画面定格在摇椅上深陷孤独的嘉莉身上，叙述者感叹道，“人心盲目的追寻啊”，在“美的指引下，一路向前”[1]。引诱嘉莉一路向前的不是邪恶的物质主义，而是“美”，小说再次以一种朦胧又唯美的方式让嘉莉暴露在道德的聚光灯下。嘉莉的行为道德吗？德莱塞并没有给出明确的答案，但这种开放式的结尾本身就是一种回答。在窗边伴随着孤独与梦想摇曳的嘉莉仍然会做梦，“梦想从未感受过的幸福”。嘉莉的故事本身比道德判断更为重要，而她对幸福的理解也在这一过程中发生了变化，尤其在百老汇一炮打响之后。曾经对金钱、名望和物质充满欲念的嘉莉在百老汇凭借一个“逗人喜爱、小小不言的角色”似乎一夜之间获得了一切。各报评论家盛赞她的演出，剧团的人对她曲意奉承，原先每周三十美元的工资暴涨到一百五十美元。嘉莉不禁感叹，“仅仅凭这闪闪发光的几个字，光辉灿烂的未来世界已展示在她面前”。紧接着的一个星期，“她接连不断地尝到了成功后的头一批果实”。嘉莉从廉价出租屋搬进了富丽堂皇的高级酒店，那里有“铺着精美的地毯与装饰华丽的门厅、四壁镶嵌大理石的大堂，以及令人炫目的大客厅”，这无疑是她曾经梦寐以求的住所。

整整这一个星期，尽管她的高薪还没有领到，但是全世界好像都乐于给她无限信任……凡是高雅的场所的大门仿佛全都向她敞开着。威灵顿大饭店里这些富丽堂皇的套房简直有如奇

---

1. Theodore Dreiser, *Sister Carrie*, Donald Pizer ed. New York and London: Norton, 2006, p. 355.

> 迹般让她唾手而得……许多男人给她献上鲜花、情书，乃至于向她求爱。可是嘉莉脑海里依然浮想联翩。这个一百五十块钱！这个一百五十块钱！它看起来多么像是一道通往《天方夜谭》里阿拉丁宝藏洞窟的门啊。

几个月前还是默默无闻的演员，在廉价出租屋中艰难度日，如今突如其来的巨大转变让嘉莉被“冲昏了头脑”。似乎她的成功并非通过自己艰苦的努力一步步积累得来的，她想到自己在芝加哥时曾经工作过的鞋厂里衣衫破烂的女工们，她们比她眼下扮演的角色要艰辛百倍，“现在她该有多轻松呀”。从出纳领那里领到她盼望已久的一百五十块薪水，嘉莉心里感到“世界上是一片明媚风光”。

虽说金钱看得见、摸得着，开始几天嘉莉还“美滋滋”的，然而金钱带来的亢奋感和新鲜劲很快就消失了。叙述者冷静地评述道：“如果说一个人的欲望属于感情领域，金钱很快就会暴露出它的无能为力。”曾经渴望的吃穿用度现在早就绰绰有余，饭店账单也不用自己掏腰包，更何况很快就能拿到下一笔一百五十块，她发现“要维持现状”“钱好像还不是特别需要”。嘉莉做了一个普通人都会做的决定——把钱存进银行。然而这个看似很平常的举动却标志着小说的转折。有批评家指出，美国文学史上，存款账户一直以来被视为进入到延迟满足的标志。[1]到了镀金时代，积累财富资本的趋势更加明显。[2]但对于嘉莉而言，相比于初到芝加

1. J. Bret Maney, "A Bit of Ashes in Their Hands": The Dysphoria of Success in *Sister Carrie*. *Studies in American Naturalism*, Vol. 13, No. 1, (Summer 2018), p. 6.
2. Ulfried Reichardt, "Counting Success and Measuring Value: Money, Numbers, and Abstraction in Theodore Dreiser's *Sister Carrie*", *Studies in American Naturalism*, Vol. 12, No.1, 2017, p. 89.

哥手握两张“十块头钞票”，欲念却“超过自己购买力一倍以上”的时候，存钱意味着物质诱惑的失败，因为琳琅满目的物质世界不可名状的魅力消失殆尽，华丽的服饰、俗艳的仪态和闪光的戒指周围的光环都变得暗淡无光。嘉莉发觉自己不知道该怎么花钱的时候，也终于获得沉痛的领悟，“通往美满生活的大门至今还没有打开”。根据她之前的逻辑，美好生活的大门，也就是那个通往“阿拉丁宝藏洞窟的门”应该从她拿到一百五十块薪水时就已经打开。但当她逐渐发觉自己的巨款非但没有用武之处，反而还要存入银行才能确保安全时，她仿佛站在了通往美好生活的门口，却发现门并没有打开。最痛苦的事莫过于真正具有消费能力的时候，却发现消费市场无法带来精神上的满足。作为一个世界范围内通用的比喻，通往幸福的大门与经济地位、社会地位的攀升并不对等。直截了当地说，嘉莉明白了一个道理，有钱买不来幸福。也就是从那时起，每天忙于演出的嘉莉感到生活开始变得“单调乏味”。

事实上，嘉莉这个对幸福生活看似突然的顿悟在小说之前的情节中已有伏笔。彼时一无所有的嘉莉对幸福生活有多么憧憬，此时的顿悟就有多么无情。在小说的前半部分，嘉莉同第一个情人德鲁埃住在芝加哥的小公寓里，喜欢做白日梦聊以自慰的邻居海尔太太带着嘉莉去富人区观赏豪宅。来自威斯康星州的乡下女孩第一次见识到真正富豪的气派。随着马车移动的视角，嘉莉时而看见“宽广草坪”，时而看见“装饰华丽的壁角”，在眼前气势非凡的豪宅和幼时“对御宫仙苑的种种幻想”中，嘉莉拼凑出理想的完美生活，“雕饰华丽的门廊里面”简直就是“洞天福地”，那里的人们都是“无忧无虑、随心所欲的”。马车里的嘉莉从街道对面践行着经济学家托尔斯坦·凡勃仑（Thorstein Veblen）提出的“攀比”（invidious comparison），在她眼里，“进入那富丽堂皇的门廊”，具有“雍容大雅、奢华靡丽，乃至于颐指气使，左右一切的气度”必然会让忧愁不翼而飞，“心中悲痛顿时消停”。嘉莉坚信“世上没有永远幸福的人”的说辞，这不是伊索寓言里吃不着葡萄说葡萄酸的伪善哲学。身旁的海尔太太羡慕漂亮的豪宅，或许是因为阅历更深，或许是出于自我安慰，她安慰嘉莉道，“住在豪华宅第里的人都在竭力忍受自己的痛苦”。可见识过这样的豪宅之后，嘉莉又怎能心甘情愿地回到自己那“极其普通的、带家具、供膳食”的三个小房间里呢？她不再同过去住过的房子对比，甚至不再攀比邻居海尔太太，她有了更高的目标。她渴念着湖滨大道的豪宅，又看着自己寒碜的房间，她不再感到满足、幸福，相反，她“伤心极了”，但在“犹豫、默祷、幻想”之中她又觉得“自己从来没有像此时此刻那样乐不可支”，这正是因为对美好生活的空洞幻想在湖滨大道的豪宅中获得了具体的模样。

小说的后半部分场景设在纽约，嘉莉却如出一辙地在百老汇大道上感受到“攀比”带来的打击。嘉莉在好友万斯太太的带领下，第一次走上美女如云的百老汇大道，很快就在争艳斗阔的时髦人群中感到“狼狈不堪”。穿着华丽的女人们来这里亮相，看别人更是为了被别人看，“盯着看人好像是正当而又自然的事情”。这里的男人个个踌躇满志、自命不凡，女人靓丽傲慢、目空一切，置身于豪华富贵的大街，嘉莉意识到“自己并不是属于这个天地的”。但这种欠缺和伤感同时赋予了嘉莉更加清晰的欲望，“她又恨不得自己也打扮得跟人家一样漂漂亮亮，上这儿来亮亮相”。同赫斯特伍德一起虽有些拮据但也能勉强算过上了中产阶级生活，从认识比自己阔绰的万斯太太后，特别是见识过百老汇的奢侈之风后，嘉莉的欲望又熊熊燃烧起来。“她下定决心，往后没有漂亮一点的衣着，再也不到这儿来。”这条百老汇大道给了嘉莉深刻的教训，“人群杂沓、花团锦簇的景观”与她的处境形成了强烈对照，她越发相信纽约“这个大都会完全是个寻欢作乐的漩涡啊”。回到西区公寓后，嘉莉再次接连几天陷入幻想，心里吟唱着渴望之歌。此时，幸福生活的具体表现就是身着华丽雅致的衣着，戴着熠熠生辉的配饰，骄傲地走上百老汇，所到之处就是人群中最夺目的焦点，批评家艾伦·摩尔（Ellen Moers）将之戏称为“成功者的散步”[1]。就像在芝加哥一样，嘉莉对幸福的憧憬在炫耀性的攀比刺激下，在经济和社会地位的度量衡上更进了一步。

嘉莉在小说中前后两次不自量力的攀比不仅激发了她对眼下生活的不满，而且更重要的是为她提供了消费社会中理想幸福生活的模板以及欲望的渴求对象。然而当她最终功成名就的时候，我们看到她并没有像之前梦想的那样身着华贵服饰去百老汇街道上争奇斗艳，也没有接受富翁的邀请去豪宅中尊享荣华，相反，一百五十美元的工资都没处花，过去的梦想被彻底打破了。描述了嘉莉的顿悟之后，叙述者紧接着描述了盛夏时节阔佬们出城消暑，人去楼空的第五大道与芝加哥北大街的繁华盛景形成对比的情景，此时百老汇街道上也不见时髦女郎的踪影，反倒有很多无所事事的闲散演员。叙事结构上的前后对比凸显了嘉莉的一百五十美元并非单纯地一时没有用武之地，它意味着嘉莉幸福观的转变。事实上，这一章的小标题已经不言而喻，“金钱买不到的”，自然是幸福。

以往评论界对小说尾声部分大多持批评态度，比如宾夕法尼亚出版社的编辑认为最后的结局“更像是蹩脚的嫁接而不是小说自然的结局”[2]。但如果结合小说中嘉莉幸福观的几次转变来看，小说的结尾却具有总结性的重要意义。从步入芝加哥商场里欲望的发生，到攀比激发的对现状

---

1. Ellen Moers, *Two Dreiser*, New York: Viking, 1969, p. 78.
2. James L. W. West, III. "Editorial Principles", *Sister Carrie: The Pennsylvania Edition*, John C. Berkey et al., ed. Philadelphia: University of Pennsylvania Press, 1981, p. 585.

的不满和向上攀爬的渴求，再到成功后欲望的幻灭，小说结尾处嘉莉孤独地坐在摇椅中“梦想着她永远得不到的幸福”[1]。布莱特·曼尼（J. Bret Maney）指出，“嘉莉舞台上的成功事实上变成了手中的灰烬。小说中她的成长或成熟没有带来对艺术的执着和个人永恒的欲望，最终她认识到自己无法从社会经济交往行为中收获幸福。”[2]

从自然主义的视角审视小说颇具悲观意味的结局可以看出，城市塑造了嘉莉，也摧毁了嘉莉。阿洛德·豪塞尔（Arnold Hauser）在《艺术社会史》（*The Social History of Art*）中描述道，“浪漫主义灵魂的内在冲突在任何地方都比不上在‘第二自我’形象中那样直接和富有表现力”[3]。嘉莉来到城市，想要在其中不断寻求一个更好的、未知的自我。一方面，她内心强大，在城市浮华炫耀的人群中，在百老汇灯光闪耀的舞台上，不断突破，获得自我感。另一方面，她又被自己的物质局限所束缚，不断膨胀的欲望总会在某个时刻被挫败。与赫斯特伍德的堕落自毁不同，嘉莉的经济地位和社会地位都得到显著提升，最初和德鲁埃在一起，她想“我获得了最好的”，赫斯特伍德给她更好的生活时，她想“我现在幸福了”，到小说最后，她意识到当初的幸福不过是虚假的一场空，她还是孤身一人，通往幸福的大门依然紧闭。在“适者生存”的城市丛林里，嘉莉是胜利者，她实现了自己渴求的一切物质追求，但再多的物质满足也无法填补她精神的空虚。曾经渴望的一切，“现在变得无比渺小、无足轻重”[4]。嘉莉的富有和成功与赫斯特伍德的贫穷和失败相对，他们共

1. Theodore Dreiser, *Sister Carrie*, p. 355.
2. J. Bret Maney, "A Bit of Ashes in Their Hands": The Dysphoria of Success in Sister Carrie, p. 9.
3. 转引自理查德·利罕：《文学中的城市》，第267页。
4. Theodore Dreiser, *Sister Carrie*, p. 353.

同面对城市中的欲望和失望。在一无所有的时候，嘉莉的金钱观简单也直接，“金钱既然人人都有，我也非有不可”。她接受芸芸众生的一般见识也就意味着也要接受芸芸众生的命运。理查德·利罕认为，“德莱塞笔下的这些人物，都与进化的过程密切联系在一起，他们屈服于环境的力量，对使这个过程结合为一体的整体结构毫无所知。他们位于进化的半途中——既非完全听命于动物的本能，也不具备完全成熟的理性……处于进化过程中最不堪的阶段。”[1]在这个最不堪的阶段，金钱也好，物欲也罢，都是在无法获得的时候才具有美化生活、振奋人心的神奇力量。

一个世纪后，中国已经进入了生产力高速发展、物品极大富足的消费社会，城市人的工作固然重要，但似乎并不像过去一样主导他们的生活，他们还有另一个主要身份——消费者。特别是便捷的在线购物出现之后，随着指尖在屏幕上的轻点、滑动，全世界的商品都可以收入囊中。商家和网络平台创造的双11、双12等购物节已成为全民参与的购物狂欢。“买买买”赫然成为都市人快乐的源泉，心理学将之称为购物疗法。人们不停地买，满足自身或真实或虚假的欲望，这的确是获得短暂满足的捷径。然而我们必须清醒地认识到，得到一件东西的快乐终究是短暂的，我们不要重蹈嘉莉的覆辙，获得一切却依然无法叩开幸福的大门。正如阿兰·德波顿（Alain de Botton）在《哲学的慰藉》中所指出的，“快乐依赖于一些复杂的、与心理有关的事物，而对物质的东西的依赖相对少一些。”[2]这也是《嘉莉妹妹》给现代人永恒的启示。

---

1. 理查德·利罕：《文学中的城市》，第269—270页。
2. 阿兰·德波顿：《哲学的慰藉》，资中筠译，上海：上海译文出版社，2009年，第71页。

# 第三章

# 城市与梦想：爵士时代的金钱寓言

1918年，第一次世界大战结束。一方面，美国随之进入了经济迅猛发展的时期，强大的军事工业转为民用，物质水平和人们的生活水平都得到极大提高。城市也进入了关键的转折时期。“经历了殖民时期的城市兴建、19世纪上半期的城市区域化、19世纪下半期的城市工业化和20世纪初期的城市高速发展之后”[1]，到了20世纪20年代，纽约、芝加哥等城市已发展成辐射周边郊区、以多中心为特征的大都市。城市的发展带来社会结构的巨变，也进一步促进了经济繁荣，激发了消费文化的鼎盛局面。另一方面，随着帝国主义战争的炮火烟消云散，美国人传统的人生信仰和清教道德也随之化为乌有。自开拓美洲大陆以来，美国建立的基础就是一种强烈的自我意识和冒险精神。自东向西的开拓边疆运动（the frontier movement）将城市化进程向西推进，也将现代城市的权力结构推向乡村，随之而来的是与这场运动反向而行的文化巨变。越来越多的怀揣金钱梦、美国梦的乡下人涌入大城市，渴望在城里寻找机会创造新的边疆奇迹。对那些怀有雄心的中西部青年来说，没有什么地方比纽约更

1. 高奋：《〈了不起的盖茨比〉：美国大都市的文化标志》，载《广东社会科学》，2018年第6期，第152页。

富盛名。然而，大都市丰富诱人的物质生活背后却隐藏着肮脏和堕落，私酒买卖猖獗、犯罪团伙横行、黑社会为祸一方，而在这个物欲横流、享乐至上的时尚之都里，年轻人不问历史，不追求深度，尽享浮华的无拘无束，精神的贫瘠却让他们在这个没有纲领、没有方向的城市里陷入无限的迷惘。纽约的各路大佬们夜夜笙歌，醉生梦死，在充斥着权力和欲望的空间中，男男女女在彻夜奏响的爵士乐伴奏下交换彼此的午夜时光，而更多的年轻人则在爵士乐或感伤或亢奋的曲调中宣泄着自己对时代的不满和愤怒。

## 第一节 “爵士时代”的缔造者和终结者：菲茨杰拉德的经验世界

斯科特·菲茨杰拉德正是这个喧嚣时代的见证者和参与者。他出版的五部小说中有两部以纽约为背景，即《美与孽》（*The Beautiful and the Damned*，1922）和《了不起的盖茨比》（*The Great Gatsby*，1925），特别是后者，自问世起就广受好评，被公认为美国现代小说中最优秀的作品之一。菲茨杰拉德凭借充满勃勃生机的想象力和敏锐非凡的创造才华，准确把握了大都市的精神氛围，刻画了20世纪纽约的社会风貌。作家璀璨夺目而又短暂的一生更是为这个时代谱写了一曲最动人心魄的挽歌。与其说菲茨杰拉德是这个时代的产物，不如说他是这个时代的缔造者。事实上，菲茨杰拉德在1922年发表短篇小说集《爵士时代的故事》时，就直接将喧嚣繁荣的20世纪20年代称为“爵士时代”。

菲茨杰拉德的评传作家阿瑟·迈兹纳（Arthur Mizener）认为，“任何意图评论某位作家及其时代的人，都会面临一个极其明显的陷阱”，即“文学作家不是历史学家”，不管他多么具有代表性，都不具备历史学家的那种“归纳和量化冲动”，因为作家的认知对象是“经验世界”而非“抽象世界”，他们传达经验依靠的是“象征符号”而非“逻辑推理”。[1]所以，从这个意义上来说，人们把菲茨杰拉德誉为“爵士时代”的代言人，并不是因为他在作品中像史学家一样真实再现了多少专属于那个时代的社会变化和历史风物，菲茨杰拉德甚至可以为了传达他对时代特征的理解而选择属于少数的、完全不具有代表性的特征物，其更重要的意义在于，他能够看穿规范性的政治话语、文化工业制造的伪善谎言和广告宣传中的形象工程，真正从生活经验中汲取养分，通过想象的方式感知生活。这种“感知”生活而非“思考”生活的方式也是菲茨杰拉德最喜爱的诗人济慈所倡导的。济慈在信中曾说他“还从未知道，如何通过连续的逻辑推理认知事物的真实性”，而“想象捕捉到的美——即经验知识——肯定是真实的”。[2]这种通过“感知”得来的经验不是逻辑推理的抽象结论，而是一种想象的具体结果，是经过主体的内化和个体化的经验，也就是本雅明所说的区别于体验（Erlebnis）的经验（Erfahrung）。

本雅明在《论波德莱尔的几个主题》中指出，现代人对历史经验的理解主要涉及体验和经验两个概念。从词源上讲，德语中动词leben是“生活”的意思，而Erlebnis指个人在生活中经历过的事件。本雅明认为，从19世纪末到20世纪初，生命哲学试图描述和构建一种真正的远离现代都市生活的令人惊颤的体验。“这一概念远离当前生活，而处于神话的非历史世界之中，与自然保持田园般的淳朴关系，在瞬息万变的现代世界

---

1. 阿瑟·迈兹纳：《斯科特·菲茨杰拉德与20世纪20年代》，黄邦福译，见程锡麟《菲茨杰拉德研究文集》，南京：译林出版社，2014年，第31页。
2. 同上，第32页。

中寻求永恒的生命概念。”[1]体验的概念不仅仅局限于哲学范畴，也是现代历史意识的组成因素。本雅明认为，体验相关于弗洛伊德把意识理解为精神抵抗外界刺激的方式，是一种足以抵抗现代生活的惊颤、令精神能够承受各种外来压力的体验形式。现代都市的发展已经进入了令人眼花缭乱的时代；在这个时代里，意识以史无前例的速度聚积着能量，全力抵制令人厌恶的刺激和惊颤的激增，其结果便是“使得大脑皮层的某个部位如此经常地受到刺激，提供了接受刺激的最好条件。从而惊颤被意识缓冲、回避了，这给事变带来了一种严格意义上的体验特征”。[2]

我们所理解的体验总是经过意识的过滤后作为完整的客体呈现给我们的。这种对惊颤的防御和保护性意识，使体验形成了一种历史结构：“惊颤防御的特别成就在于它将某个具体时间安排在时间和意识的某一点而不顾及其内容的完整性。这是智慧的成就，它把这一事件变成体验过的时刻。”[3]过去的生活经历被留在过去，由离散的、意愿的记忆来编排，而未来是现在的延续。体验的概念确保了一种历史完整性：整个宇宙被看作统一的、以人类生活为核心的整体。外界刺激作为惊颤而被过滤，并内化为生活体验。普鲁斯特的意愿记忆就包含在这一内化过程之中。在这个意义上，记忆被引入了意识领域，作为“已死的财产”被保存起来，也就是说，活着的人在记忆中保留着已死的或已经逝去的东西。

想要从体验概念中释放出来，就必须打破线性的和以人类为中心的历史概念，这就涉及另一种经验，即Erfahrung。从词源上讲，德语动词

1. 转引自吉奥乔·阿甘本：《幼年与历史：经验的毁灭》，尹星译，陈永国校，开封：河南大学出版社，2011年，第147页。
2. 本雅明：《发达资本主义时代的抒情诗人》，张旭东、魏文生译，北京：生活·读书·新知三联书店，2007年，第136页。
3. 转引自同1，第148页。

erfahren是“发生变化”的意思，因而本雅明用名词Erfahrung描述经过了主体的自主内化和个体化的经验，无论是口头经验的世代传承还是历史经验的学习借鉴，都是潜入意识层、无法成为有机整体的碎片。它涉及的经验领域不在于生命的概念和现实的整体性，不是意识所能直接掌握的，也就很难通过记忆和主观呈现而直接有机地融合到延续生命的概念之中。

事实上，现代都市的惊颤体验和经验的匮乏等概念并不是本雅明和阿甘本（Giorgio Agamben）首次提出的。西美尔于1903年在“唯一从社会学角度探讨城市的最重要文章”[1]中就深刻反思了都市生活，他说：“都市性格的心理基础包含在强烈紧张的刺激中，这种紧张产生于内部和外部刺激迅速而强烈的变化。”[2]这是基于他对城市生活的许多特征的观察提出来的，其中包括“变化着的形象的激增，瞬间一瞥的猝然中断，以及突如其来的印象的冲击”[3]。城市中“经济、职业和社会生活的节奏和多样性”培养了城市人“都市心理生活的复杂性格”，使他们能够以高度的意识和卓越的智性应付都市生活的各种现象，以毫无个性和缺乏深度的感性，“以理智而非情感”来“抵御都市生活的强大威力”[4]。感性的丧失必然导致直接经验的贫乏，这使得人们在面对世界奇观的时候懒得去亲身体验，而用机器取而代之。[5]对西美尔来说，摆脱城市这种最具个体性的生

1. R. E. Park and E. W. Burggess, *The City*, Chicago: The Chicago University Press, 1967, p. 219.

2. Georg Simmel, “The Metropolis and Mental Life”, in *Simmel on Culture: Selected Writings*, David Frisby and Mike Featherstone eds. London and Delhi: Sage, 1997, p. 175.

3. Ibid.

4. Ibid., p. 176.

5. See Susan Sontaq, “The Image-World”; W. J. T. Mitchell, “Imperial Landscape”; and Giorgio Agamben, “Infancy and History”, all quoted above.

存状况的方式“既不是指责也不是开脱，唯一的方法就是理解”[1]。

意大利哲学家吉奥乔·阿甘本在《幼年与历史：经验的毁灭》中把现代经验的毁灭视为现代社会特有的文化现象。进入商品社会和消费文化时代，城市迅速发展，乡村急遽萎缩，由此造成的是乡村人口向城市的大规模流动，生活经验已经被商业和惯习的潮流所淹没，真正有意义的感知也随之让位于矫揉造作的肤浅感觉，深度经验已不复存在。城里人的早餐桌上摆着叠叠报纸，但他们对报纸上喋喋不休的新闻丝毫不感兴趣；拥挤的地铁和严重的交通堵塞使城市生活越发不堪忍受。当一天的劳累终于结束，可以坐在电视机前舒缓工作的压力和放松紧张的神经时，乏味的电视节目非但没有带来夜晚的轻松，反倒增加了心灵的厌烦。那滋味就如同在商店出口排着长队准备付款，或“在电梯和公共汽车里的各色陌生人中间挨度那永不到终点的时刻”[2]。阿甘本继而强调说，“正是这种不可转化为经验的事实使得日常生活前所未有地无法忍受，而不是所谓的生活质量低下或相比过去缺乏意义造成的（相反，日常生活中或许从未像现在发生如此意义丰富的众多事件）。”[3]因此，对阿甘本而言，重要的是“要注意到经验”，要抓住仅有的一点点机会“在这明显无意义的否定的核心”中去发现仍然潜藏着的一点点智慧，去“瞥见未来经验的现已萌芽的种子”，而具有建设性意义的是，这颗种子早已在菲茨杰拉德留下的“爵士时代”的遗产中孕育生根了。

菲茨杰拉德对“爵士时代”的精神特征和文化主旨具有极其深刻和

---

1. Georg Simmel, "The Metropolis and Mental Life", p. 185.
2. Giorgio Agamben, *Infancy and History: Essays on the Destruction of Experience*, London and New York: Verso, 1993, p. 14.
3. 吉奥乔·阿甘本：《幼年与历史：经验的毁灭》，第3页。

敏锐的洞察力，并善于用非凡的才华和卓越的想象力捕捉变革时局中经验闪现的时刻。他这样描述一战后政治权力中心从欧洲向美国的转移。"美国人在伦敦成批地订购西服，因而邦德街的裁缝们必然同意根据美国人的长腰身体型、宽松的口味以及传到美国的某种微妙感受——男人时尚——调整他们的裁剪方式。"[1]其对细节的把握和独特的视角与宏大的历史叙事不同，虽然没有历史学家的科学考证，但这种从生活中捕获的经验同样增加了我们对那个时代的理解，甚至在某些时候更加动人，更具有启迪意义。为此，评论家罗纳德·伯曼（Ronald Berman）称"菲茨杰拉德是美国景象第一流的观察家"[2]。亨利·丹·派珀（Henry Dan Piper）认为"他的小说比许多正统历史学家的事实性陈述使我们更加接近那个世界"[3]。莱昂内尔·特里林（Lionel Trilling）更是将菲茨杰拉德与歌德比肩：两人都风流倜傥，才华横溢，同样在二十多岁凭借天才处女作《人间天堂》（*This Side of Paradise*，1920）和《少年维特之烦恼》（*The Sorrows of Young Werther*，1774）一夜成名，同样关注各自所处时代的社会世态和生活风尚，都是"躁动同龄人的代言人和象征"。[4]

菲茨杰拉德能够取得"爵士时代"代言人的资格首先因为他具有那代人看来很典型的背景。1896年，他出生在美国中西部明尼苏达州圣保罗一个爱尔兰血统的商人家庭，早年随父母去东部生活，父亲失业后

---

1. 阿瑟·迈兹纳：《斯科特·菲茨杰拉德与20世纪20年代》，第35页。
2. Ronald Berman, *"The Great Gatsby" and Fitzgerald's World of Ideas*, Tuscaloosa: University of Alabama Press, 1997, p. 2.
3. Henry Dan Piper, *Fitzgerald's "The Great Gatsby": The Novel, The Critics, The Background*, New York: Scribner, 1970, p. 1.
4. 莱昂内尔·特里林：《F. 斯科特·菲茨杰拉德》，孙薇译，见程锡麟《菲茨杰拉德研究文集》，第8页。

回到圣保罗，一家人过着精打细算的日子。在姨妈的帮助下，1913年他进入普林斯顿大学学习。在学校时菲茨杰拉德就热衷于写作，雄心勃勃，他在给同窗好友、后来成为美国著名文学评论家的埃德蒙·威尔逊（Edmund Wilson）的信中写道："我明白我就会在某天早上醒来的时候，发现自己初次登台就一夜成名了。我真的相信再没别人能透彻地写出我们这一代年轻人的故事。"[1] 1917年，一战期间，菲茨杰拉德同很多当时的年轻人一样应征入伍，他没有被派去欧洲战场，而是被送往南方亚拉巴马州的蒙哥马利市谢尔登军营受训。1918年，在一场舞会上，他结识了当地有名的富家女泽尔达·赛尔（Zelda Sayre）。金童玉女很快坠入爱河并迅速订婚，但因为菲茨杰拉德太穷了，泽尔达于第二年解除了婚约。这件事深深地打击了菲茨杰拉德，退伍后他只身前往纽约，白天在广告公司工作，晚上写作，他决心要挣大钱，赢回泽尔达。后来他索性辞职回家乡圣保罗潜心写作，并在两个月内完成了他的第一部长篇小说《人间天堂》。1920年3月26日，这部关于年轻人的小说、回忆录正式出版，并大获成功。菲茨杰拉德一举成名，成为名噪一时的作家。其作品一天的销量相当于普通作家作品一年的销量，稿酬也翻了几十倍。之后他立即去南方，于4月3日与泽尔达火速完婚。

这部让菲茨杰拉德一出手就成为畅销书作家的《人间天堂》以他在普林斯顿大学读书的经历为背景。主人公艾默里·布莱恩的原型就是他本人，小说用极富幽默感的意象化语言逼真地揭示了20世纪20年代华光异彩、狂欢滑稽表象下"幻灭的盛典"[2]。小说结尾处宣告了时代道德标准

---

1. 马尔科姆·考利：《菲茨杰拉德：金钱的罗曼史》，孙薇译，见程锡麟《菲茨杰拉德研究文集》，第13页。
2. 赛·卡恩：《〈人间天堂〉：幻灭的盛典》，秦苏钰译，见同上，第157—169页。

的改变。“他们是新的一代人……他们长大成人之后却发现，原来所有的上帝都已统统死光，所有的战争都已统统打完，人们心中所有的信仰都已统统完蛋……”[1] 马尔科姆·考利（Malcolm Cowley）说：“带着干劲、直率和一种天真，菲茨杰拉德（或是他的主人公）为他的同龄人代言。他们将他的声音当作自己的，而年长的人则侧耳聆听。”[2]

婚后的菲茨杰拉德夫妇过着放荡不羁、挥金如土的日子。他说，“我们感觉自己像是进入了一座巨大的、明亮的、未被勘察过的宝库的孩子。”[3] 美国和欧洲社交界的大门都向这对金童玉女敞开，生活变成了通宵达旦的狂欢和鸡尾酒会。他把这一切都写进自己的作品中，他意识到自己的梦想、努力、成功和失意都再普通不过，但是他对生活入木三分的观察和真挚的表达让他在同辈作家中更受欢迎，也让他的代言人身份愈发明显。“仅仅告诉了人们他自己的感受，一如他们自己感受到的那样，它就支持他、赞扬他、给了他比梦想的财富更多的金钱”[4]。

菲茨杰拉德后来这样描写这个时代：

> 反正是借来的时代——占国家十分之一的整个上层阶级都生活在巨额财富带来的无忧无虑之中、歌舞女郎的随心所欲之中。如今，道德教化变得容易；但在当时，对二十多岁的人来说，生活在那样一个可靠的、无忧无虑的时代是令人愉悦的……有时候……鼓声中会发出幽灵般的轰隆声，喇叭声中会

1. 菲茨杰拉德：《人间天堂》，吴建国译，北京：人民文学出版社，2017年，第388页。
2. 马尔科姆·考利：《菲茨杰拉德：金钱的罗曼史》，第15页。
3. 同上。
4. 同上。

> 发出哮喘般的沙沙声，这些声音将我荡回到了20年代初期。那时，我们喝着酒精，每天每个方面都变得越来越好；裙子第一次被缩短了，女孩们穿着运动衫式连衣裙，看上去全都一模一样……似乎只要几年后，老年人就会靠边站，让那些能看透事物本质的人管理这个世界——对我们当时那些年轻人来说，一切似乎都是光明的、浪漫的，因为我们现在再也不会对我们的生活环境抱有那样强烈的情感了。[1]

菲茨杰拉德对爵士时代满怀浪漫的激情，然而同他深爱着的尘世一样，再美的事物、再纵情的欢乐都会有谢幕的一天，况且喧嚣的人生必然要付出高昂的代价。1925年出版的《了不起的盖茨比》虽然好评如潮，却没有给他带来预期的回报，稿酬只够还清出版社的欠款。之后几年，菲茨杰拉德不得已去好莱坞靠写电影脚本维持他和泽尔达奢侈的生活，直到1934年才出版了第四部小说《夜色温柔》（*Tender is the Night*）。从1930年起，泽尔达因患精神病需经常入院治疗，原本就背负债务的菲茨杰拉德不堪重负，精疲力尽，最后更是债台高筑。1940年12月21日，菲茨杰拉德因心脏病发作离世，年仅44岁，留下一部尚未完成的小说《末代大亨》（*The Last Tycoon*，1941）。《纽约时报》《洛杉矶时报》和《纽约先驱论坛报》等媒体撰文，为菲茨杰拉德和他代言的“爵士时代”发出讣告，宣告了一个时代的结束。

菲茨杰拉德的一生有成功与辉煌，也有苦涩与落寞，他深爱着浮华绚丽又转瞬即逝的时代产物，他渴望捕获独一无二的现代经验，也就是

1. 转引自阿瑟·迈兹纳:《斯科特·菲茨杰拉德与20世纪20年代》，第38页。

波德莱尔所说的短暂与永恒之间矛盾统一的现代性。他明知这是一场冒险，却将饱满的激情、高度的责任感、深刻的洞察力通通投入这个时代。“我和失败的权威交谈，”他在笔记中写道，“欧内斯特则和成功的权威交谈。我们再也不能促膝而谈了。”[1]菲茨杰拉德甘做“失败的权威”，这位“爵士时代”的预言家在这场同龄人的冒险中，要做的比欧内斯特和其他人都艰难，而支持他的力量来自他对现代性经验的把握和对历史的洞察。

## 第二节 理想与现实之间：盖茨比的“美国梦”

菲茨杰拉德代言的“爵士时代”是美国最纵情欢乐、最夸示炫耀的时代。一战后美国经济蓬勃发展，生产伦理让位于消费伦理。物质的极大丰富促进了商业的繁荣，刺激了人们的消费欲望，进而使消费与货币共谋，成为社会的发展逻辑和人的行为准则，以及社会关系的主导构成因素。同时，1919年美国通过了《宪法第18条修正案》，进入禁酒时期。1920年颁布的《宪法第19条修正案》赋予妇女选女权，美国女性从禁锢中解放出来，开始体验更多的自由。菲茨杰拉德称爵士时代是“一个奇迹的时代、艺术的时代、无节制的时代、也是一个讽刺的时代”[2]。他在作品中淋漓尽致地表现了这个时代的华美与绚烂、喧嚣与冲突、梦想与幻灭，其中最有代表性的当属《了不起的盖茨比》。

《了不起的盖茨》自1924年问世以来就因出彩的时代描写被批评家称

1. 威廉·特洛伊：《斯科特·菲茨杰拉德——失败的权威》，孙薇译，见程锡麟《菲茨杰拉德研究文集》，第29页。
2. 程锡麟等：《菲茨杰拉德学术史研究》，南京：译林出版社，2014年，第270页。

为“应景之作”，但同时断言它“迷失在直觉表象之中……缺乏活力，不可能长久”。[1]可在之后的一个世纪中，小说一版再版，已被公认为最优秀的美国现代小说之一，它不仅是“爵士时代”的浪漫记录，更对20世纪20年代的“美国梦”进行了深刻的历史批判。马里厄斯·比利（Marius Bewley）认为，“从其本质意义来看，‘美国梦’意味着对生活可能性的极度憧憬，以致物质和精神层面的问题令人迷茫到无法解决的程度。”[2]简单来说，美国梦是一种欲望、信念和梦想，它是开拓边疆运动的产物，人们相信在充满机会和财富的土地上，只要遵循明确的行为准则，不论出身，不论贫贱，一定能获得成功。这样的行为准则体现在富兰克林、杰弗逊、爱迪生和卡内基等人的言行中。杰弗逊曾说：

> 我同你们一起将认为人类思维不可能有进一步发展的观点视为懦弱的表现。而这种观点恰是当世暴君们正在向人们灌输的教条，与他们沆瀣一气的人正在将其运用到宗教和政治领域。“不可能有超越祖先的任何发明创造”……感谢上帝，美国人的思想太开放，以至于不能相信这些骗局，印刷术是祖先留给我们的遗产，科学永远不会后退……为了维护人类自由思想的权利……每个灵魂都应准备随时殉难……但年轻人特有的热情将阻挠扼杀自由之手。由于科学将是如此之怪现象，我不能将之放入这个时代和国家的可能性事物之列。”[3]

---

1. Jackson R. Bryer, *F. Scott Fitzgerald: The Critical Reception*, New York: Burt Franklin, 1978, p. 202.
2. 马里厄斯·比利：《菲茨杰拉德对美国的批判》，陈爱华译，见程锡麟《菲茨杰拉德研究文集》，第216页。
3. 同上，第217页。

杰弗逊的态度深刻地影响了美国人，并以各种方式甚至包括曲解的方式渗透到生活的方方面面，人们深信“美国梦”的伟大，以至于无视“限制”和“剥夺”这两大恶魔。比利指出，“这种态度的现实性在于对生活的信念，理想则在于对物质财富可能性的无限放大。”[1]《了不起的盖茨比》通过主人公盖茨比的追求与毁灭探析理想与现实的隐秘边界。

盖茨比原名杰姆斯·盖兹，十七岁时改名为杰伊·盖茨比，即“Jesus, God's boy”（上帝之子）的发音变体。作者这样评述他改名的意图。“……他早已把这个名字想好了。他的父母是碌碌无为的庄稼人——他的想象力根本从来没有真正承认他们是自己的父母。实际上长岛西卵的杰伊·盖茨比来自他对自己的柏拉图式的理念。他是上帝的儿子……他必须为他的天父效命，献身于一种博大、庸俗、华而不实的美。……而他始终不渝地忠于这个理想形象。”[2]

盖茨比出身贫寒却志向远大，树立自己的理想之后，他便至死不渝地追寻。年少时他给自己定下苛刻的作息表，实践富兰克林和卡内基等人的“成功学”立志理念，坚定不移地不断自我完善，积极进取。他以这些白手起家的成功人士为榜样，勤奋努力，等待机遇。当富翁丹·科迪的那只“代表了世界上所有的美和魅力”的游艇出现时，这个“聪明伶俐而且雄心不小”的穷小子等到了机遇，开启了自己的追梦之旅。五年里，纯朴真诚、善良可靠的天性让他赢得了科迪的信任，科迪甚至将千百万财产留给他，虽然最终科迪那心怀计谋又懂得使用“法律武器”的老婆把钱抢了过去，盖茨比却得到了“异常恰当”的教育。叙述者说，

---

1. 马里厄斯·比利：《菲茨杰拉德对美国的批判》，第217页。
2. 菲茨杰拉德：《了不起的盖茨比》，巫宁坤译，上海：上海译文出版社，2009年，第98页。本书所引《了不起的盖茨比》内容均出自此版本，后文不再逐一标注。

“杰伊·盖茨比的模糊轮廓已经逐渐充实成为一个血肉丰满的人了”。其实，在遇到科迪之前，盖茨比早已意识到“现实是不真实的，它们表明世界的磐石是牢牢地建立在仙女的翅膀上的”。在现实与理想之间，盖茨比永远怀抱理想，忠贞不二。

结识了第一个“大家闺秀”黛西后，盖茨比找到了自己完美理想的化身和象征。当时盖茨比仍是军营里一个默默无闻、一文不名的青年人，他和无数为之倾心的男人一样，也被黛西迷得“神魂颠倒”。黛西的家是自己“从没住过的美丽住宅”，具有“引人入胜的神秘气氛”。从一开始，盖茨比对黛西的爱就既是物质的，也是精神的。黛西的出身背景、社交圈子在年轻的盖茨比看来都是理想生活的象征，他没能得到科迪的百万家产，没有优裕的家庭撑腰，身上的军服，即“这件看不见的外衣随时都可能从他肩上滑落”，因此他尽量利用时间，“占有了他所能得到的东西，狼吞虎咽，肆无忌惮”，然而身体欲望的发泄并没有冲昏理智，盖茨比深知自己没有权利“去摸她的手”，从那刻起，盖茨比“把自己献身于追求一种理想”。盖茨比很快发现，这个理想与财富紧密相关。当他还在为占有了黛西而心慌意乱的时候，黛西依然像往常一样躺在阳台“时髦的长靠椅”上“沐浴在灿烂的星光里”，那晚，“盖茨比深切地体会到财富怎样禁锢和保存青春与神秘，体会到一套套衣装怎样使人保持清新，体会到黛西像白银一样皎皎发光，安然高居于穷苦人激烈的生存斗争之上”。

被派往前线的盖茨比在战争中一帆风顺，很快晋升为少校，但年轻的黛西等不到盖茨比衣锦还乡，很快选择了“身材和身价都很有分量”的汤姆·布坎农做丈夫。盖茨比回国后发现自己的挚爱已为人妻、为人母，却依然选择坚守自己的梦想，心中笃定的“美国梦”让他始终保持着追求梦想的坚韧毅力。为了快速积累财富，赢回黛西，他在沃尔夫山姆的黑帮中担任要职，贩卖私酒，牟取暴利。但他自己却始终保持着清醒的头脑，滴酒不沾，拒绝同流合污、放荡不羁的生活，颇有出淤泥而不染的清高。

1920年美国政府颁布禁酒令，表面是为了控制因酗酒而滋生的各种社会问题，实则是为了在各种移民、宗教、生活方式混杂的美国推行盎格鲁–撒克逊的清教伦理。因此在混居着大量犹太人、爱尔兰人和意大利人的美国大城市中，禁酒运动被视为清教伦理对其他文化传统的压制。正因为这种潜在的压迫性，“禁酒令为青年人闯入非法领域寻找刺激提供了额外的机会”[1]。菲茨杰拉德是有一半爱尔兰血统并且信仰天主教的移民后代，他自然不会被清教伦理绑架，他也像小说中描述的那样彻夜狂饮，饮酒在他看来并不是危及美国社会道德根基的邪恶力量，所以他在小说中对盖茨比私酒贩子的身份和庞大的地下非法商业帝国讳莫如深，轻描淡写，反而赋予盖茨比一个潇洒英俊、平易近人、乐于助人的翩翩君子形象，并通过对其豪宅晚会的描写凸显了实现完美逆袭后的“了不起的”盖茨比的奢华生活。

盖茨比在长岛西卵与黛西和汤姆家隔海相望的地方新建了一座现代豪宅，它在空间上与传统的老富豪阶层划清了界限，也彰显了新兴一代的野心和追求。小说通过叙述者尼克的视角精心描绘了盖茨比的夏日宴会。

> 整个夏天的夜晚都有音乐声从我邻居家传过来。在他蔚蓝

1. 虞建华：《什么是“迷惘的一代”文学》，上海：上海外语教育出版社，2013年，第54页。

> 的花园里，男男女女像飞蛾一般在笑语、香槟和繁星中间来来往往。下午涨潮的时候，我看着他的客人从他的木筏的跳台上跳水，或是躺在他私人海滩的热沙上晒太阳，同时他的两艘小汽艇破浪前进，拖着滑水板驶过翻腾的浪花。每逢周末，他的罗尔斯-罗伊斯轿车就成了公共汽车，从早晨九点到深更半夜往来城里接送客人，同时他的旅行车也像一只轻捷的黄硬壳虫那样去火车站接所有的班车。每星期一，八个仆人，包括一个临时园丁，整整苦干一天，用许多拖把、板刷、榔头、修枝剪来收拾前一晚的残局。

盖茨比构筑了一个比当初在黛西家见识过的有过之而无不及的奢华盛宴，虽然他同晚宴上的宾客大多素不相识，但这完全不妨碍他尽心尽力地招待他们。餐桌上五花八门、取之不尽的食物，酒吧里的各种松子酒、烈性酒、罕见的甘露酒，以及配备全班人马的乐队伴奏，盖茨比的花园豪宅俨然成为社会名流无惧清教礼俗、肆意狂欢的乐园。然而可悲的是，来这里的宾客们对盖茨比“一无所知”，这宴会的主人是谁无关紧要，他们不过为了享受免费晚餐、私人汽艇和鸡尾酒而来，带着各自的幻想到最时髦的地方表现自我，他们丝毫不了解盖茨比举办这些豪华宴会的冲动原本是执着于自己的浪漫理想。在这个一切以物质为基础搭建的世界中，它的诗意与绚烂都是暂时的、虚幻的，最终不过是需要“八个仆人”“苦干一天”才能清理干净的“残局”。盖茨比似乎清楚，无论自己倾注多大的热情，他与晚会宾客之间永远存在一条无法逾越的鸿沟，让理想与现实分道扬镳。晚宴进入高潮时，我们跟着尼克的视角转身发现“一轮明月正照在盖茨比别墅的上面，使夜色跟先前一样美好；

明月依旧，而欢声笑语已经从仍然光辉灿烂的花园里消失了。一股突然的空虚此刻好像从那些窗户和巨大的门里流出来，使主人的形象处于完全的孤立之中，他这时站在阳台上，举起一只手做出正式的告别姿势”。

盖茨比送别他的客人，似乎也在送别他早已看穿结局的物质世界的喧嚣与浮华。这种极富浪漫主义特征的形象为我们理解盖茨比提供了更加深刻的视角。盖茨比不仅是执着于个人理想、至死不渝的浪漫青年，更是用他全部的热情和勇气去拥抱生活、主宰生活，不论贫穷还是富有，不论艰苦还是奢华，他始终不忘初心。他深知物质财富的重要，却不愿屈从于物质，被其遮蔽和束缚，他的物质追求首先要服从于自己的梦想，也就是自己的精神追求。然而可悲的是盖茨比梦想的依托竟是一个“黄金女郎”，他又如何能免俗？建立在物欲、享乐和金钱之上的理想是那样的虚幻、脆弱又不堪一击。在这个意义上，盖茨比成了具有神话色彩的悲剧英雄，“他体现了人对理想的渴求和对内心痛苦的承受能力”[1]。

菲茨杰拉德把小说命名为《了不起的盖茨比》，而盖茨比了不起的地方在于“他对人生的希望具有一种高度的敏感”，叙述者尼克称赞道：“它是一种异乎寻常的永葆希望的天赋，一种富于浪漫色彩的敏捷，这是我在别人身上从未发现过的，也是我今后不大可能会再发现的”。在物欲横流、金钱至上的“爵士时代”，盖茨比痴情地执着于物欲之上的爱情梦想，持之以恒，始终如一，而坚定让他超越了尘世间的各种粗俗欲望，即使在他的理想对象黛西最终被证明完全配不上他的理想时，他依然不改初衷。盖茨比对理想的爱和追求超越了理想对象本身。

1895年，美国哲学家威廉·詹姆斯（William James）曾这样描述美国

---

1. 马里厄斯·比利：《菲茨杰拉德对美国的批判》，第222页。

的现状："在我们的周围，到处都是俗不可耐的东西，它们代替了古老而温暖人心的为人所爱的神的观念，成为一种可怕的力量，这力量既不是恨，也不是爱，但却将所有的一切毫无意义地卷入到一种共同的劫数之中"[1]。詹姆斯发现，"没有信仰的纯粹快乐和随心所欲的单一幸福是不能持久的，这样的生活不久就会被忧郁和恐惧所侵占"，而只有对精神世界的追求，也就是对精神秩序与理想的构建、追寻和守望才能使我们脱离物质世界的困苦。"我们有权利相信，物序只是一种片面的秩序；我们有权利用一种看不见的精神秩序来补充之，如果生活只有因此才可能使我们觉得更值得过的话，那么我们就得相信这种精神秩序的存在"[2]。盖茨比始终坚守着这种理想精神，他对黛西的爱超越了物质世界的世俗眼光，但面对现实中的冷酷和破坏，盖茨比却无法做出理智判断，直到生命毁灭。

迈兹纳认为，盖茨比"展示了最为显著的一个美国情感特征"，它是与威廉·詹姆斯看到的"俗不可耐"的东西截然不同的情感特征，也就是美国意识中特有的极端性，即"强烈的理想主义与现实激情"，盖茨比的悲剧就在于他"既坚持拥有梦想，又坚持实现梦想"，即使梦想破灭，也依然"把理想的实现推到遥远的未来，以免当下就要面对无法实现理想这一现实"。[3]他长久地把黛西幻化成她家码头上"一盏通宵不灭的绿灯"。他每走一步都是向这盏绿灯靠近，这条路他义无反顾地走了五年，只为理想绽放的那一刻，哪怕付出生命的代价。"他吻了她。经他的嘴唇一碰，她就像一朵鲜花一样为他绽放，于是这个理想的化身就完成了。"

1. 转引自高奋：《〈了不起的盖茨比〉：美国大都市的文化标志》，第157页。
2. 同上。
3. 阿瑟·迈兹纳：《斯科特·菲茨杰拉德与20世纪20年代》，第40页。

小说的最后，盖茨比主动为黛西承担车祸责任却遭到布坎农夫妇的陷害。他们让威尔逊误以为盖茨比就是他妻子的情人和杀死她的凶手，于是威尔逊开枪打死了盖茨比。盖茨比死在泳池边，脸朝下倒在“夏天供客人娱乐的橡皮垫子”上，而那些整个夏天“像飞蛾一般在笑语、香槟和繁星中间来来往往”的人无一参加他的葬礼。如果把盖茨比看作美国梦的化身，那么他在生命的最后感受到“已经失去了那个旧日温暖的世界，为了抱着一个梦太久而付出了很高的代价”。盖茨比悲剧英雄式的死亡意味着美国梦的幻灭，然而我们却在尼克对盖茨比悲剧的反思中依然看到了作者对“人类最后的也是最伟大梦想”的浪漫赞颂和深情呼唤。盖茨比同发现新大陆的水手一样，永远退去，融入了城市英雄的历史想象和浪漫的传奇故事中。他的梦已经“丢在这个城市那边一片无垠的混沌之中不知什么地方了，那里共和国的黑黝黝的田野在夜色中向前伸展”。

## 第三节　“永葆希望的天赋”：金钱的寓言家

美国著名文学评论家、盖茨比研究专家阿尔弗雷德·卡津（Alfred Kazin）1942年出版了题为《扎根本土》（*On Native Ground: An Interpretation of Modern American Prose Literature*）的美国现代小说研究专著，其中把盖茨比看作菲茨杰拉德的理想人物，因为读者可以在其中看到“华贵与魔力掩盖下的盖茨比的幻想，体会他将美国梦与个人梦想合二为一的雄心，感受自我背叛和幻想破灭的悔恨”[1]。然而这个理想人物的命运却与他毕生追求的那盏“绿灯”密切相关：一方面，在抽象意义上，幻化为“绿

---

1. 转引自程锡麟等：《菲茨杰拉德学术史研究》，第50页。

灯”、作为理想化身的黛西，在盖茨比悲剧英雄式的苦苦追寻中激起了人们无限的想象；而另一方面，具体来看，一个娇惯任性的富家女、彻头彻尾的黄金女郎却让两人的爱情落入俗套。在《菲茨杰拉德的美丽新世界》（“Fitzgerald’s Brave New World”）一文中，爱德温·富赛尔（Edwin Fussell）指出，菲茨杰拉德的小说与美国新大陆的历史共同具有“追寻”（Quest）和“诱引”（Seduction）两大特征，前者指对浪漫奇迹的索求，后者指这一过程的物化。富赛尔指出，这个追寻的过程可以用“美国梦”或者“对幸福的追求”来形容，而菲茨杰拉德从创作伊始就瓦解着工业化美国的梦想，他的“追求具有普遍诱惑，却被永久诅咒”。[1]在这个意义上，黛西的形象就具有了双重意义。一方面，黛西活在盖茨比的幻想里，是一路引领他在追梦路上哪怕头破血流也要不断前行的精神导航。另一方面，黛西和那个喧嚣时代的很多富家千金一样，自私自利，爱慕虚荣，人们指责她不念旧情，冷酷地抛弃盖茨比，而她只不过是在安稳舒适的现实和缥缈未知的幻想中选择前者而已。

卡津在谈到菲茨杰拉德及其作品时指出，“菲茨杰拉德忍受着极端现实感带给他的痛苦，描写华美、灿烂、无忧无虑的二十年代，描写在他身边生活在权力和荣誉之中的富人，描写年轻、生气勃勃和空虚的‘新潮女郎’。但他并不是因为崇拜富人才将他们作为小说的主题，他们就像战争之于海明威（Ernest Hemingway）、混乱的现代社会之于多斯·帕索斯（John Dos Passos），只是他所熟知的一个世界，是‘人类生存的一种状态和艺术家理解世界的一种媒介’。”[2]菲茨杰拉德熟知的世界是金钱和

1.　转引自程锡麟等：《菲茨杰拉德学术史研究》，第61页。

2.　转引自同上，第50页。

物质的世界，金钱不仅是社会阶级划分的唯一标准，也是空间组织和构建的基本框架。他说，“爵士时代以自己的动力飞奔，以金钱的加油站提供燃油……甚至在抛锚的时候，你都不必担心钱的问题，因为它填满了你的四周。”[1]

在西方文学史上，金钱是一个亘古不变的普遍主题，历代作家对其均有描写。古希腊悲剧作家索福克勒斯在《安提戈涅》中对金钱进行了赤裸裸的批判，“人间再也没有像金钱这样坏的东西了！……它把善良的人教坏，让他们做可耻的事情。它甚至叫人为非作歹，干出种种罪行”[2]。莎士比亚在《雅典的泰门》中借泰门之口说出了对金钱的极端厌恶。“金子……这东西，只这一点点儿，就可以使黑的变成白的，丑的变成美的，错的变成对的，卑贱变成尊贵，老人变成少年，懦夫变成勇士。”[3]莎士比亚借金钱来批判人性的丑陋，而金钱则是一切罪恶的根源，深陷其中必然会颠倒黑白、是非不分。进入现代资本主义高速发展期，金钱在小说中的地位更加如日中天。巴尔扎克在《人间喜剧》中描述了大量关于金钱的故事，金钱也自然成为巴氏小说中最重要的主角。他观察到金钱已成为现代社会唯一的上帝和衡量一切的杠杆，通过描写金钱对人的腐蚀，巴尔扎克揭露了资本主义初期拜金主义的罪恶和人与人之间冷漠的金钱关系。菲茨杰拉德最看重的作家德莱塞更是描写金钱的行家，在《嘉莉妹妹》中，德莱塞并没有对金钱进行无情的鞭挞和批判，而小说情节也比乡村女孩在城市中堕落的故事复杂得多，作家旨在表达金钱对人

1. 马尔科姆·考利：《菲茨杰拉德：金钱的罗曼史》，第16页。
2. 罗念生：《论古希腊悲剧》，北京：中国戏剧出版社，1985年，第56页。
3. 莎士比亚：《莎士比亚全集》第八卷，朱生豪译，北京：人民文学出版社，1979年，第176页。

和物的主宰，而这种主宰背后的根源是追求美与幸福的动力。所以当菲茨杰拉德写金钱的时候，金钱之罪已经罄竹难书，他又是如何从前辈和同行们中脱颖而出的呢？

首要的一点是菲茨杰拉具有超凡脱俗的炫富能力。他在《了不起的盖茨比》中浓墨重彩描写的不是盖茨比与黛西的爱情，而是他们生活中的那些豪宅与宴会。在小说的第一章，通过尼克的观察，我们看到了黛西与汤姆的豪宅，“草坪从海滩起步，直奔大门，足足有四分之一英里，一路跨过日晷、砖径和火红的花园——最后跑到房子跟前，仿佛借助于奔跑的势头，爽性变成绿油油的常青藤，沿着墙往上爬”。这一路从海边飞奔而来的草坪似乎完全占据了主动，好像被赋予了生命一样直奔大门而去，伴着一阵风，那草要“长到室内来”，连接着“天花板上糖花结婚蛋糕似的装饰”。物质世界在菲茨杰拉德笔下具有了超凡脱俗的表现，带有一种自然的清新感，它们甚至超越了人的地位，在流光溢彩的时代向灿烂和永恒发起攻势。这一点在盖茨比的夏日盛宴上被推向极致。“好几百英尺的帆布帐篷和无数的彩灯”把“盖茨比巨大的花园布置得像一颗圣诞树”，自助餐桌上“一只只五香火腿周围摆满了五花八门的色拉、烤得金黄的乳猪和火鸡”。七点以前乐队到达，绝不是什么五人小乐队，而是配备齐全的整班人马，双簧管、长号、萨克斯管、大小提琴、短号、短笛、高低音铜鼓，应有尽有”。“大地蹒跚着离开太阳，电灯显得更亮，此刻乐队正在奏黄色鸡尾酒会音乐，于是大合唱般的人声又提高了一个音调。”小说一共九章，菲茨杰拉德用整整一章的篇幅描写盖茨比的盛大晚宴，它的奢华无度、它的人声鼎沸，在菲茨杰拉德笔下丝毫不显拖沓，相反，仿佛只有这样才能配得上独属于那个时代的燃情岁月。

更重要的是，菲茨杰拉德生活在那个流光溢彩的时代，他在创作时专注于描述金钱堆砌的物质世界，但对金钱本身却抱有冷静的中立态度，正如考利所说，“他参与了时代仪式的狂欢，却悄悄地保持了疏远的距离”[1]。菲茨杰拉德将这种若即若离的批评距离和双重视角赋予了盖茨比悲剧的唯一见证者和叙述者尼克·卡拉韦。而这个既是叙述者也是小说人物的独特叙事视角又为菲茨杰拉德赢得了创作空间，保证了作品的客观性。与菲茨杰拉德一样，尼克来自美国中西部城市的富裕家庭，虽然不是布坎农那样的豪门，但也衣食无忧。一开始，尼克就引述了父亲的告诫，“你就记住，这个世界上所有的人，并不是个个都有过你那些优越条件”。秉承着不轻易对别人评头论足的生活态度，他自认为能够保持道德上的中立，但唯有在盖茨比身上一直抱有矛盾的态度。小说一开篇，尼克就直言不讳：盖茨比“代表我所真心鄙夷的一切”，可就在短短的几行之后又盛赞其“异乎寻常的永葆希望的天赋”，正是这种看似矛盾的双重评价，才让读者更加相信尼克具有清醒的目光和冷静的批判力，跟着他一起走近让他鄙夷又盛赞的盖茨比。

当尼克听说盖茨比买下西卵的豪宅是为了住在海湾对面的黛西时，他说，“盖茨比在我眼中有了生命，忽然之间从他那子宫般的毫无目的的豪华里分娩了出来”。盖茨比在尼克眼中获得了新生，远离了他心中鄙夷的一切，原来“毫无目的的豪华”所包裹着的始终是那个来自明尼苏达州圣保罗的纯朴的乡下男孩。尼克无意抨击盖茨比金钱的来路，或者说他愿意理解盖茨比的处境，对这个毫无背景、白手起家的乡下男孩而言，依附黑帮、贩卖私酒似乎是实现自己梦想的唯一捷径。相反，尼克更愿意讴歌盖茨比对梦想的坚毅执着，尤其是他早已看穿黛西金钱女郎

1. 马尔科姆·考利：《菲茨杰拉德：金钱的罗曼史》，第18页。

的本质却依然初心不改。盖茨比说，“她的声音充满了金钱”，一语道出了所有人难以启齿的秘密。盖茨比喜欢的不是金钱，而是金钱带给黛西的“抑扬起伏的无穷无尽的魅力”，在“金钱丁当的声音，铙钹齐鸣的歌声”中，她“高高的在一座白色的宫殿里，国王的女儿，黄金女郎”。盖茨比对黛西的本质了然于胸，但他没有批判金钱，相反，继续坚守依附于金钱之上的庸俗却也博大的梦想，并在现实中用满腔的真挚与纯情去追寻这个梦想，直至梦想破灭、一败涂地。

相比于盖茨比纯情的金钱梦，尼克也认清了汤姆和黛西代表的富人阶层的自私本质和纯粹物质主义的庸俗。汤姆·布坎农出身显赫，仰仗家族的地位和名望，挥金如土，终日无所事事。他年轻时曾是全国知名的橄榄球球星，尼克讽刺他说“日后不论做什么，总有点走下坡的味道”。汤姆身体健壮，力大无比，声音粗哑，脾气暴烈，说话时总是带着“轻蔑的口吻”，令人反感。他出手阔绰，包养情妇、玩弄女人更是社交圈里公开的秘密，他同修车铺老板娘威尔逊太太来往，完全不在意熟人的眼光。汤姆看不起盖茨比那样住在西卵的白手起家的新贵，认为只有东卵以世袭的固定资产为财富的人才是真正的老贵族，而那些暴发户大部分都是私酒贩子。汤姆说这个世界是他们这样住在东卵的“北欧日耳曼的后裔”创造的，“创造了所有那些加在一起构成文明的东西”，他们必须“提高警惕”，“占据统治地位”，否则“其他人种就会掌握一切”，“文明正在崩溃”。汤姆粗鲁笨拙，不学无术，卖弄炫耀的同时也暴露了其低劣的品性和种族主义倾向，导致人格贬值。事实上，他的炫耀没有深度也缺乏根基。伊迪斯·华顿（Edith Wharton）笔下的纽约旧贵族社会中，构成上层阶级男性气质的显著要素是“斯文——品味、风度与文化——以及继承的财富”[1]。汤姆拥有的只是物质财富和身体理想，没有旧贵族着重培养的情感意识、良好的风度和深厚的文化底蕴，就像在“追寻某场无法重演的球赛的戏剧性的激奋……永远飘荡下去”。

黛西，这个声音里充满金钱的黄金女郎，与丈夫一样是一个以享乐为人生最高目标的富家小姐。小说中的她总是衣着高贵，在沙发上无所事事，百无聊赖。她当初同盖茨比坠入情网，不过是年轻时的风流韵事，但最终选择了世家子汤姆。五年后她再次对盖茨比心动，也是因为见识了他惊人的财富。当黛西在盖茨比展示的“五颜六色”“柔软贵重”的衬衣堆中号啕大哭时，令她伤心的不是与盖茨比错过的五年，而是她“从未见过这么美的衬衣”。三人在纽约一家酒店里摊牌后，汤姆透露出盖茨比财富的不正当来源，黛西又决心回到丈夫身边。黛西意外撞死汤姆的情人之后，盖茨比主动承担责任，帮她逃离现场。回到家后，黛西全然不顾窗外彻夜守候的盖茨比，非但没有同汤姆发生不快，反而在餐桌边热切交谈。尼克看到后说，“这幅图画清清楚楚有一种很自然的亲密气氛，任何人也都会说他们俩在一同阴谋策划。”作者暗示，正是黛西和汤姆合谋害死了盖茨比，盖茨比的理想化身毁灭了，可见建立在金钱与物欲基础上的理想是那样脆弱，那样不堪一击。尼克评价汤姆和黛西：“他们是粗心大意的人——他们砸碎了东西，毁灭了人，然后就退缩到自己的金钱或者麻木不仁或者不管什么使他们留在一起的东西之中，让别人去收拾他们的烂摊子……”

我们可以从叙述者尼克对盖茨比悲剧的反思中窥探出菲茨杰拉德对

---

1. 弗朗西丝・克尔：《感觉“半女性化”：〈了不起的盖茨比〉中的现代主义与情感政治》，黄邦福译，见程锡麟《菲茨杰拉德研究文集》，第246页。

金钱、对他所处时代的态度：既有对冷酷现实清醒的认识，也怀有“永葆希望”的梦想。正如考利所说，菲茨杰拉德同盖茨比一样，同那个时代的年轻人一样，真正的梦想就是“获得一种新的身份和特质，是在人类价值的神秘等级制度上迈上新的一级”[1]。当然，盖茨比的梦破碎了，菲茨杰拉德的梦也破碎了。但当他们拥有金钱时，也赋予了金钱浪漫而崇高的品质。在那个五光十色、流金溢彩的世界里，黄色无疑是最重要的颜色，太阳、鸡尾酒会、酒会上的时髦女郎、盖茨比的金色劳斯莱斯，当然还有如黄金一般的黛西，等等。菲茨杰拉德用《了不起的盖茨比》和他自己永葆青春的生活方式谱写了一曲金黄的爵士挽歌，也揭示了一个时代的精神——资本积累让位于消费乃至浪费。当然，这最致命的颜色也让菲茨杰拉德从如日中天迅速陨落，但金钱在菲茨杰拉德这里，是批判，也是梦想，他尽享物质也拥抱理想，他透过金钱理解世界、书写世界，也展示了自己一泻千里的文笔。如果没有生机勃勃的金钱，就绝不会有菲茨杰拉德如金钱般华美绚烂的杰作和他奢华浪费、挥霍传奇的一生。因为是构筑在金钱之上的，所以盖茨比的悲剧和菲茨杰拉德的失败都是必然的，但恰恰是这种失败成就了他们“异乎寻常的永葆希望的天赋”。

同为20年代的文学巨匠、菲茨杰拉德一生的挚友兼敌人海明威曾批评他虚度人生，挥霍才华，但在海明威举枪自杀前最后的日子里，他自己同样受到酒精和精神压力的困扰，或许那时他才真正理解了菲茨杰拉德，他在《流动的盛宴》（*A Moveable Feast*，1964）一书中关于菲茨杰拉德的那章前面写下了这段话：

---

1. 马尔科姆·考利：《菲茨杰拉德：金钱的罗曼史》，第20页。

> 他的才能像一只粉蝶翅膀上的粉末构成的图那样地自然。有一个时期，他对此并不比粉蝶所知更多，他也不知道这图案是什么时候给擦掉或损坏的。后来他才意识到翅膀受了损伤，并了解它们的构造，于是学会了思索，他再也不会飞了，因为对飞翔的爱好已经消失，他只能回忆往昔毫不费力地飞翔的日子。[1]

## 第四节 “遗失的城市”：遗失的梦

1931年11月，菲茨杰拉德发表了一篇题为《爵士时代的回声》（“Echoes of the Jazz Age”）的文章，回顾刚刚过去的20年代，他将之称为“奇迹频生的年代、艺术的年代、挥霍无度的年代、嘲讽的年代”[2]。而这个时代所有的喧闹、混乱、金钱和颓废都与城市，或者更具体地说，与纽约密切相关。年轻人白天参加热闹非凡的午后盛宴，夜晚在夜总会里不醉不归，所有人都在“醉心享受、寻欢作乐”，“娱乐至上成为普遍共识”。作为爵士时代的代言人，菲茨杰拉德这样阐释它的词义。“‘爵士’这个词儿，在其词义演变成受人敬重之前，首先意味着性，其次是舞蹈，再次是音乐。与之休戚相关的是一种紧张的刺激状态，与战场后方的大城市相差无几。”[3]菲茨杰拉德在大城市中捕获了爵士时代所有的紧张刺激与诱惑危险，又把它们写进自己的作品。

《了不起的盖茨比》的大部分故事发生在长岛，菲茨杰拉德本人于

---

1. 欧内斯特·海明威：《流动的盛宴》，汤永宽译，上海：上海译文出版社，2016年，第119页。
2. F. S. 菲茨杰拉德：《崩溃》，黄昱宁、包慧怡译，上海：上海译文出版，2016年，第23页。
3. 同上，第25页。

1922年秋天移居到此，住在长岛北端海边。这里是商界大亨和社会名流的聚居地，也被称作“黄金海岸”。从长岛到曼哈顿车程只需45分钟，长岛西部也被开发商买下进行大规模开发。小说中的东卵富人区以菲茨杰拉德夫妇居住的黄金海岸为原型，而长岛与城区之间的“灰烬谷”则是以用作垃圾堆放场的法拉盛草地为原型，20世纪20年代，每天都有火车从布鲁克林运来大量废品和垃圾。[1]可以说，纽约不仅仅是作家的居住地，更是他小说中最重要的经验来源。

纽约在19世纪初已经凭借优良的地理位置、空前活跃的工商业、丰富的就业机会等成为美国区域经济中的“首位性城市”。[2]到了20世纪20年代，在美国工业心脏地带的所有城市中，纽约是无可争议的首府，在当时的世界性大都市中，其规模也仅次于伦敦。这里有巨大的码头、先进的石油工业，是时尚业的风向标，最重要的是，纽约作为美国经济的神经中枢，拥有最主要的股票交易所、最大的银行、收费最高的律师事务所、数量最多的出版机构和最受欢迎的广告公司。[3]它成为无数怀揣美国梦的年轻人追寻梦想的理想之地。生活在那个喧嚣时代的纽约，菲茨杰拉德用灿烂的笔触赞颂它的靓丽多姿、璀璨繁华，也用冷静的观察透视它的肮脏污秽、堕落腐朽；纽约滋养着它的作家，而作家也生动地展现了纽约的历史形象和时代风貌，让爵士时代的纽约深深地镌刻在世界文学的版图中。

---

1. 杰西・祖巴:《纽约文学地图》，薛玉凤、康天峰译，上海：上海交通大学出版社，2011年，第115页。
2. 王旭:《美国城市发展模式：从城市化到大都市区化》，北京：清华大学出版社，2006年，第43页。
3. 同上，第162页。

卡津认为，“书写美国城市惊人成就的最好作品都是来中西部的作家创作的”，他所指的作家包括德莱塞、舍伍德·安德森（Sherwood Anderson）、薇拉·凯瑟（Willa Cather）、约翰·多斯·帕索斯、海明威、索尔·贝娄（Saul Bellow）和菲茨杰拉德等。[1]当然，城市并不是他们唯一的主题或者说最重要的主题，但初到大城市的外乡人视角却给这些作家书写现代美国、刻画美国形象提供了富有新鲜感和感染力的理想素材。“只有像德莱塞这样在日常生活中发掘惊艳，才能揭示出表面现象遮蔽下的利益冲突和生命斗争、未知的惊奇和喧哗，以及根植于欲望的野蛮。”[2]卡津所说的外乡人视角同样为菲茨杰拉德笔下的纽约增添了神奇魅力，同时也赋予他比较的视野和冷静的批评距离。

在《了不起的盖茨比》中，菲茨杰拉德通过叙述者尼克来展现外乡人的视角，并揭示出美国东西部文化的差异和冲突。尼克出生在美国中西部城市的富裕家庭，大学毕业后回到家乡，感觉“中西部不再是世界温暖的中心，而倒像是宇宙的荒凉的边缘”，他决心逃离这个荒芜之地，去东部学习债券生意。小说在一开始就将东西部的差异融入个体叙事中。事实上，在美国城市化的历史进程中，到了19世纪后半叶，美国10个20万人以上的大城市中，中西部就占了4个——芝加哥、圣路易、克利夫兰和底特律，这片区域已成为美国重要的城市化地区。[3]然而，相比于工业化布局已经成熟、经济更加发达的东部沿海地区，在尼克以及他所代表的受过高等教育、从事白领职业的年轻人看来，东部象征着未来和成功的机

---

1. Alfred Kazin, "New York from Melville and Mailer", *Literature and the Urban Experience: Essays on the City and Literature*, Michael C. Jaye and Ann Chalmers Watts, eds. New Brunswick: Rutgers University Press,1981, p. 87.

2. Ibid., p. 88.

3. 王旭：《美国城市发展模式》，第63页。

遇，是充满希望的应许之地，而保守落后的中西部则象征着工业化前的生活方式，是憨厚纯朴的生活准则和道德风貌的保留地。在这样的对比下，抵达纽约之初，尼克“自以为是一去不返的”，最初几天的孤独也在给一个比他“更是新来乍到的人”指路后彻底打消了，他觉得自己“成了领路人、开拓者、一个原始的移民”，在明媚的阳光和清新怡人的空气中，他欣然接受自己的“荣誉市民权”，“生命随着夏天的来临又重新开始了”。

我们知道，尼克在夏天结束后离开了纽约，也改变了对这座城市的看法，当然促使他改变的首要原因是盖茨比的悲剧和布坎农夫妇的无情，但在尼克的叙述中，读者也可以发现他对纽约更加深入的观察和感悟。小说第二章中，尼克跟随汤姆参观其位于纽约的爱巢，途经第五大道时，菲茨杰拉德写道，“在这夏天星期日的下午，空气又温暖又柔和，几乎有田园风味。即使看见一大群雪白的绵羊突然从街角拐出来，我也不会感到惊奇。”此刻，尼克在纽约初次感受到了这座城市的美好与温情，这里不是奢华浮夸的豪宅，也不是浮光掠影般虚幻的宴会，而是夏日午后街道上温暖自然的气息，仿佛在这充满怀旧与诗意的气息中埋藏着一个已经永远消失的田园世界。

果然，当尼克抵达“一五八号街一大排白色蛋糕似的公寓中的一幢”时，所有的自然气息都被扑面而来的矫揉造作、浮夸炫耀的虚伪和俗气打消了，“大得很不相称的织锦靠垫的家具”“法国仕女在凡尔赛宫的花园里荡秋千的画面”，“苗条而俗气的女人”戴着一大串假玉手镯，“不断发出丁当丁当的声音”，以及眼前这些男男女女的狂欢作乐都让尼克心生厌恶。“我想到外面去，在柔和的暮色中向东朝公园走过去”，只有回到保留自然气息的公园才能够寻得片刻的安宁。然而尼克很快发现，他走进这个公寓，就意味着已经卷入“吵闹刺耳的争执”无法脱身，更何况“我们这排黄澄澄的窗户高踞在城市的上空，一定给暮色苍茫的街道上一位观望的过客增添了一点人生的秘密，同时我也可以看到他，一面在仰望一面在寻思。我既身在其中又身在其外，对人生的千变万化既感到陶醉，同时又感到厌恶”。此时的尼克已经没有了初到纽约时的新奇感，他已经不由自主地卷入到纽约城上演的万千变化中，他观察着街道上的过客，也意识到自己又何尝不是别人眼里的故事，所以他必须保持冷静的观察距离和“身在其中又身在其外”的双重视角，而这种双重视角也反映了菲茨杰拉德所表现出的纽约生活既令人陶醉又使人厌恶的双重立场。

米歇尔·德·塞都在《日常生活的实践》（*The Practice of Everyday Life*）中指出，从城市的高空俯瞰会给观看者一种“观看全局的快感”“上帝视角”和“增长眼见和知识的动力”，然而，展现在高空窥视者眼前的巨幅画面是城市设计者和空间规划专家设计制造的“类似于用保持疏远的投影方式生产的复制品”，他们获得的所谓的“城市全景”其实是对“实践的遗忘和错误理解”，因为他们必须“将自己从隐晦的日常行为的缠绕中解开，将自己置身于这些行为之外”。“普通的城市从业者生活在底下，在可见性开始的门槛下面”，他们是步行者、行人，行走是他们的城市经历的基本形式，他们用身体书写却又看不到的城市“文本”。[1]小说中，尼克不满足于高空窥视者的“全局快感”，很快加入到地面上行走的实践者队伍当中，也正是在行走中，尼克“开始喜欢纽约了”。

---

1.　米歇尔·德·塞都：《城中漫步》，见汪民安等《城市文化读本》，第165页。

> 我开始喜欢纽约了，喜欢夜晚那种奔放冒险的情调，喜欢那川流不息的男男女女和往来车辆给应接不暇的眼睛带来的满足。我喜欢在五号路上溜达，从人群中挑出风流的女人，幻想几分钟之内我就要进入她们的生活，而永远也不会有人知道或者非难这件事。有时，在我脑海里，我跟着她们走到神秘的街道拐角上她们所住的公寓，到了门口她们回眸一笑，然后走进一扇门消失在温暖的黑暗之中。在大都市迷人的黄昏时刻，我有时感到一种难以排遣的寂寞，同时也觉得别人有同感，——那些橱窗面前踯躅的穷困的青年小职员，等到了时候独个儿上小饭馆去吃一顿晚饭——黄昏中的青年小职员，虚度着夜晚和生活中最令人陶醉的时光。

在夜晚纽约街道上闲逛的尼克是德·塞都笔下的步行者，用自己的脚步参与城市的生活实践。更重要的是，人群中的尼克仿佛让我们看到了19世纪在巴黎街道上四处观察和游荡的“现代生活的画家”康斯坦丁·居伊，波德莱尔称他为“城市漫步者”。“如天空之于鸟，水之于鱼，人群是他的领域。”[1]漫步在人群中，他四处观察和游荡，“寻找生活中短暂的、瞬间的美”，也就是波德莱尔总结的现代性的两重性特点：一半是“过渡、短暂、偶然”，另一半是“永恒与不变。”[2]“对一个十足的漫游者、热情的观察者而言，生活在芸芸众生之中，生活在反复

1. 波德莱尔：《现代生活的画家》，见《波德莱尔美学论文选》，郭宏安译，北京：人民文学出版社，1987年，第481页。
2. 同上，第485页。

无常、变动不居、短暂和永恒之中，是一种巨大的快乐。”[1]暂且不去论证菲茨杰拉德在他数次的欧洲旅居中是否读过波德莱尔这段对现代性的经典描述，我们可以从尼克的深夜漫步中看到他与波德莱尔的画家漫步者惊人的相似。他们主动融入人群，享受观察的快乐，拥抱每一个反复无常的变化，捕捉每一个转瞬即逝的印象。人群中的他们可以在幻想与现实之间任意转换，进入人群就像进入“梦幻迷惑的社会”，然而他们对城市景观的掌控是暂时的、偶然的、短暂的。尼克在人群中挑选让自己心动的风流女人，幻想跟随她们回家，然而在回眸的瞬间永远地消失在黑暗之中。尼克幻想中的女子可以在波德莱尔的《恶之花》中找到真实的踪影。诗人走在“喧闹的街巷”中，看到一位“颀长苗条，一身丧服，庄重忧愁”的女人“轻盈而高贵”地走来，“在她眼中，那黯淡的、孕育着风暴的天空 / 啜饮迷人的眼睛，销魂的快乐”。诗人“紧张如迷途的人”，美人“目光一瞥突然使我复活”，但爱情萌动的时刻也是女子消失的诀别瞬间，“电光一闪……复归黑暗”。[2]在嘈杂混乱、充满诱惑魔力的城市中，满足个人精神诉求的外在条件已经崩塌了，城市瞬息万变的外界环境给现代人的心理造成了多样的、迅速变化的冲击。在这个“一切坚固的东西都烟消云散”的时代里，漫步者并不渴望也不可能获得永恒不变的美，他们寻觅的只是昙花一现。漫步者以浪荡的步伐穿梭于城市的迷宫之中，体味芸芸众生的百味人生，在漫无目的的游荡中，他用洞察一切的目光审视城市看不见的文本，他藏身于人群又保持着回身的余地和超脱的姿态，堪称“现代社会的英雄”。作为一种历

---

1. 波德莱尔：《现代生活的画家》，第481页。
2. 波德莱尔：《恶之花　巴黎的忧郁》，郭宏安译，上海：上海人民出版社，2008年，第223页。

史现实，本雅明的漫步者出现在19世纪第二帝国时期的巴黎，而作为一种文学形象，漫步者却与现代城市日常生活密切相关，漫步者辩证的形象、敏锐的观察以及对现代生活经验的捕获都在一个世纪后大西洋彼岸尼克的街头冒险中得到完美呼应。尼克“难以排遣的寂寞”和“无名的怅惘”正是源自他作为漫步者对纽约这座城市极富深情的观察，而这些观察又何尝不是菲茨杰拉德自己在纽约街头获得的真实又具有哲思的现代启示呢？

除在街头漫步之外，尼克对纽约的认识很多都来自从长岛到纽约的乘车途中。20世纪20年代是美国汽车工业发展的黄金时代，从世纪初开始，在福特主义的大规模生产模式影响下，汽车从最初富人才能享有的奢侈品转变为工薪阶层也能消费得起的代步工具，逐渐走入千家万户。1920—1930年间，美国汽车注册数量翻了三番。1929年，有将近50%的非农业家庭拥有汽车。[1]坐在飞驰而过的汽车里，不同于步行，它提供的是“栖息于移动的、半私有化的、高度危险的座舱内的方式所构建的”复杂的综合体验。[2]乘坐汽车行驶的人们“进入高度弹性的空间，它迫使人们周旋于时间的微小碎片，以应对它自己制造的时空限制”。也就是说，乘坐汽车的人要“全力应对时间的微小碎片，以使复杂、易碎、不确定的社会生活拼合一处”[3]。往返于纽约和长岛之间，尼克也试图将窗外的景象碎片拼合起来，从皇后区大桥经过时，“阳光从钢架中间透过来在川流不息的车辆上闪闪发光，河对岸城里的大楼高耸在眼前，像一堆一堆白糖

1. 王旭：《美国城市发展模式》，第167页。
2. 米米・谢勒尔、约翰・厄里：《城市与汽车》，唐伟译，见汪民安等《城市文化读本》，第210页。
3. 同上，第217页。

块一样，尽是出于好心花了没有铜臭的钱盖起来的”。城市天际线上一座座高大的建筑唤起了尼克心中崇高的感受，甚至他希望这座由金钱堆建的城市是没有铜臭味的，此时的纽约象征着对未来美好的憧憬和希望，“这座城市永远好像是初次看见一样，那样引人入胜，充满了世界上所有的神秘和瑰丽”。

然而，汽车窗外瑰丽的城市天际线很快被“一辆装着死人的灵车”打断，这支凄惨的出丧队伍和人们“忧伤的眼神让尼克顷刻间从对未来的美好幻想中回到现实，死亡的象征时刻提醒他，在这座城市美丽的外表下，同时存在着一种看不见的破坏性力量，让幻想与希望、没落与死亡并存。盖茨比带着自己的希望来到纽约，当黛西驾驶着汽车从威尔逊太太身上飞驰而过的时候，她不仅结束了威尔逊太太的生命和汤姆与情人的私情，也同时宣告了盖茨比梦想的破灭，预示着死亡的最终结局。对盖茨比而言，希望源自这个生机勃勃的城市，也葬送在死亡灰烬的地带。这座城市既有充满活力的阳光地带，也有隐藏着死亡威胁的黑暗地带。与金钱构建的靓丽城市截然对立的是位于皇后区的“灰烬谷”。小说第二章中，菲茨杰拉德向读者展示了这片象征着衰败、没落、阴谋和死亡的荒原地带。

在灰蒙蒙的烟尘之下的，是城市工业化进程中留下的一片废墟。自然的原始风貌已经被不自然的都市世界取代了。“一片荒凉的地方。这是一个灰烬的山谷——一个离奇古怪的农场，在这里灰烬像麦子一样生长，长成小山小丘和奇形怪状的园子；在这里灰烬堆成房屋、烟囱和炊烟的形式”。从农业经济时期的边疆乡村进入到工业时期的现代城市，城市的发展是以无数个像灰烬谷一样的荒凉之地为代价的，“自然的进程已经被颠倒、被扭曲了”[1]。被扭曲的还有生活在其中的人。在这里，灰烬“堆成一个个灰蒙蒙的人，隐隐约约地在走动，而且已经在尘土飞扬的空气中化为灰烬了”。这是一片穷苦人、普通工人阶层生活的荒原，他们是城市化、工业化进程的实施者，却无法享受城市的浮华盛世，终究在这片荒原上化“化为灰烬”。乔治·威尔逊就是这灰蒙蒙的古怪的人群中的一员，他在“荒原的尽头”经营一家“毫无生气、空空如也”的汽车行，与这里的其他居民一样，他“没精打采”，“脸上没有血色”，对汤姆·布坎农的到来却流露出“一线暗淡的希望”。他直到死也不知道自己低声下气、百般讨好的“生意伙伴”的真实面目。从汤姆引诱玩弄威尔逊太太，到她死后诱导威尔逊杀死无辜的盖茨比，权力的天平永远向金钱一边倾斜，无知和愤怒最终让威尔逊将妻子和自己的生命交付于肉欲和暴力。威尔逊太太的死在灰烬谷的居民看来与他们的生活一样毫无意义，“她满腹廉价的成功和二流的野心就此被撕裂”[2]。“她左边的乳房已经松松地耷拉着，因此也不用再去听那下面的心脏了。她的嘴大张着，嘴角撕破了一点，仿佛她在放出储存了一辈子的无比旺盛的精力的时候噎了一下”。生活在灰烬谷的人，像是隐形世界的地下人，在灰尘的遮蔽下他们无法看清自己的生活，更无法掌控自己的命运，虚荣的爱情、赤裸的肉欲、无知的暴力都在这片毫无生机的废墟中“化为灰烬”。

灰烬谷的一个奇特场景是公路边巨大广告牌上埃克尔堡医生的一双巨眼，这双早已被遗忘的“庞大无比”的眼睛由于“年深月久，日晒雨淋”而变得暗淡无光，“却依然若有所思，阴郁地俯视着这片阴沉沉的灰

---

1. 理查德·利罕:《文学中的城市》，第281页。
2. 詹姆斯·E. 米勒:《菲茨杰拉德的〈盖茨比〉: 灰谷般的世界》，见程锡麟《菲茨杰拉德研究文集》，第234页。

堆”。小说中埃克尔堡医生的巨眼数次出现，在灰烬谷居民的眼中，它犹如上帝一般，审视着这片土地。“上帝看见一切。”威尔逊把这双眼睛看作正义的标志，义无反顾地执行上帝的判决。但他不知道，这个广告牌上的眼睛恰恰是虚伪、盲目的象征。埃克尔堡医生从未营业，广告的价值早已不复存在，它不能帮灰烬谷的居民看清这个世界，相反，在那空洞虚伪的目光注视下的是人们长久盲目的行为，而他们的盲目无不源于自身的欲望。在欲望驱使下，他们渴望融入那个金钱筑起的城市，却无法逃脱荒原的宿命。利罕认为，“菲茨杰拉德的浪漫世界带着其‘失明’的双眼，将一个充满暴力和荒诞的世界展示了出来。”[1]

叙述者尼克是小说中唯一可以洞察城市本质的人，他看到了纽约生机勃勃的街道景象，也看到了破败衰落的灰烬谷尽头，他看到了盖茨比永葆希望的天真执着，也看到了黛西冷酷无情的虚伪懦弱。尼克决定离开纽约，回到他的中西部。尽管相比于“枯燥无味”的西部小城，东部具有无比的优越性，但它鬼影幢幢、面目全非的样子已经超出了尼克的承受能力，而西部却在温暖的回忆中闪现出纯真和希望的光芒，“这就是我的中西部……是我青年时代那些激动人心的还乡的火车，是严寒的黑夜里街灯和雪车的铃声，是圣诞冬青花环被窗内的灯火映在雪地的影子”。如果说尼克在小说开始时从西部到达东部象征着城市所代表的工业资本主义的巨大吸引力，那么结尾时的离开则是返璞归真、回归旧的生活方式的天真想象。然而，现代城市的发展进程是不可逆的，东部城市文明向边疆的侵蚀也是不可扭转的。尼克自己也清楚，自己的回归无非是“乡愁”作用下的情感归属，而那个未经污染的旧时代已经和盖茨比

1. 理查德·利罕：《文学中的城市》，第276页。

的梦一样丢在城市那边那一片无垠的混沌之中不知什么地方了，那里共和国的黑黝黝的田野在夜色中向前伸展。历史的进程、城市的发展势不可挡，现代城市不可能回到过去的时代。

菲茨杰拉德在《我所失去的城市》一文中回顾了自己几次进出纽约的经历。纽约对十岁的男孩来说，是清晨的摆渡船，象征着成功；对情窦初开的十五岁少年来说，是舞台上美丽的少女，代表着浪漫；到了踌躇满志的青年时期，纽约是一套属于男人的合租公寓，象征着大都会精神。然而城市生活终究令人琢磨不透，在华而不实的岁月里纽约成就了菲茨杰拉德，他尽享作为“时代代言人”的荣誉和欢乐，宁愿在挥霍无度中保留天真，“充当被观察者而非旁观者”，与纵酒狂欢联系在一起的纽约早已失去了男生公寓里的那份宁静。成名之后的菲茨杰拉德数次进出纽约，见证了那个快节奏时代城市里的恣意狂欢，也偶然在夜晚的灯光掠影中获得片刻的宁静。1929年股市崩盘，20年代的狂欢戛然而止，菲茨杰拉德的生活也越发陷入困境，精神也几近崩溃，自传式随笔集《崩溃》（*The Crack-up*）就是这个时期的产物。纽约在他眼里不再“绵延不绝，它明明是有边界的……纽约终究只是一座城市而不是整个宇宙，于是他在想象中精心搭建的那一整套熠熠闪光的观念体系轰然落地”[1]。菲茨杰拉德遗失了他的城市，也遗失了“那璀璨的梦幻”。他唯有呼喊，“回来吧，回来，那闪闪发光的，纯白无瑕的一切！”[2]

1. 菲茨杰拉德：《崩溃》，第50页。
2. 同上，第51页。

# 第四章

# 城市与符号：现代主义的主题与审美诉求

## 第一节　现代主义视域下的城市

作为一种广义的文化复合体，现代主义所代表的革新与反传统的新趋势从19世纪末到20世纪中叶席卷了文学、电影、摄影、音乐、舞蹈、戏剧和建筑等领域。英国文艺理论家马尔科姆·布雷德伯里（Malcolm Bradbury）与詹姆斯·麦克法兰（James McFarlane）用地震来形容文化变革，其中，现代主义被视为最高级别的震动，是“压倒一切的位移”，给人类思想史和精神史带来的“根本性的骚动——推倒了我们的信仰和观念中最坚固和最坚实的东西。它怀疑整个文明或文化，并疯狂地另起炉灶”[1]。现代主义文学或文化建基于人们的现代经验。这种经验，在马歇尔·伯曼（Marshall Berman）看来，是“一种关于时间和空间、自我和他人、生活的各种可能和危险的经验。我将把这种经验称作‘现代性’”。按伯曼的解释，现代性首先是我们身处的一种环境，“这种环境允许我们去历险，去获得权力、快乐和成长，去改变我们自己和世界，但与此

---

1. Malcolm Bradbury and James McFarlane, *Modernism 1890-1930*, Harmondsworth: Penguin, 1976, p. 20.

同时它又威胁要摧毁我们拥有的一切，摧毁我们所知的一切，摧毁我们表现出来的一切”。另外，现代性是跨界的，“跨越了一切地理的和民族的、阶级的和国籍的、宗教的和意识形态的界限：在这个意义上，可以说现代性把全人类都统一到了一起”。但这个统一是个悖论，是“不统一的统一”，是一个漩涡，所有参与现代性的人都被卷入“不断崩溃与更新、斗争与冲突、模棱两可与痛苦”的斗争之中。“所谓现代性，也就是成为一个世界的一部分，在这个世界中，用马克思的话来说，‘一切坚固的东西都烟消云散了’。”[1]

按伯曼这种跨界和统一的定义，现代性和现代主义只能是全球性的，而不可能在一国之内实现，也不可能就某一单个的民族国家来讨论现代性。而即便是与现代性息息相关的现代主义文学和艺术，如美国现代主义文学，也同样不能脱离国际社会、政治和文化的总体环境来讨论。现代主义文学和艺术从根本上说是一种席卷全球的思潮和文化现象。很多蜚声文坛的美国现代主义小说家，如格特鲁德·斯坦（Gertrude Stein）、海明威、菲茨杰拉德和多斯·帕索斯等，在成名前至少都要去巴黎的左岸和伦敦的布鲁姆斯伯里接受现代主义艺术的洗礼，回来后在纽约的格林威治村进行现代文学艺术的实践，才能真正为美国文坛和读者所接受。换言之，现代性所提供的这种国际化的文化场域是作家和艺术家必须要身临其境并从中汲取经验的实验场地或朝拜的圣地。有个记者曾这样描述他生活于其中的纽约格林威治村，“我房子周围的一个街区充斥着世界所有的冒险经历；一英里内可以看到世界上所有的国家。”[2]现代

1. 马歇尔·伯曼：《一切坚固的东西都烟消云散了》，徐大建、张辑译，北京：商务印书馆，2003年，第15页。

2. Susan Hegeman, “U. S. Modernism”, in *A Companion to Twentieth-Century United States Fiction*, David Seed ed. NJ: Wiley-Blackwell, 2010, p. 12.

性语境下的现代生活充满了任意性、复杂性和偶然性，并以其普遍性为各国艺术家和作家提供了共享的跨边界的现代经验。

从时间维度来看，从1910年到一战结束，现代主义文学在美国盛行，传统的审美形式、主题、风格受到新思想、新风尚的猛烈冲击、压制和摒弃。而作为一种复杂的文化和社会现象，现代主义的形成和发展却经历了一个漫长的过程，并始终以对社会、道德、政治和审美传统的反叛而或隐或显地存在着。约翰·拉塞尔（John Russell）将现代艺术的变革称作“秘密的革命”。他指出，“在1914年之前不久，在整个欧洲，现代艺术开始产生了前所未有的影响。没有明确的日期，没有明确的地点，没有明确的名称可以用来为此作证，但是当时已经产生了一种普遍的意识，即一种叫现代意识的东西，这种现代意识是理解现代生活的关键。”[1]这种现代意识是伴随着现代生活与传统社会的“断裂”，伴随着新的生活形态而产生和兴起的。早在1863年，波德莱尔就在其具有重大影响的文章《现代生活的画家》中这样定义现代性：“现代性就是过渡、短暂、偶然，就是艺术的一半，另一半是永恒和不变”。艺术、文学与美学的这种现代性蕴含着瞬间与永恒的矛盾因素，而“艺术的两重性是人的两重性的必然后果”[2]，人的两重性又是现代生活的两重性的必然结果。于是，现代人、现代生活和现代艺术三者间的内在逻辑就呈现出来了。

然而，现代主义作为现代人生活经验的媒介和载体，在时间上必然经历了特定的历史阶段，正如戴维·哈维（David Harvey）所说，“出现于第一次世界大战以前的现代主义更多的是对新的生产条件（机器、工

1. 约翰·拉塞尔：《现代艺术的意义》，常宁生等译，北京：中国人民大学出版社，2003年，第101页。
2. 波德莱尔：《波德莱尔美学论文选》，第514页。

厂、都市化)、流通(新的运输和交通系统)与消费(大众市场、广告和大众市场的崛起)的一种反应，而不是造成这种变化的开拓者"[1]。伯曼对此历史进程中人类的现代感受有过精彩的描述：

> 假如我们向前推进一百年左右，试图确定19世纪现代性的主旋律和主音色，那么我们首先会注意到的便是那幅高度发达、明显可辨、生机勃勃、并由此产生出现代体验的新景象。在这幅景象中，出现了蒸汽机、自动化工厂、铁路、巨大的新工业区；出现了雨后春笋般的大批城市，常常伴随着可怕的非人待遇；出现了报纸、电报、电话和其他大众媒介，以前所未有的规模进行着信息的交换；出现了日益强大的民族国家和资本的跨民族集聚；出现了各种大众社会运动，以他们自己的来自下层的现代化模式与那些来自上层的现代化模式进行斗争；出现了一个不断扩展的包容一切的世界市场，既容许最为壮观的成长，也容许骇人的浪费和破坏，除了不容许坚固不变它容许任何事物。19世纪的伟大现代主义者全都激烈地攻击这种环境，全都力图摧毁它或从内部炸毁它；然而所有这些人又都发现自己在这种环境中异常舒适自在，发现自己知道它的各种可能性，发现自己即便在根本的否定之中仍然持有肯定的态度，发现自己甚至在最为严肃深沉的时候也还有着嬉戏和嘲弄的心情。[2]

---

1. 戴维·哈维:《现代性与现代主义》，见汪民安等《现代性基本读本》，开封：河南大学出版社，2005年，第875页。
2. 马歇尔·伯曼:《一切坚固的东西都烟消云散了》，第19页。

在工业资本主义高速发展的情况下，乡村的田园生活开始转变为城市的世俗生活。在前工业时代，城市是农业海洋里的岛屿，寄生在支持它们生存的广大农业劳动之上。工业时代的到来使得大批人口移动到城市，城市成为政治经济权力的中心，乡村也便依附于城市而成为边缘地区。在这个意义上，工业资本主义是与现代城市同步发展的，它创造了一个以城市为中心的社会关系网络，而现代生活也就是城市生活，城市就成了现代生活的载体，城市生活也被赋予了丰富而矛盾的内容。一方面，工业和科学的力量改善了生活质量，吸引了最优秀的人才，也促进了城市生活的多样性和创造性。法国社会学家涂尔干说："大城市是无可争辩的进步的家园。思想、时尚、习惯、新的行为正是在城市里孕育的，然后传到国家的其余地区。城市的精神自然是指向未来的。"[1]另一方面，象征着光明、进步、理性的都市之光却无法渗透进地下世界，那里暗流涌动、暴力横行、色情泛滥、犯罪频发，拥挤的居住环境、肮脏的卫生设施也暴露了城市角落的颓废和落后。与此同时，物质的极大丰富给富人们带来前所未有的享受，以至于他们可以用法律和资本书写城市文明的记忆。而工人阶级的贫苦与劳累也催生了他们推翻资产阶级的革命冲动和革命行动，激进的工人组织起来（如世界产业工人联盟），进行无产阶级革命。一般说来，这种民众斗争总是需要知识分子的大力支持。20世纪初美国发生的无产阶级革命运动就吸引了一大批美国现代主义作家，他们在作品中塑造了吟唱民谣的流浪工人形象，高扬抵抗中产阶级风尚和偏见的民众精神，并注意到在"巨大的城市中"，"人们的

1. 克瑞珊·库玛：《现代化与工业化》，陈永国译，见汪民安等《现代性基本读本》，第499页。

团结比其他地方更有可能”[1]。于是，城市现代经验的两面性给作家提供了丰富的素材，其中包括城市人的精神状况。总体来说，现代生活的特征是既消灭个性又创造个性。一方面，复杂、多元、丰富的城市物质生活不断地刺激个体，煽动个性，“它们仿佛将人置于一条溪流里，而人几乎不需要自己游泳就能浮动”[2]。劳动分工使个体成为靠金钱运转的庞大物质机器上的一个个齿轮，也激发了个体寻求独特个性的欲望。另一方面，城市标准化的货币经济使人们在利益的驱使下极端务实，越来越精于算计，计较得失。人与人的交往被打上了金钱的烙印，一切事物都归结于量化的数字交换。城市人也逐渐习惯了用理性应对一切外界刺激，将内心包裹在冷漠、麻木的外表下，以防受到伤害。

这种一方面彰显个性、崇尚自我，另一方面在理性的庇护下自我隐退的生存状态也是现代主义文学和艺术家所要表达的内容。20世纪的美国城市小说就表达了两种完全不同的城市想象，城市时而被描绘为充满异域冒险和新鲜契机的极具诱惑的空间，时而被描绘为种族和经济压迫下的封闭空间，而更多情况下，作家则采取了“开放和封闭空间并存的双重模式”[3]。多斯·帕索斯的《曼哈顿中转站》（*Manhattan Transfer*，1925）以及他的代表作鸿篇巨制《美国》三部曲［《北纬四十二度》（*The 42nd Parallel*，1930），《一九一九年》（*1919*，1932），《赚大钱》（*The Big Money*，1936）］就是以这种双重模式写成的。帕索斯在这些作品中采用了全新的“非线性”写作手法，融入了新闻报道、传记和蒙太奇的创作技巧，对20世纪早期的美国文化做出了全景式的描绘。

1. 雷蒙·威廉斯：《大都市概念与现代主义的出现》，见汪民安等《现代性基本读本》，第892页。
2. 格奥尔格·西美尔：《大都会与精神生活》，见汪民安等《城市文化读本》，第198页。
3. James R. Giles, "The City Novel", in *A Companion to Twentieth-Century United States Fiction*, p. 24.

## 第二节　《曼哈顿中转站》："第一部真正的美国现代主义小说"

约翰·多斯·帕索斯曾被萨特誉为"我们时代最伟大的作家"，也一度与他的同辈海明威、菲茨杰拉德、福克纳等齐名，是美国20世纪二三十年代最重要的作家之一，其声誉在《美国》三部曲问世之后达到顶峰。在漫长的文学生涯中，多斯·帕索斯发表了42部小说和众多的诗歌、散文、戏剧作品，但后期的影响不如早期，这与作家自身的生活经历和政治观念的转变直接相关。

1896年，多斯·帕索斯出生于芝加哥。他是父亲婚外的私生子，出生时父亲已经有自己的家庭和一个比他年长两岁的孩子，直到1910年第一任妻子去世后，父亲才同他母亲结婚。此前，帕索斯一直跟随母亲旅居欧洲各国，深受欧洲文化影响，回到美国后，帕索斯接受了良好的教育，并在1912年进入哈佛大学学习。当时的同窗好友卡明斯（e. e. Cummings）称"没有一个哈佛人比他更不像美国人了"[1]。旅欧经历赋予了帕索斯疏离的"异乡人"视角，让他在反观和描绘美国文化时保持了客观的距离和冷静的态度。

多斯·帕索斯和现代主义艺术的初次接触发生在哈佛求学期间。1913年的纽约军械库艺术展览第一次向美国人展示了欧洲实验派艺术。同时，以庞德、休姆等为代表的意象派诗歌也正活跃在英美文坛，在这些的影响下，帕索斯开始反思无条件崇尚科学和工业主义至上的后果。1916年毕业后，多斯·帕索斯去西班牙学习艺术和建筑，并受到巴黎先

---

1. Steven R. Serafin and Alfred Bendixen. *The Continuum Encyclopedia of American Literature*, London: A&C Black, 2005, p. 188.

锋艺术的影响。他后来写道："在艺术中所有一切都被摧毁，一切都需要重塑。"[1]在第一部半自传体小说《一个人的开始：1917》(*One Man's Initiation–1917*，1920)中，多斯·帕索斯讲述了年轻主人公在一战阴霾的笼罩下对正义的追求，表现了现代世界中人性的挣扎与矛盾。一战爆发后，帕索斯加入了美国红十字会救护队，留在欧洲做救护车司机。战后，他以此经历创作了反战小说《三个士兵》(*Three Soldiers*，1921)。如果说多斯·帕索斯的第一部小说是对人性的哲学化思考，那么在《三个士兵》中，他将矛头直指军队，揭露了战争中要求统一性、整合性的军队使人的个性泯灭，士兵的作战准备在帕索斯眼里如同"制造模具"，人犹如战争机器中的一个个齿轮，丧失了自我和主动意识。机器隐喻在帕索斯对战争和后来对美国城市现代生活的批判中反复出现。

作为艺术中的先锋派和生活中的革命派，多斯·帕索斯笔下有两个美国：一个是富裕、民主、进步的美国，一个是贫穷、霸道、落后的美国。从自由派的立场出发，多斯·帕索斯希望能够与西方资本主义权力机制抗衡，批判地接触社会主义运动，他同情美国共产党，参与创办了左翼杂志《新群众》(*New Masses*)，1928年他曾在苏联学习社会主义，为此被列入左翼作家行列。30年代中期以后，多斯·帕索斯在政治见解上和美国共产党发生分歧，1937年的西班牙内战更加剧了这些分歧，他的西班牙译者何塞·罗布勒斯·帕佐斯(Jose Robles Pazos)的遇刺更让他对左派势力感到厌恶。二战期间多斯·帕索斯成为战地记者，战后他的政治立场转向右翼。50年代，他甚至一度为麦卡锡主义辩护，这在以

1. Andrew Hook and David Seed, "John Dos Passos", in *A Companion to Twentieth-Century United States Fiction*, p. 251.

自由派为主导的美国知识分子中是极为罕见的，尽管他的朋友、作家、批评家约翰·张伯伦（John Chamberlain）坚持认为“多斯一直以来都是坚定的自由主义者”[1]。正如理查德·利罕所说：“多斯·帕索斯的政治转向，不是因为意识形态的原因，而更多地是因为他希望对抗外部力量以维护个体的完整性。”[2]当个体受到右翼势力的威胁，他倾向于左翼；当威胁来自左翼势力，他就倾向于右翼。左翼也好，右翼也罢，多斯·帕索斯政治立场上的争议不能否定他对美国现代主义文学的重要意义。“最终他认识到，个体已经不再被他或她的意识控制，也就是说，自由主义的规划已经被新的权力形式所改变。因为大多数的权力都在城市中发挥作用，多斯·帕索斯便将他的人物设置在城市的漩涡中，以此来展示个体意识如何被集体意识所威胁，个人如何无望地在群氓中寻找自由。”[3]可以看出，多斯·帕索斯终其一生作为自由主义者的政治追求和作为先锋艺术家的美学追求在对美国城市的解读和全景式的刻画中统一起来了，因而他也成为美国20世纪早期城市文化最有力的阐释者。

1925年，多斯·帕索斯出版了第三部小说《曼哈顿中转站》，这部作品因全新的叙述风格和创作视角被誉为“第一部真正的美国现代主义小说”[4]。同年，辛克莱·刘易斯（Sinclair Lewis）发表书评盛赞《曼哈顿中转站》，称其为“最重要的小说”，“为全新的小说流派奠定了基础”，比“格特鲁德·斯坦或马塞尔·普鲁斯特甚至乔伊斯的《尤利西斯》都更为重要。他们所有的心理实验和风格，对传统小说模式的反叛形式，多

1. Chamberlain, John, *A Life with the Printed Word*, Murphys: Gateway Books, 1982, p. 113.
2. Lehan, Richard. *The City in Literature: An Intellectual and Cultural History*, Berkley: University of California Press, 1998, p. 313.
3. Ibid.
4. Andrew Hook and David Seed, "John Dos Passos", p. 252.

斯·帕索斯都能够做到，也的确做到了，但相比于他们像学术论文一样的沉闷小说，《曼哈顿中转站》就是流动的交响乐。”[1]暂且不论刘易斯的赞誉是否有些言过其实，我们可以确信的是，多斯·帕索斯作为美国的年轻作家，在20世纪20年代已经自觉加入席卷整个欧美文艺界的现代主义运动当中，决心创作一种新的小说形式用以应对这个已经发生了剧烈变革的物质和精神世界。如果说多斯·帕索斯关注的个体意识在其早期的两部作品(《一个人的开始：1917》和《三个士兵》)中更多地表现为“美学问题”，作家希望“创造一种抗议书的艺术，而完全战胜这个物质的世界”，那么，在写作《曼哈顿中转站》时，“他找到了描绘物质世界的方法；他创造了一种社会意识，首先是都市意识，并且向人们展示了它将如何导致破坏性的——实际上是退化的——后果”[2]。

多斯·帕索斯在纽约看到了这种都市意识，一战后他从巴黎回到纽约，以全新的眼光看待这座城市。作家谈及小说的创作思路时说，“纽约是第一个吸引我的。它不同寻常。它丑陋至极。我需要用全新的方式描绘、报道纽约，用碎片、对比、蒙太奇。为什么不同时写一部编年史呢？一部充满流行歌曲、政治抱负、偏见、理想、希望、幻想、狂想和报纸拼贴的小说。”[3]《曼哈顿中转站》的确是这样一部关于纽约城市生活、现代生活、美国梦追求与破灭的编年史。D. H. 劳伦斯（D. H. Lawrence）说它是自己读过的“纽约最好的现代小说”。然而这部编年史并非按照时间顺序编排，没有从过去到现在、年轻到年长、出生到死亡的人物成长

1. Sinclair Lewis, "'Manhattan at Last!', *Saturday Review*, December 1925", in *John Dos Passos: The Critical Heritage*, Barry Maine ed. London and New York: Routlege, 1988, p. 68.
2. 理查德·利罕：《文学中的城市》，第314页。
3. Linda Welshimer Wagner, *Dos Passos: Artist as American*, Austin: University of Texas Press, 1979, p. 63.

主线，更没有遵循从故事的发生、发展、高潮到结尾的单一叙事模式。小说中描绘了近百个人物，有记者、律师、演员、水手、工会干部、杀人犯等，他们共同生活在城市的漩涡中，追逐功名利禄，有的人物在不同章节之间跳跃出场，更多的人物只是一闪而过。读者对这些为数众多的人物大多都没有深刻印象，但这些平凡的人物形象却是在任何一座现代城市的街角都随处可见的，不论是光鲜亮丽的女明星还是穷困潦倒的流浪汉，不论是生活无着落的市井贫民还是上层社会的成功人士，他们在小说中无非是“落进草堆里的一根针”[1]，而压倒一切的草堆就是曼哈顿。韦斯特（Thomas Reed West）评论说，“城市主导着小说，它是舞台、主角也是反派”[2]。

城市在小说中承担着多重角色，无论什么角色，城市都与人物命运息息相关。它作为城市人的生存环境并非一成不变，也不受个人意志所支配，相反，它为小说中众多人物的挫折与挣扎提供了变幻不定的背景。在西美尔看来，在货币经济主导下的现代都市中，理性主义统领人们的交际行为，他们互不关心，彼此疏远，冷漠成为人们保护自我的生存技巧，孤独和疏离则是人们精神生活的常态。多斯·帕索斯笔下的人物，没有过去，没有名字，互不相识，“都是机械的城市的产物，后者为他们创造了一个共同的命运”[3]。他们的共同追求是美国梦，他们的共同命运就是这个梦的破灭。

---

1. Michael Madsen. "No More'n a Needle in a Haystack: The City as Style and Destructive Underworld in John Dos Passos' *Manhattan Transfer*", *Nordic Journal of English Studies*, Vol. 9, No, 1, 2010, p. 39.
2. Thomas Reed West, *Flesh of Steel: Literature and the Machine in American Culture*, Nashville: Vanderbilt University Press, 1967, p. 65.
3. 理查德·利罕：《文学中的城市》，第320页。

小说以“轮渡”开始，描写了渡轮抵达曼哈顿码头的景象，但读者却看不到浪漫宜人或繁华富足的都市景观，相反，呈现在读者面前的是混乱肮脏的码头：“三只海鸥在破败的木板墙间的箱子上、橘子皮上、腐烂的白菜帮子上飞翔着”，伴随着“手绞车链条发出嶙嶙的响声”，“男人们和女人们脚跨过缝隙，推搡着通过渡口发出一股股粪便味的木栈道，就像苹果被挤轧进榨汁机”。[1]抵达渡口的人们对眼前的破败景象熟视无睹，对自己被榨汁机吞噬的命运也心甘情愿。因为他们对此时纽约“成为世界第二大都市”充满希望，因为“在美国，人可以有所作为。出身无所谓，教育不重要。肯定能成功”。更重要的是，“如果一个人在纽约成功，那么他就真的成功了”。对成功的渴望使他们无法分辨虚幻与现实，也难以察觉到任何衰退的迹象，只看到了城市“外表充满活力的漂亮漩涡，但这个漩涡正以进步的名义把人们带向毁灭”。物质至上的现代生活对城市人有着无可抗拒的吸引力。故事中一个不起眼的内舱听差有这样一个梦想，“他在高楼之间穿行，穿着带白色高领子的工作服，走上锡纸般的、宽阔洁净的台阶，走进蓝色的大门，里面是铺满带花纹的大理石的大厅，这里钞票沙沙作响，支票、银币、金币在锡纸般的长桌上叮当响着”。这个无名小人物的梦何尝不是无数城市朝圣者的成功之梦，何尝不是城市人渴望物质成功的金钱之梦呢？“现代文化的发展是以凌驾于精神之上的物质文化的主导地位为基础的”[2]。然而，在吞噬个体的城市舞台上，又有多少人能走到舞台的中心，成为物质世界的无冕之王呢？

---

1. 约翰·多斯·帕索斯：《曼哈顿中转站》，闵楠译，重庆：重庆出版社，2006年，第3页。本书所引《曼哈顿中转站》内容均出自此版本，后文不再逐一标注。
2. 西美尔：《大都会与精神生活》，第140页。

《曼哈顿中转站》这个书名提示读者，曼哈顿如同小说中反复出现的渡口、车站，是城市生活中的中转站。开篇描写的渡口景象在作品中反复出现，仿佛将读者置于日复一日、周而复始的纽约日常生活中。形形色色的人物匆匆而来，有的很快又匆匆而去，有的却永远被城市吞没了。第一章中，乘渡轮抵达纽约的巴德·库本宁一下船就迫不及待地打听："怎么去百老汇？我想到市中心去。"这里的市中心其实指的是事物的中心，于是作家把人们（包括巴德）对城市生活的渴望和成功的幻想统统归结到"事物的中心"，这其中蕴含着深刻的哲理意义。巴德是在打死从小虐待他的养父之后开始在纽约的流浪生活的。开始时他满怀希望，认为"自己干活是个好手"，只要能找到工作，纽约就能为他提供避难所，但他从一开始就碰了钉子：

> 巴德问："你能告诉我哪儿是能找到好活儿的地方吗？"
>
> 对方答道："我猜你不是纽约人。我告诉你该怎么办，你接着沿百老汇往下走，一直走到市政厅。"
>
> "那是市中心吗？"
>
> "当然是了……然后你走上楼，问问市长：告诉我市议院还有几个空缺。"

这段看似荒诞的对话却预示了巴德的命运，他苦苦寻觅的中心只是虚幻的梦想。果然，巴德非但工作没着落，反而一看到戴礼帽、叼雪茄的男士就浑身不自在，生怕他们是密探，只能继续"走向人群更加密集的市中心"。即使身在百老汇，他依然过着担惊受怕、受人欺辱的日子。巴德始终生活在城市的边缘，百老汇的"一扇扇窗户、杂货店，中国人开的干洗店、小餐馆、鲜花和蔬菜店、裁缝铺，还有糕点店”，只是他眼中艳羡的风景。几年之后，四处打零工的巴德仍然居无定所，毫无出路，此时的他早已放弃了对“市中心”的梦想和追寻，“去哪儿无所谓，现在哪儿都不能去”。站在布鲁克林大桥上，巴德想入非非，幻想着自己“坐着四匹白马拉的马车去市政大厅接受市长任命成为议员”，“和他家财万贯的新娘坐着一辆载满钻石的马车”。“四匹白马”源自《圣经》的《启示录》，暗示他的末日到了。果然，在曼哈顿岛摩天大楼玻璃饰面折射出的艳阳之中，巴德投河自尽了，他选择了离“中心”最近的地方，选择了阳光明媚的时刻，这曾经是他的梦，他的理想，他的成功。但死亡并不等于成功：死后的现实更加残酷，他的生命无足轻重，在别人眼中只不过是偶然碰到的倒霉事，“一个黑色的东西掉下来，砸进水里”。对生活在社会底层的人来说，幻想中充满机遇的纽约在现实中却是让人四处碰壁的绝境，当填饱肚子都已成为奢望，当辛苦劳作换来的却是不公待遇和冷嘲热讽时，“市中心”所代表的成功对他们而言终究是永远无法企及的梦想，最后巴德纵身一跃，连他临终时对城市发出的呐喊和号叫都被“扼住了”。

相比于穷人对城市物质生活的渴望，已经在城市中心站稳脚跟、获得了物质保障的人则更加注重个人精神生活的完整和自由独立。西美尔认为，“现代生活最深层次的问题来源于个人在社会压力、传统习惯、外来文化、生活方式面前保持个人的独立和个性的要求”[1]。然而在现代城市瞬息万变的生存环境的刺激下，厌世成了人的生存常态。因为代理车祸事故，乔治·鲍德温一举成名，成为远近闻名的大律师，然而金钱和地

1. 西美尔：《大都会与精神生活》，第132页。

位却不能填补他内心的空虚。“令纽约变得索然无味的可怕之处在于你无处可去。这里是世界之巅。我们所能做的不过是像只鸟儿在笼子里飞来飞去。”纽约在“富二代”斯坦·艾默里眼里就是个“饮酒纵欲、花天酒地的城市”，每个人都极度渴望成功，“一旦拥有‘成功’又能怎么样呢？‘成功’不能吃又不能喝”。斯坦极端厌恶城市的金钱原则和成功模式，不管选择拒绝还是追求成功，都要付出巨大的精神代价。小说中的女店主雷戈太太反问追求她的男人：“您在这个异国的大城市里从未感到过孤独吗？干什么都不容易。女人们看的是你的钱包而不是你的心灵。我再也受不了了。”看穿了都市冷酷金钱法则的她宁可主动选择孤独，也不愿介入虚伪的情感游戏。

伯顿·派克（Burton Pike）在讨论现代城市成功与毁灭的双重性时指出，“城市既是天堂也是地狱”[1]。在多斯·帕索斯的世界里，“成功是都市心脏的‘灵丹妙药’，是一种无法改变的毁灭性因素，对它的拥抱必将导致死亡。人们来到城市，冒着在物质世界丧失自我和陷入无可挽回的自我毁灭的漩涡中的危险”[2]，而一旦卷入曼哈顿令人窒息的漩涡，个人就必然处于“相互隔离的、分裂的状态”。丧失个体意识的人们，即使获得物质成功，也终究会被漩涡吞噬而陷入城市的炼狱。“电梯上升时是空的，下来时里面挤得满满的”。他们白天是在华尔街摩天大楼里呼风唤雨的人物，夜幕降临时分，不过是“办公室里一张张疲惫的脸”；他们“手指酸痛，脚掌生疼”，“八个参议员”也好，“两个天才”也罢，一旦融入人群，便成了匿名的数字组合。在这个意义上，保持个体意识的人无疑会

1. Burton Pike, *The Image of the City in Modern Literature*, Princeton: Princeton University Press, 1981, p. 7.

2. 理查德·利罕：《文学中的城市》，第320页。

成为城市生活的英雄，小说中的吉米·赫夫就是主动抵抗城市资本、保持完整自我意识的英雄。

吉米·赫夫刚一出场就陷入对自由与独立的追逐中，同母亲外出用餐时，他对母亲大喊大叫："希望我们在非洲的野外"。他挣脱母亲的手臂，跑上街去，一气儿跑过商业街的"电报局、纺织品点、染房和洗衣店"，街道上的陌生男人在他眼里像是"绑架者""纵火犯"，他却只能自我安慰说这里住着的"一样都是好人"。纽约的街道危机四伏，充斥着"强盗、凶手、暴徒"，只有在幻想中才得以逃离，"地牢的门打开了。门外是一匹阿拉伯马和两个忠心耿耿的随从，他们正等着帮他飞跃自由的边界"。赫夫的母亲中风去世后，给16岁的他留下了一笔足以供他上学的财产。姨父杰夫对赫夫表示担忧，"我看不出你在金钱方面有足够的责任感"，有"足够的挣钱的热情，并在男人的世界里扬名立万"。金钱在杰夫这样的成功人士眼中是事业有成、安身立命的唯一标准。就连衣帽间的女孩也能在"一大堆鼓着的礼帽、呢帽和庄严的巴拿马帽之间"，看到赫夫"被压扁了的、软塌塌的，还沾着泥土"的帽子而面露"轻蔑的笑容"。在姨父公司楼下，年轻的赫夫"看着人们永远在转动着的转门里出出进进"，"中午、夜晚和早晨，转门像做香肠的肉馅似的年复一年地转着，磨着"。这扇通往摩天大楼的门象征着物质的成功，也象征着泯灭个体人性的单一和乏味，他拒绝这种以泯灭自我来换取物质成功的价值标准，他在心里呐喊着："杰夫姨父和他的办公室都下地狱去吧！"赫夫有意逃离甚至诅咒现代城市金钱至上的资本逻辑，但他的一己之力无法抵抗城市"机械性的力量"，就连工作中终日相伴的打字机在他梦里也异化成"一张张大嘴，森森白牙闪耀着金属的反光，吞噬着，咀嚼着"。在多年空虚的生活中，他自己就像个"铁皮玩具兵，身体里是空的"。赫夫说，“我的难题在于我不确定我最想要什么，所以我只是原地转圈，又无助又沮丧”。他不止一次地表达过想要逃离城市的愿望。“我设想我最想要做的是离开这个城市，最好在时代大厦下修个坟墓”，“我打算很快离开这里，去墨西哥挣大钱，在纽约我失去了生命中最好的时光”。

多斯·帕索斯把赫夫描写成“生活在童话故事中的心脏外包着铁皮的人物。现在铁皮正在破碎”。开始自我反思的赫夫决定从报业公司辞职，因为他“意识到我对这些我不想要的东西有多么讨厌”，“我们都不知道自己想要什么，所以我们是如此渺小的一代”。困惑、质疑、迷惘是这一代人精神生活的常态。在他人眼中，赫夫似乎“为了理想放弃事业”，他却自问，“你用毕生的时间妄图逃离这个行将毁灭的城市，但那又有何用?”

多斯·帕索斯在《曼哈顿中转站》中以讽刺甚至悲观的态度描写了20世纪早期物质主义盛行的美国大都市，用美国梦破灭的主题和对资本主义的反讽鲜明地表现了“迷惘的一代”的失败主义。就连艾莲那样追逐物质成功的人，虽然已经在城市中获得一席之地，但也注定摆脱不了丧失自我、沦为城市机械力量的牺牲品的下场。相比之下，作家将更多的同情给予了像赫夫这样选择逃离的人，即使这种选择是不得已而为之。赫夫辞职后几次出现在读者的视野中——白天或黑夜在街道上闲逛，然而此时的他并不具备波德莱尔和本雅明式的城市漫步者的特征，他没有那种惬意和悠闲的步伐，没有拥抱人群的热情，更无法在城市反复无常、变动不居、转瞬即逝的印象中尽享作为观察者的快乐。赫夫眼中的城市街道充斥着标榜物质生活的“无数烫金的招牌”，广告兜售的商品同“春天”“热爱”“自然”和“青春”等联系在一起，似乎城市的一切美好指向都是广告营造的。而“他看见的一切都让他大笑不已”，“他是行走在城市肮脏上空的一只苍蝇”。在某个独自游荡的夜晚，整个“四月夜晚的景象在他脑中挥之不去，灰暗的天空下一栋有着无数窗户的大楼似乎正在倒下，并向他压过来”，“他在一个又一个街区里走来走去，想要找到那栋大厦的门，但是走来走去都找不到”。夜晚的梦境表现的是白昼的欲望和恐惧。透过赫夫半梦半醒的意识流，读者同样可以看到他对城市单一枯燥生活的厌倦，以及在城市中无以立足的恐惧。象征城市资本权力、商业模式和成功典范的摩天大楼几乎要将他压垮，想要寻找却怎么也找不到的入口意味着这里根本没有他的立足之地，他不得已只有逃离。在城市世俗生活的名利标准和金钱尺度下，赫夫的逃离无疑是失败的，但这种失败的逃离同时也象征着新的开始和救赎的可能。小说的结尾，赫夫最后一次在街道上游荡，“在呼吸中、在血液的流动中、在踩在人行道上的脚步中寻找乐趣”。放下重负准备离开的赫夫终于在曼哈顿的街头找到了乐趣，“两边的房子恍若来自另一个世界”，“初升的太阳照在他身上”。多斯·帕索斯为赫夫在离开纽约前留下了片刻的温情，而这种温情却因为他仍然置身于城市而转瞬即逝。“红色的阳光穿透薄雾照着生锈的发动机、废旧的卡车、福特轿车的车架和一大堆看不出形状的腐锈的金属。吉米加快脚步离开那里烧焦的气味”。纽约暴露出腐朽、破败、肮脏的一面，它终究还是吉米迫不及待想要逃离的那个“行将毁灭”的城市。至于未来，多斯·帕索斯将阐释的机会留给了读者。“嗨，你能载我一程吗？”“要载多远？”“我不知道……也许相当远。”有批评家认为赫夫的离开具有隐喻意义，它将多斯·帕索斯对美国城市资本主义的批判推向顶峰，也有人认为“赫夫的逃离预示着大都会的到来，与其说逃离都市现代性，不如说他会将大都会的影响传播出去”[1]。

---

1. John Eckman, "Confronting Modernity: Urbanization and American Fiction, 1880-1930", Dissertation, University of Washington, 1998, p. 154.

## 第三节　城市中的女性与符号

从19世纪末到20世纪20年代，美国资本主义经历了以消费品的大规模生产为主导的工业资本主义到以广告和市场为主导的后工业时代，在这期间，“物品的城市”让位于“符号的城市”，城市的主要经济活动从物品的生产转化为符号的生产，从物品的消费转化为符号的消费。正如鲍德里亚在《消费社会》中所说，“流通、购买、销售，对做了区分的财富及物品/符号的占有，这些构成了我们今天的语言、我们的编码，整个社会都依靠它来沟通交流。”[1]大多数商品首先是作为符号，其次才是作为物品来消费的，也就是说，商品的使用价值已经让位于符号价值。消费行为不仅构建了人与物之间的关联，更重要的是它体现了人与人之间的社会关系。作为一个符号系统，基于物品符号价值的差异而进行的选择构成了社会结构和社会秩序内在差异的重要基础，以符号消费为基础进行社会区分的逻辑在20世纪的美国乃至当今社会中都占据着重要位置，无休止的符号和象征也成为城市消费景观的核心组成。

多斯·帕索斯把纽约描绘为“符号的城市”，用一种街景快照式的手法展现了现代都市生活的象征符号。他的小说中反复出现商店橱窗的广告、琳琅满目的商品，城市被描述为物质极大丰富的消费天堂，从工业生产的原材料钢、铜镍合金、精铁，到机器生产、销售、贸易的物化表征，从“摩天大楼、旋转门、自动售货机、贸易船、消防车、自动点唱机、蒸汽压路机”，再到消费链末端的生活垃圾和废品，这些城市生活中最习以为常的物品都被作家赋予了象征和符号意义，共同构成了现代纽

1. 波德里亚：《消费社会》，第71页。

约的城市景观。

居伊·德波在其经典著作《景观社会》中指出，景观并非形象的堆积，而是经过形象调节的人与人之间的社会关系。[1]读者跟随作家的“摄影视窗”（camera eye）在一个又一个都市场景中切换，这些被切换成碎片的景观在小说中任意组合，同其中的人物和故事穿插展现，打破了传统现实主义小说中的完整性和有序性，给读者带来错综复杂的阅读体验。帕索斯的“摄影视窗”关注的并非单个甚至全部人物的命运纠葛，而是试图展现美国城市化进程中纽约城的宏大景观。正如很多批评家所说，只有纽约才称得上是这部小说的主角。“多声道叙事和多画面切换的叙事策略避免让焦点落于某个单一人物或意识上”[2]，不同叙事线索、不同场景之间的瞬间切换和相互交织，一方面表现了现代城市中急剧变换、复杂多样的形象刺激，再现了日常生活的快节奏和多元性，构成了西美尔所说的大都会性格的心理基础；另一方面，碎片化的叙事也揭示出一座“碎片化的城市”，在这里，“稳定有序的空间变成了流动混乱的空间”，同时，每一个叙事碎片、符号碎片又都指向更大、更复杂的画面。现代新闻、通信和交通业的迅猛发展，让世界任何一个角落发生的重大事件几乎在发生的同时就能够广泛传播出去，而自媒体时代的到来，更使得现代人在公共场所几乎找不到独处的自由，时刻处在他人的目光或摄像头的镜头下，时空压缩的现实感愈发强烈。现实远不止当下、眼下的现实，而成为更多可见的、不可见的共时发生事件的集合。帕索斯打破传统线性叙事，以现代人的共时感知为核心的叙事形式也让个体符号的再

1. Guy Debord, *Society of the Spectacle*, Detroit: Black and Red, 1983, p. 4.
2. 刘英：《文如其城——约翰·多斯·帕索斯〈曼哈顿中转站〉空间叙事的背后逻辑》，载《国外文学》，2017年第3期，第65页。

现和阐释具有了宏观和整体性意义。

“作为最早捕获美国现代城市精神的小说之一,《曼哈顿中转站》呈现了资本、商品、符号和城市主体无休止的流通”[1]，走在多斯·帕索斯再现的纽约街道上，映入眼帘的是铺天盖地的广告、醒目的报刊新闻、流行歌曲、政治海报等，而这些日常生活的文本符号本身就是城市景观的组成部分。“小说着力刻画了20世纪20年代迅速发展的广告如何改变了都市景观和美国人的自我认知。”[2]罗兰·马尔尚（Roland Marchand）指出：“20世纪二三十年代，广告的数量和广告媒体的数量都急剧增长，越来越多的广告将重点从产品转移到消费者。他们通过介绍某种产品（或者缺少某种产品）带来的生活体验来说服消费者，同时描绘了社会生活的具体图景。广告重心向消费焦虑与消费满足的转向到20世纪30年代达到顶峰，使得美国的广告业具有了现代特征。”[3]现代广告用成熟先进的技巧引导消费者在广告中投射主观体验和自我认同，让人们觉得仿佛拥有某件商品就可以获得广告人物的美好生活，而缺少某件商品就无缘体验这种生活，在这个过程中，商品的符号价值也得到了巩固和提升。小说第一章就在一个“O型腿的小个子蓄须男人”受吉列剃须刀广告影响剃须的故事中浓缩了广告对个体身份和价值认同的塑造。

> 他站住了，盯着一张绿色广告上的脸，若有所思。那张脸上眼眉高挑，多余的胡子刮得干干净净，弯弯的眉毛和浓密整

---

1. Paula E. Geyh, "From Cities of Things to Cities of Signs: Urban Spaces and Urban Subjects in 'Sister Carrie' and 'Manhattan Transfer'", p. 425.
2. Ibid.
3. Roland Marchand, *Advertising the American Dream: Making Way for Modernity, 1920-1940*, Berkeley: University of California Press, 1985, pp. xxi-xxii.

> 洁的胡须是它的特征。这张脸的主人应该是一个在银行里有存款的人，这张脸在硬尖领和深色宽领带的上方摆出一副富足的姿态。下方是一个签名：金·C.吉列。小个子蓄须男人的头顶不断闪着一句广告词：刀不磨，不锋利。他撩起外衣擦了擦眉心处的汗，长时间地注视着那位金·C.吉列以钱为傲的双眼。然后他紧握双拳，挺起胸，走进商店。

他买到剃须刀后回家仔细地刮掉胡须，"脸光滑得如同那位金·C. 吉列"。他完成了自我形象的转化，更重要的是获得了心理满足，好像他就此成了吉列那样"在银行里有存款的人"一样。经济学家E. A. 拉维尔认为，"甚至对于那些收入微薄的人来说，'生活必需品（如食物、衣服和住所）也只占他们收入的一部分。而其他的消费者更是寻求'心理满足'，希望通过购物彰显自己的个性"。在现代消费社会中，阶级不仅仅取决于经济因素，还涉及生活方式、个人风格等文化因素。正如社会学家安东尼·吉登斯（Anthony Giddens）所说，在当代西方社会，身份不仅与自我肯定有关，而且也与自我所选择的生活方式有关。[1]在由生活符号构成的城市中，人们的生活方式和所做的决定必然与符号息息相关，符号也必然会侵入人的内心世界，成为个体身份构建的组成要素。当然，小说呈现的话语符号与人物之间的关系远比单一的内化和构建复杂得多，而碎片化的图景和瞬间转换的穿插片段更突出了这种复杂性。盖尔凡特（B. H. Gelfant）认为，"没有任何一部其他的城市小说在处理城市形

1. 弗兰克·莫特：《消费文化：20世纪后期英国男性气质和社会空间》，南京：南京大学出版社，2001年，第259页。

象和象征主义时，像《曼哈顿中转站》那样显示出这样的精湛技巧。”[1]

在小说刻画的众多人物中，艾伦·萨切尔离城市消费景观和符号体系的中心最近，她似乎真正找到了“事物的中心”，但其成功却是以牺牲自我为代价的，她的自我意识不停地通过城市符号的消费而过滤和产生出来。小说开篇，我们就看到年幼的艾伦随父亲看戏回来，兴奋地说“我想当个男孩”，在中央公园游玩时，艾伦想象自己变成了不同的角色，这预示着她之后的几次身份转变。艾伦在小说中还被称作艾莲、艾丽、艾莲那，姓氏也先后从父姓萨切尔，到第一任丈夫的奥格勒索普、第二任丈夫的赫夫，再到离婚后重新变成萨切尔。作为一种符号，姓名的每一次变化都象征着艾伦在私人和公共领域中自我身份的转变。艾伦无法同男性建立稳固的亲密关系，因为她的首要目标是在城市中获得成功。而要成功，就必须遵守消费社会的游戏规则，因此有人称她是“多斯·帕索斯笔下最无情的野心家之一，最彻底的拜物者”[2]。小说中也有人评价她说“只要对她有利，那女孩甚至能嫁给电车”。然而，从艾伦儿时的经历可以看出，作家对艾伦代表的白人中产阶级女性的处境仍然抱以同情。小艾伦因为害怕公园长凳上的男人一路跑回家，她想象对方是“绑架者”，这暗示着对城市女性而言，性和金钱将是她们生活中无法逃脱的双重威胁。另一个场景中，艾伦看到父亲同陌生男人说话，好奇地问：“等我长大了，我可以像你这样跟街上的人交谈吗？”“不，亲爱的，当然不行。”“如果我是男孩呢，可以吗？”“我想可以。”同陌生人自由交谈、在街道上随意漫步而不受到威胁这样最普通的城市体验是男性所享有的特

1. 转引自王琳：《美国城市文学地图：以纽约、芝加哥和洛杉矶为中心》，北京：中国社会科学出版社，2018年，第79页。

2. John Eckman, "Confronting Modernity: Urbanization and American Fiction, 1880-1930", p. 144.

权。多斯·帕索斯在未经世事的艾伦提出单纯的问题之前，就用一段简单的叙述直接指出街道上行走的女性所面临的危险。“穿格子花纹西装的男人与两个姑娘擦肩而过……他走了几步，然后转过身，一边摆弄着新的绸缎领带，一边跟着她们……他跟着她们走在小径上，走出公园……姑娘们加快步伐。她们消失在穿过哥伦布环形广场的人群中。他急速地在百老汇街上一个挨着一个街区地找。大嘴，目光像刀锋般锐利。”在街道上行走的女性随时都可能暴露在男人充满性暗示的目光的注视下，小艾伦想象中的威胁在现实中残酷地应验了。

艾伦在小说中再次出现时已经是“艾莲·萨切尔·奥格勒索普”了。18岁的她嫁给了奥格勒索普，完全是因为这个男人有助于她在百老汇的事业，她跟随丈夫去亚特兰大度蜜月，“他们要在曼哈顿中转站换车”。作家在这句话中揭示出小说标题来自火车站的名称，从车站名到小说名，符号完成了一次能指的滑动，正如中转站本身所暗示的，其意义总是指向下一站——一个缺席的、未知的所指。火车上的艾伦也在自我遐想中将中转站的意义内化了，把自己的幸福和期许寄托于下一站。“她的脑中有许多车轮行驶，轰隆隆的声音说着‘曼哈顿中转站，曼哈顿中转站’。要过很久才能到达亚特兰大。等我们到了亚特兰大城……我就会高兴起来”。可真正抵达“几个白色字母”标记下的“亚特兰大城”后，无爱婚姻的残酷让她一点都高兴不起来，相反，这样的婚姻让她作呕，甚至感到生命受到威胁。“我想去死。我想去死。”一阵呕吐之后，她“小心地爬上床，没有碰约翰。如果她碰到他了她就要去死”。艾伦对下一站的期许终究是破灭了，多斯·帕索斯也用这种方式警告美国人，在对幸福、婚姻和成功的追求之路上危机四伏，美国梦随时都会成为泡影。

有批评家认为，多斯·帕索斯简化了福楼拜和乔伊斯的影响，因为纽约在小说中的作用不过是为人物的挫败和失落提供了魔幻式的背景环境，而小说过多地强调人物所处的环境以至于削弱了人物本身。然而，这正是多斯·帕索斯的叙事方式，人物与其生存的城市环境无法分割，“人物的自我内心本身就反映了心理和精神的城市景象”[1]。在小说中，艾伦几乎每次出场都同火车、街车、出租车、汽船、消防车、摩天大楼、旋转门、商店橱窗和电子广告牌等城市符号联系起来，她的情绪、心理状态和自我认知都投射在这些符号中。当艾伦偶然听到“百老汇有史以来最大的轰动”时，随即陷入对成功和爱情的幻想。“这句话像电梯似的把她载到空中，那里的电灯信号闪着红色、金色和绿色，屋顶花园散发着兰花香气，她穿着金绿色的裙子和斯坦随着跳跃的音乐跳着探戈，几百万人在周围鼓掌，掌声热烈得像下冰雹一样。百老汇有史以来最大的轰动”。艾伦幻想中的电梯、电灯、屋顶花园和陌生观众的掌声分别象征着她内心对社会地位的提升、舞台事业的成功、浪漫爱情和观众认可的渴望。但具有讽刺意味的是，艾伦的百老汇幻想发生时她正在“一百零五街空无一人的街道上向东走。床垫和睡眠的臭味从狭窄的窗户里飘出来。垃圾箱在排水沟边散发着恶臭”，现实与欲望构成了巨大的反差，但艾伦却无视眼前的丑陋与苟且，“幸福地笑了”。艾伦一直以来想要寻找的幸福感竟然出现在城市符号构筑的幻想之中，可想而知，这种虚无空洞的幸福感终究会被现实挫败。

同德莱塞的嘉莉妹妹一样，深谙现代消费市场规则的艾伦的确在百老汇大获成功，但成功并没有如幻想中那样为她带来幸福。多斯·帕索斯把艾伦的成功描述为“九天的奇迹”，她的成功源于她能够“满足观

1. William Brevda, "How do I Get to Broadway? Reading Dos Passos's *Manhattan Transfer* Sign", *Texas Studies in Literature and Language*, Vol. 38, No. 1, 1996, p. 84.

众彼时彼刻的需求”，她能将百老汇的造梦工厂生产出来，把消费市场广泛传播的欲望和梦想真实地呈现给观众，让他们仿佛置身于“事物的中心”。同时，艾伦却意识到这并不是自己想要的成功，因此越来越厌恶这个舞台。“我讨厌这个。那都是假的。”成为百老汇明星后，舞台上和生活中的艾伦更加赤裸裸地暴露在男性贪婪的注视下，剧院制片人哈利·高德维泽同她“说话的时候，他的棕色小眼睛像伸出了触角似的不断在她脸上估量着”，艾伦在他眼里同“方形镀金椅子”“光芒四射的吊灯和珠宝”一样，都是通过广告推向大众消费市场的商品，其价值都是可以估量的。即使是爱的表达，也同样令艾伦心生厌恶，感到空虚，因为她知道对方在自己身上看到“爱、神秘和光芒”，无非是被所谓成功的幻象迷惑了。成功的定义是百老汇高悬空中的巨大的电子广告牌，走向成功就意味着走向虚无。

城市的公共空间充满了象征阶级、地位、金钱和权力欲望的符号。城市人要么丧失自我意识的感知而活在虚假的符号世界中，要么拜倒于商品景观的脚下，成为虔诚的拜物者。城市的消费符号形象无孔不入，甚至侵入了个体的私人生活，就连本应该最为亲密的两性关系也无法幸免。公共领域中事业的成功无法给艾伦带来满足，私人生活同样因为商品符号的侵入而变得支离破碎。最能体现艾伦的主体意识和自我欲望的商品符号莫过于“当德林”小姐，一款去屑洗发香波的真人流动广告。

林肯广场的人群中，一个女孩骑着一匹白马慢慢前行。她齐胸的长发随马儿的步伐不断地飘垂摇摆。镀金边的马鞍上绣着红绿交织的字母“当德林”。她戴着一顶绿色的瓦顿童帽，上面插了一根红色的羽毛；一只手冷冰冰地抓着轻轻晃动的缰绳，另一只手拿着一根镀金把手的短马鞭。

艾伦紧接着看到“两个水手伸展着四肢躺在阳光下的长椅上，她经过的时候其中一个咂咂嘴。她能感觉到他们色眯眯的眼睛盯着她的脖子、大腿和脚跟”。艾伦很快联想到其他两个马背上的女性形象，“失陷的战场上一位淑女穿着一身绿衣骑着白色壮马……绿色，绿色，当德林……戈黛瓦头上系着高傲的斗篷”。

第一个女性形象摆脱了当德林小姐遭受的男人们具有性暗示的凝视，成为马背上的“淑女”，为残酷的战场增添了一抹浪漫的英雄主义色彩。当德林小姐之后，艾伦又联想到传说中的戈黛瓦夫人，同样也是马背上的女人，但这位千年前英国考文垂的伯爵夫人却为争取全城减税而裸身骑马穿行街道，非但没有引来好色的目光，其高贵的义举还被后人传为佳话。“当德林小姐对艾伦而言是一个漂浮的能指，它完全脱离其原本的指示对象（去屑香波）在一系列相关指涉链的移动中获得了新的意义（所指）。”[1] 正如安伯托・艾柯（Umberto Eco）所说，“符号从本质上就是一个谎言”。作为一种符号，其意义总是指向物体本身意义之外的其他社会含义。[2] 当德林小姐作为一种商品代言符号已经脱离了商品本身，而即使在符号体系中，能指和所指的关系也不是固定的。随着意义指涉的移动，艾伦的自我意识和欲望价值投射在不同的所指上，在这个过程中，艾伦同他人的关系，同她所处城市的关系也随之建立起来。我们不妨借用列维–施特劳斯（Claude Lévi-Strauss）的符号理论来解释个人心理和社会建构与商品符号的关系。列维–施特劳斯在《图腾制度》（*Totemism*）一书的结尾指出，“自

1. Paula E. Geyh "From Cities of Things to Cities of Signs: Urban Spaces and Urban Subjects in 'Sister Carrie' and 'Manhattan Transfer'", p. 429.
2. Quoted in Ian Woodward, *Understanding Material Culture*, London and Delhi: Sage, 2007, p. 58.

然物种之所以得到选择不是因为它好吃，而是因为它有助于思考。”[1]人类通过图腾制度下的文化活动发现了自然物种的符号价值，并通过分类将其归入人类的文化价值体系。现代消费文化中，人类图腾已不再是某种自然物，而是具有符号价值的商品。这些商品不但具有直接的功用主义用途，更重要的是人类会在自己的社会、文化和价值体系中不断地构建商品的符号价值。作为一种商品的广告符号，当德林小姐在艾伦脑海中引发了完全脱离商品使用价值的意义转变，其过程也是艾伦自我欲望和社会意识赋值与构建的过程，但引发这一过程的前提首先是艾伦看到了“当德林小姐”这个漂浮的“能指符号”。所以，“有关消费和欲望的社会和心理过程主要由能指支配，所指和（涉及的）物品本身都从属于能指”[2]。“当德林小姐”这一能指在艾伦的自我价值体系中对应的所指意义从男人觊觎的性对象转变为戈黛瓦夫人高贵的、不可触及的、不可侵犯的女性英雄形象，可以看出，艾伦具有渴望在城市中获得脱离男性注视的独立意识。

尽管艾伦在城市的商品符号体系中游刃有余，她却依旧无法构建完整、真实的自我身份。事实上，艾伦生活中出现过的几个男人，第一任丈夫约翰·奥格勒索普、律师乔治·鲍德温、第二任丈夫吉米·赫夫，都把她视为极具诱惑力但同时又无法保持亲密关系、不可触及的女人。艾伦和赫夫的婚姻瓦解之前，两人穿着讲究的礼服在餐厅用餐，赫夫眼中的艾伦像是“座钟里的瓷人”，一言不发，被物化为“瓷像娃娃艾莲”。两人离婚后，赫夫在深夜的街道上行走，象征金钱和权力的“有着无数窗户的大楼”出现在他意识流的梦魇中。“一栋有着无数窗户的大楼似乎正在倒

---

1. Quoted in Ian Woodward, *Understanding Material Culture*, p. 67.
2. Paula E. Geyh "From Cities of Things to Cities of Signs: Urban Spaces and Urban Subjects in 'Sister Carrie' and 'Manhattan Transfer'", p. 430.

下，并向他压过来。他耳中一直听到打字机上镍制字符连续不断的敲击声。（齐格菲尔德指导的《富丽秀》中的）[1]姑娘们的脸从窗户里露出来，笑着朝他打着手势。艾莲穿着金色的裙子，每一个窗口里都有一个薄金箔纸做的、栩栩如生的艾莲正在打手势。”赫夫意识流中出现的每一个形象都是“行将毁灭的城市”给他施加的重压。打字机敲击声的背后，他看到了“出现在报纸上的每一个句子、每一个词，甚至在美国一个无关紧要的标点都是为了符合广告商和股东的利益而经过仔细修改或删除的。国民的生活从源头上就被污染了”。《富丽秀》的姑娘们是百老汇造梦工厂的产物，代表着取悦男性观众的性诱惑，薄金箔纸做的前妻艾伦更是集金钱和性欲望于一身，然而，赫夫怎么也找不到大楼的入口，无法接近这些象征财富、权力和性的符号，更无法在符号构筑的城市中找到自我，只有选择逃离。

如果说赫夫逃离城市是对资本主义消费市场无声的抵抗，那么艾伦对自己作为“发条娃娃”和“瓷像娃娃”的主体性反思则象征着对城市及其符号体系的妥协。小说结尾，艾伦同鲍德温用餐并决定拒绝他的求婚之前，“长时间地看着镜子，她一边抹去多余的粉，一边试图下定决心。她想象自己是个发条娃娃，拧紧后随着发条的松开摆出各种姿势。随后是各种小手势和各种各样的舞台姿势”。镜子是女性最常用的工具，同时也是她们最大的敌人，女性在镜子中看到的往往不是自己光鲜亮丽的一面，她们总能在镜子中放大自己的缺点，将自己同消费市场和大众媒体塑造的完美女性形象相比而自惭形秽。更重要的是，镜子的隐喻意义和意象所指早已超出了表面的形象反射，强烈的自我意识在凝视镜子

1. 括号中的译文为本书作者所加。佛罗伦兹·齐格菲尔德（Florenz Ziegfeld）是20世纪初百老汇的明星制作人，他指导的《富丽秀》于1907—1931年在百老汇上演，被看作百老汇最早的华丽闪亮的歌舞盛宴。

的瞬间已经迸发出来。正是在这个自我顿悟、自我发现的时刻，艾伦看到自己其实就是一个丧失主体性的“发条娃娃”，任人摆布，自己的生活不过是“在各式的舞台上”“摆出各种姿势”。城市无孔不入的符号体系和消费景观是“发条娃娃”无法摆脱的舞台，对此她极端厌恶，甚至充满恐惧。“她转过身耸耸肩，然后匆忙回到餐厅”。虽然艾伦透过镜子发现了毫无生命、丧失自我、非人的自己，但对此她除了“耸耸肩”以外别无他法，只能任凭自己滑向符号堆砌的深渊。“艾伦脚踝交叉，衣服下面的身体僵硬得像尊瓷像，周围所有的东西似乎都变得越来越硬，并被涂上釉彩，漂浮着蓝色厌恶的空间正在变成玻璃。”站在城市巅峰的成功律师鲍德温还能在鸟笼中飞来飞去，而留给艾伦的却只是空间更狭窄、没有丝毫生命气息的玻璃罩，她已经沦为一件被人把玩凝视的“瓷像”。从餐厅出来，艾伦“像个濒临淹死的人一样透过摇晃的车窗向外望，她瞥见的是交错的脸、街灯和飞速旋转的车轮 ”。城市的车水马龙不会因为某个人濒临死亡而停止运转，城市的消费和市场会永远生生不息地运转下去。无论“事物的中心”——电子广告牌宣扬的成功是否存在，无论镜子中的“发条娃娃”做出怎样的表演，无论玻璃罩下的“瓷像”是否能够呼吸，想在城市生存，就必须服从消费符号的主宰，遵守资本市场的规则，冒着丧失自由、丧失自我、丧失一切的代价，努力找到摩天大楼的转门，然后不顾一切地走进去。

走进转门也是艾伦在小说最后做出的选择。尽管她深知“一直以来我的头脑就像个上了发条的玩具”，但她的眼睛依然“在深蓝色的夜幕下闪闪发光地看着转门。走进无声的转动着的转门时，她的手套触摸着面前的玻璃，忽然更有种丢了什么东西似的感觉。手套、钱包、化妆箱、手绢都在身上。没带雨伞。我把什么落在出租车上了？但是她已经微笑着走向两个穿着白衬衫和黑西装的人了，他们正微笑着站起来向她伸出手”。艾伦微笑着，因为她不在乎，“只要你不在乎，你可以过各种各样的生活”。她早已“麻木”，“婚姻、成功、爱，不过是些字眼而已”。即使麻木，即使过着非人的、发条娃娃般的生活，她也依然会因为“可以回到市中心”而感到兴奋，依然会微笑着拥抱“事物的中心”。

多斯·帕索斯通过艾伦丧失自我主体的“麻木”“濒临死亡”与对“市中心”的渴望和兴奋表现了人们对城市爱恨交织的复杂情感，人们在“市中心”苦苦寻求的“婚姻”“成功”“爱”等不过是“字眼”，当中心缺席，一切都成为话语，人们也只有抱着“不在乎”的态度，才能在话语符号占据的世界中生存。我们在多斯·帕索斯以文学语言体现的现代主义城市主题中似乎可以看到四十年后德里达解构主义思想的火花。1966年，德里达在美国约翰·霍普金斯大学做的《人文科学话语中的结构、符号和游戏》的著名讲演中首次提出“事件”的概念，“事件已经在结构概念的历史中发生了”，在这样的时刻，“中心不存在，中心也不能以在场者的形式去思考，中心并无自然的场所”。“那正是语言进犯普遍问题链的场域的时刻；那正是中心或始源缺席的时候一切变成了话语的时刻”[1]。多斯·帕索斯笔下的曼哈顿已经发生了这种德里达式的“事件”。话语符号本身占据了城市中心，这是所有事物的中心。这里，符号没有对应的“始源的超验意义的所指”，而是在开放的延异链条中像种子一样撒播。在传统的逻各斯中心主义模式下，现实的土壤依旧存在，“解释符号、超越话语、拨开层层象征的土壤，直到找到属于那个地方的坚硬底层和石

1. 雅克·德里达：《书写与差异》，张宁译，北京：生活·读书·新知三联书店，2001年，第505页。

块，我们称其为现实”。然而，“以百老汇认知为中心的时代广场下，没有底层”。人们渴望在“事物的中心”找到符号终止后的现实，但符号永远不会终止，中心也不会出现，它作为能指始终在漂浮着。诚如德里达所言，“先验所指的缺席无限地伸向了意谓的场域和游戏”[1]。每一个意指背后不过是另一个符号。百老汇的中心指向的是意义缺席的符号，在这里，人们追求的一切不过是“字眼”，是话语符号。他们所向往的幸福只能在幻想中获得，在真实生活中却无法体验。即使像艾伦那样真正抵达“事物的中心”的人也会发现，当欲望投射在媒体和广告创造的消费符号上时，当个人生活成为舞台上的搔首弄姿时，当自我主体的认同归结于玩具娃娃时，“事物的中心”不过是一场没有主体的、空洞的符号游戏。

多斯·帕索斯的现代主义小说和德里达的后现代主义哲学都关注中心缺席的主题，但不同的是，在多斯·帕索斯的现代主义小说中，象征中心的符号依然存在，百老汇的霓虹灯、时代广场的广告牌、高耸入云的摩天大楼都在城市的消费市场和建筑空间中提供了一种切实的存在感。二战之后，电视业的迅猛发展、城市居民向郊区的转移都宣告了百老汇和市中心的终结，尤其是大商场对中心商圈的不断模仿和复制，让整座城市在空间上失去了地理意义上的中心。更具讽刺意义的是，当我们身处今天的网络虚拟时代，被铺天盖地、无孔不入、瞬息万变的信息所轰炸，沉迷于无休止的游戏、狂欢、娱乐甚至恶搞中，用不间断的网购获得内心转瞬即逝的满足时，回首20世纪20年代的曼哈顿，以及霓虹灯映照下的巨大的广告牌时，我们又似乎正在怀旧的情绪中努力重建那个意义缺席的“事物的中心”。

---

1. William Brevda, "How do I get to Broadway? Reading Dos Passos's *Manhattan Transfer* Sign", p. 88.

# 第五章

# 城市与种族：非裔美国文学中的城市

一战的爆发在很大程度上阻断了来自欧洲的移民潮，但美国境内的移民潮很快风起云涌，出现了历史上著名的“第一次黑人大迁徙”。从1910到1940年间，共有200多万黑人从美国南部移居北部以及西部的部分城市，尤其是纽约、芝加哥、洛杉矶和底特律等。[1]这场遍及全美的大迁徙主要是两方面因素造成的。一方面，南方的经济在20世纪后发生了深刻变革，在农业机械化的带动下向大农场方向发展，产生了大量黑人剩余劳动力，使得原本紧张的种族关系愈发严重，黑人的经济社会地位每况愈下，大量黑人产生了离开南方的念头。另一方面，同一时期，东北部和中西部经济持续增长，创造了大量的就业机会，劳动力供不应求，而1921年实施《移民限额法》后，东南欧移民锐减，这个巨大的劳动力市场空缺引发了黑人移民浪潮，并且一发不可收拾。大城市机会多，容易生存，成为黑人移居的首选目的地，黑人很快成为城市化程度最高的种族。大量黑人的涌入极大冲击了城市的社会经济秩序，他们的就业范围只限于清洁工、搬运工、侍者和仆人等低等体力劳动，居住问题则更加严峻。20世纪20年代，美国主要城市都依照种族分化为不同社区，

1. 王旭：《美国城市发展模式》，第172页。

"隔离且不平等"，种族骚乱导致黑人区的治安问题愈加突出，又进一步加剧了居住隔离、就业隔离、教育隔离等连锁反应，导致恶性循环。卡尔·阿伯特（Carl Abbott）在研究中指出，"由正常的居民区发展成黑人聚居区，再蜕变为贫困窟，整个过程只需10年时间。"[1]

## 第一节 "黑色曼哈顿"：哈莱姆的复兴与衰落

享誉美国乃至世界文艺界的哈莱姆文艺复兴是美国黑人文学史的一个重要阶段，哈莱姆甚至被称为"黑人的麦加"。自1636年荷兰移民开始在此居住，200多年以来哈莱姆一直是一个偏僻的村庄，直到20世纪30年代，哈莱姆铁路的建成让这一区域迅速被纳入纽约的辐射区，随着1889年哈莱姆剧院落成和1890年125街商场营业，哈莱姆在19世纪末的移民潮中也成为德国、爱尔兰、意大利和犹太移民的聚居地。然而，哈莱姆从中上层聚居地到贫民窟的转变也极为迅速。地产泡沫危机的出现导致大量房东因担心房屋空置而开始将房子租给黑人，到1910年，纽约很多有地位的黑人搬入哈莱姆，到了20年代，几乎所有黑人团体的总部，比如全美有色人种协进会（National Association for the Advancement of Colored People/NAACP）、全球黑人进步协会（Universal Negro Improvement Association）等都入驻了哈莱姆。[2] 哈莱姆迎来了它的高光时刻，黑人作家、批评家、知识分子等聚集到这里，自发地、有意识地去探讨黑人群体的民族自尊心，关注黑人的生存状态并在文学作品中刻画"新黑人"

1. Carl Abbott, *Urban America in the Modern Age, 1920 to the Present*, Arlington Heights: Halan Davidson, 1987, p. 223.
2. Joan Zlotnick, *Portrait of an American City the Novelists' New York*, New York and London: Kennikat Press, 1982, p. 132.

（New Negro）形象。

从南部乡村到北部城市，黑人在城市化进程中不仅感受到了生活环境的变化，更接触到了先进的、现代的、工业化的城市生活。“随着每一次潮流，黑人的运动成为一种更广泛、更民主的大规模运动——就黑人来说，这是一种不仅从农村到城市，而且是从中世纪美国到现代美国的刻意为之的逃离。”[1]詹姆斯·威尔登·约翰逊（James Weldon Johnson）在1930年出版的《黑色曼哈顿》（*Black Manhattan*）一书中详述了哈莱姆的发展进程及其作为纽约“城中城”的历史文化和现实意义。对美国黑人而言，哈莱姆不仅是一个黑人社区，它更是“城中城”，是“世界上最大的黑人之城”，它占据着“曼哈顿的中心位置”，由漂亮的公寓、平整的街道以及黑人自己的教堂、市政中心、剧院、商店等公共场所组成。在约翰逊眼中，哈莱姆已成为黑人实现理想生活的希望之都，在《哈莱姆：文化之都》一文中，约翰逊对哈莱姆的未来表达了强烈的信念。“我坚信黑人在哈莱姆比在这个国家的其他地方有着更多的优势和机会，哈莱姆会成为美国黑人的智力、文化和经济中心，而且会对所有的黑人产生至关重要的影响。”[2]

城市化使得黑人中产阶级人数不断增多，也让黑人社区与美国主流社区文化不断趋同。黑人的孩子开始能够接受正规良好的教育，为黑人的文学和文化运动打下重要基础。哈莱姆文艺复兴的旗手杜波依斯（W. E. B. Du Bois）和艾伦·洛克（Alian Locke）都取得了哈佛大学博士学位，其他人也都接受了正统的高等教育。在这样的文化语境下，黑人自觉地对种族意识进行内部反思，并开始探索新的文化身份。当时有很多作家

1. Alian Locke, *The New Negro*, New York: Macmillan, 1968，p. 6.
2. James Weldon Johnson, “Harlem: The Cultural Capital”, in *The New Negro*, p. 4.

希望摆脱黑人作家的身份，康蒂·卡伦（Countee Cullen）曾说希望自己是诗人而不是黑人诗人。[1]在艾伦·洛克主编的被誉为“哈莱姆文艺复兴圣经”的《新黑人》（*The New Negro*）文集中，作家和批评家们在黑人的自我言说和自我表达中，改变了以往“他者化”与“客体化”的刻板形象，试图重塑“新黑人”形象，开启文化自决的新篇章。“在哈莱姆，黑人正在抓住第一次机遇来进行种族表述和文化自决。”[2]因此，哈莱姆文艺复兴的核心是强调一种精神价值和种族骄傲，通过黑人在文学、艺术、表演和音乐等领域取得的成就改变白人看待黑人的方式，从而实现种族提升。然而，在黑人知识分子和作家对自我身份的全新界定中，其内部产生了强烈的分歧，其中很多争论的焦点集中在对城市生活的表述和再现上。以杜波依斯为代表的老一代黑人作家和知识分子试图重写美国黑人的形象，强调黑人好的一面，避免描写城市贫民窟的黑暗面，以免为白人提供反对种族平等的素材，从而扭转主流社中黑人的原型形象，实现种族提升的政治目的。相比于老一代中产阶级作家，新一代的年轻作家更贴近底层黑人的生活，也更加主动、真实地描写他们所熟悉的哈莱姆生活。哈莱姆究竟是黑人的天堂，代表进步、未来和自由的美国梦，还是肮脏的城市贫民窟，充满了暴力、落后和种族化的阴谋？黑人作家对城市的不同态度也带来了这个时期对哈莱姆丰富多样的城市表征。

兰斯顿·休斯（Langston Hughes）被誉为哈莱姆的桂冠诗人。他曾这样描述自己，“我生活在哈莱姆的中心。我也在巴黎、马德里、上海和墨西哥城中心生活过。除了语言，哈莱姆的人和其他地方没什么不同。我爱他们的语言，我也爱自己是哈莱姆的一员，他们的兴趣就是我的兴

1. 周春：《美国黑人文学批评研究》，上海：上海人民出版社，2016年，第8页。
2. Alain Locke, "The New Negro", p. 7.

趣，他们的困难也是我的困难。”[1] 休斯极力颂扬自己的种族遗产，他在《我的人民》（“My People”）中吟唱道：“夜色美丽 / 我的人民的面孔也美丽”[2]。1926年发表的《疲倦的布鲁斯》（“The Weary Blues”）是休斯早期诗歌中的名篇，他将最具黑人民族生命特色的布鲁斯音乐融入自己的诗歌，描写了在哈莱姆的街道上听一位黑人歌手彻夜演唱布鲁斯的经历。作品通过诗歌松散的结构、重复的歌词、黑人特色的乡土语言，烘托出一个疲倦、孤独、痛苦、空虚的老黑人形象。“莱诺克斯大道的一个夜晚 / 破旧的煤气灯下惨淡的苍白 / 他懒散地摇摆 / 懒散地摇摆。”[3] 诗人迷恋布鲁斯音乐也迷恋这个城市，老黑人“黑檀般的双手”按动“象牙般的琴键”，在哈莱姆的夜晚里用“忧伤而破碎”的曲调唱响“黑人的灵魂”，“我有疲倦的布鲁斯 / 内心仍不满足”。诗人 / 歌手内心的不甘源自黑人历史上民族的苦难，他们渴望在黑白融合的城市中“把烦恼全都遗忘”。以布鲁斯为代表的黑人艺术不仅是黑人种族的精神慰藉，而且为他们打开城市大门、融入城市生活提供了有利契机。然而，想要获得同白人平起平坐的城市生活谈何容易，最后一节中歌手结束演唱，但“疲倦的布鲁斯仍在脑中回响”，老黑人“沉睡着，仿佛岩石一般，也仿佛已不在人世”。在悲伤、痛苦和无奈中，疲倦的布鲁斯将在老黑人的脑海中、在诗人的脑海中、在整个哈莱姆的夜空中回响。

休斯在自己的文学生涯中反复回到哈莱姆城市书写的主题。他在诗歌中歌颂那个时代，赞美它的剧院、夜总会、歌手和作家，但同时为它在污浊的商业影响下日渐堕落而倍感痛心。在“爵士时代”追求新奇、

---

1. Aruthur P. Davis, "The Harlem of Langston Hughes' Poetry", *Phylon*, Vol. 13, No. 4, 1952, p. 276.
2. Langston Hughes. *Selected Poems of Langston Hughes*, New York: Vintage Classics, 1990, p. 13.
3. Ibid., p. 33.

异质文化的社会潮流中，白人们蜂拥而至，享受哈莱姆激动人心的夜生活。他们“占据着紧靠表演场地的最好位置，瞪大眼睛盯着黑人顾客，好像在动物园里观赏什么好玩的珍禽奇兽”；夜总会老板“看到蜂拥而至的白人顾客，高兴得忘乎所以，竟然把自己的黑人同胞拒之门外”。[1]在休斯看来，“哈莱姆火了，但无奈它变成了自己的牺牲品”。作家、音乐家、艺术家用一种摆尾乞怜的方式讨好白人，塑造白人期待的哈莱姆形象，满足他们追求异质文化的好奇之心。休斯并不认同以杜波依斯为代表的老一代黑人作家以“种族提升”为目的选择性地描写黑人和哈莱姆正面形象的创作方式。他认为艺术家和作家应该自由选择创作题材，不能受外界因素束缚，更不能依附白人的评价标准。在《黑人艺术家与种族之山》一文中，休斯强调了黑人作家的社会责任，“我们这些正在创作的年轻的黑人艺术家将要毫不畏惧、毫不羞怯地表现黑皮肤的自我……我们在建筑明天的殿堂。我们站在大山之顶，内心充满自由”[2]。休斯以坦率的方式直面底层黑人的城市贫民窟生活，毫不回避黑人生活中悲惨、肮脏、低俗的一面，相反，他以现实主义手法描写底层黑人的生活，并表达了“借助文学翻越种族大山获取自由”的豪迈理想。

最早描写哈莱姆黑人城市生活的小说作品是鲁道夫·费希尔（Rudolph Fisher）创作的《庇护之城》（“The City of Refuge”）。这篇短篇小说于1925年2月发表在《大西洋月刊》（*The Atlantic*）上，是哈莱姆文艺复兴时期最早发表的年轻黑人作家的作品，后收录在《新黑人》中，产生了更广泛的影响力。小说主人公金·所罗门·吉利斯为了逃避私刑从

1. 杰西·祖巴：《纽约文学地图》，第107页。
2. Langston Hughes, "The Negro Artist and the Racial Mountain", in *African American Literary Criticism, 1773 to 2000*. H. A. Ervin ed. New York: Twayne, 1999, p. 48.

北卡罗来纳州的农村来到哈莱姆，这里是他一直以来向往的地方，他相信“在哈莱姆，黑人就是白人。你有无人能否认的权利，你有受法律保护的权益。而且你有钱，哈莱姆人人都有钱。这是一个富饶之地”。只要来到哈莱姆，他相信自己也会像其他黑人一样获得自由，甚至能有份像黑人警察那样的体面工作。然而，刚刚抵达这个理想中的“庇护之城”，吉利斯就受人引诱无意中帮别人贩卖了毒品。事发后只有他遭到警察拘捕，诱骗他的人却安然无恙。吉利斯终究发现，自己在哈莱姆与他逃离的南方一样受到政治迫害和种族歧视，想做警察的梦想也在被捕的那一刻彻底破灭了，哈莱姆作为“庇护之城”的形象也随之坍塌。

牙买加黑人作家克劳德·麦凯（Claude McKay）的作品同样表达了对城市的复杂心理，他看到了哈莱姆的工业和现代文明，称赞这里“不仅是这个国家的黑人的首都，也是整个世界的黑人的首都”[1]。但与关注重大题材的同时代诗人杜波依斯和约翰逊不同，麦凯特别关注底层黑人的生活。在诗歌《哈莱姆的舞女》（“The Harlem Dance”，1918）中，他通过对一名远离家乡的哈莱姆舞女的描写既颂扬了黑色美也揭示了黑人的悲惨生活。在《哈莱姆的暗影》（“The Harlem Shadows”，1922）中，麦凯用同情的笔触描写了一名黑人妓女，对城市中随处可见的嫖娼和种族压迫进行了猛烈抨击。麦凯也因为描写哈莱姆的阴暗面而饱受争议。有评论家指出，“麦凯的文本复杂地分析了工人阶级和受到良好教育的黑人在一个由庸俗的真实性（音乐和舞蹈）为特点的哈莱姆中的异化感。”[2]此类对麦凯的批评也代表了保守主义黑人作家对城市贫民窟文学的看法。这

1. Claude McKay, *Harlem: Negro Metropolis*, New York: E. P. Duton, 1940, p. 16.
2. Maria Balshaw, *Looking for Harlem: Urban Aesthetics in African American Literature*, London: Pluto Press, 2000, p. 47.

些评论家认为黑人应该负责任地挑选主题来反对种族偏见，公开描写性欲、犯罪和贫民窟生活是不道德的。[1]事实上，麦凯的抗议和抨击对象不仅是种族主义，还包括物欲横流的都市生活，如果都市代表了“恶”，那么故乡牙买加的绮丽风光和淳朴民风则代表了“天真”。有评论指出，麦凯的三部小说《回到哈莱姆》（*Home to Harlem*，1928）、《班卓琴：一个没有情节的故事》（*Banjo: A Story Without a Plot*，1929）和《香蕉村》（*Banana Bottom*，1933）中的主人公都陷入了文化双重性的困境，他们沉醉于纸醉金迷的都市生活，接受了西方的现代教育，同时又与灵魂深处的非洲传统原始主义产生冲突。亲近自然的原始主义生活方式和理念才能够让他们在追求自我价值和成长的过程中学会调和西方教育与非洲传统的矛盾。[2]

杜波依斯在其最负盛名的著作《黑人的灵魂》（*The Souls of Black Folk*，1903）中探讨了黑人的双重意识。他认为美国黑人“生来就带着一幅帷幕，并且有一种天赋的透视能力——这个世界不让他具有真正的意识，只让他通过另一个世界的启示来认识自己。这种双重意识，这种永远通过别人的眼睛来看自己，用另一个始终带着鄙夷和怜悯的感情观望着的世界的尺度来衡量自己的思想，是非常奇特的。它使一个人老感觉自己的存在是双重的：是一个美国人，又是一个黑人；两个灵魂，两种思想，两种彼此不能调和的斗争；两种并存于一个黑色身躯内的敌对意识，这个身躯只是靠了它百折不挠的毅力，才没有被分裂”[3]。这段话第一次犀利、明确地指出了黑人数百年来在美国社会中的尴尬身份，对

1. 周春：《美国黑人文学批评研究》，第81页。
2. 谭慧娟等：《美国非裔作家论》，上海：上海外语教育出版社，2016年，第83页。
3. 杜波依斯：《黑人的灵魂》，维群译，北京：人民文学出版社，1959年，第3—4页。

后来的黑人文学创作产生了深刻的影响，并可以帮助我们理解黑人在哈莱姆的双重态度。从历史角度和社会空间角度来看，移居城市的黑人一直都是城市的外来者和边缘人，他们从没有参与过工业化城市的顶层建设，更无法制定现代城市的运行规则，但来到城市，他们必须接受这里的一切既定规则和制度文化，这个过程必然是极其复杂并充满挑战的。然而，与生活在城市的主流白人不同，黑人在城市中的命运往往是被动的，也就是说，无论城市是天堂还是地狱，对底层黑人来说都别无选择。与其说他们在作为黑人与美国人的双重意识中不断调和，不如说他们在城市的夹缝中谋求生路。

可以肯定地说，哈莱姆文艺复兴是美国黑人第一次大规模地在文学艺术界取得空前成就，黑人知识分子和作家在争论、探讨和大声疾呼中表达了自己的种族自豪感和独立精神。但进入20世纪30年代后，席卷美国的大萧条让黑人文艺受到更严重的打击，很多白人资助者不再支持黑人，作品出版变得异常困难。更重要的是，这场轰轰烈烈的文艺运动没有在内部达成一个共同的理念和目标，而更多地是基于作家个人的努力。洛克在1931年就宣告了哈莱姆文艺复兴的失败。“这场被过多利用的黑人复兴毕竟只不过是一个我们现在愿意称其为膨胀和过度生产的昂贵年代的产物；也许中间有许多不理想的地方……”[1] 30年代后，很多哈莱姆文艺复兴时期的重要作家开始远离人们的视野。约翰逊在车祸中丧生，休斯开始转向左倾，终止了与哈莱姆的联系，麦凯鲜有新作品问世。而且就社会影响力而言，哈莱姆文艺复兴对底层广大黑人群众影响甚微，除了中产阶级知识分子之外，很多普通人对哈莱姆的文学艺术成

1. 周春：《美国黑人文学批评研究》，第86页。

就知之甚少。作为一场文艺运动，哈莱姆文艺复兴没有真正提高普通黑人的经济和社会地位，也没有改善百姓的受教育程度，自然也不能获得广泛的传播基础。很多学者认为，1935年爆发的哈莱姆暴乱标志着哈莱姆文艺复兴彻底落幕。

## 第二节 “街道的语言”：鲍德温的城市政治

美国社会学家哈维·沃伦·佐尔博（Harvey Warren Zorbaugh）在《黄金海岸与贫民窟》（*The Gold Coast and the Slum*，1929）一书中用战争术语描述了黑人移民进入芝加哥的情形，足以见得这些南方黑人在北方有多么不受欢迎。“自战争以来，这是第四次入侵，直抵‘小地狱’中心，来自南方农村的黑人渐渐地把街道都染黑了。”[1]佐尔博称为“小地狱”的地方曾经是意大利移民的聚居地，又被叫做“小西西里”，因为该区域犯罪率高发得名“小地狱”。黑人的到来一方面加剧了当地的冲突，使治安状况更加严峻，另一方面，他们作为城市外来者和边缘人，面对残酷的“人间地狱”会更加茫然和无所适从。詹姆斯·鲍德温（James Baldwin）在《街道的语言》中描述了城市街道所体现的种族划分和权力话语。鲍德温本人在纽约哈莱姆出生和成长，并不是来自南方的移民，但他从黑人和其他种族移民历史的比较中揭示出黑人在城市中被排斥的社会原因。

埃利斯岛的欧洲移民是最先到达城市的，他们成为美国白

1. Quoted in Thomas Heise, *Urban Underworld: A Geography of Twentieth-Century American Literature and Culture*, Piscataway: Rutgers University Press, 2010, p. 131.

> 人后的首要任务就是把我这样的黑人阻挡在城市之外。当我进入城市后就遭遇到猛烈的抨击和抵触。更重要的原因是我父亲之所以离开农村来到城市是因为一战后黑人士兵穿着军装像人们打苍蝇一样被处以死刑，席卷南方的恐怖浪潮让他们决心离开，有的去了芝加哥，有的到了底特律……我们来到城市后即刻就成为“囚徒民众”(a captive population)。我们被赶进移民们想方设法离开的贫民窟；这其中隐藏的也是美国人必须面对的事实在于从历史上看我们是唯一可以真心说“我知道我本不想到这里来。……我是唯一没有从故乡带来一件行李的移民”。[1]

鲍德温将城市黑人的困境溯源到美国的奴隶制历史。的确，在人类文明的进程中，没有任何一个民族像非裔美国人那样曾经被剥夺做人的资格。奴隶制时期的黑人作为奴隶主的私有财产，可以由奴隶主任意处置、变卖、惩罚甚至处以私刑。美国建国后一方面举着“人人平等”的大旗，一方面又不断制造白人至上的种族神话，从而导致了美国文化中最为持久的矛盾，“个人自由、平等、机会和正义的官方信条与事实上而非法律上对黑人的种族歧视，同时并存”[2]。尽管到了20世纪奴隶制早已成为历史，但根深蒂固的白人高人一等、黑人低人一等的种族歧视观念依然笼罩着美国黑人群体。欧洲移民想要获得美国身份必然要付出代价，鲍德温说这个代价就是“成为美国白人”，移民美国之前他们是“希腊人”“俄国人”“土耳其人”，他们可能是“天底下的任何一个种

1. James Baldwin, "The Language of the Streets", in *Literature and the Urban Experience: Essays on the City and Literature*, Michael C. Jaye ed. New Brunswick: Rutgers University Press, 1981, p. 135.
2. 谭慧娟等：《美国非裔作家论》，第1页。

族”，但他们不是“白人”，为此他们必须让我们“保持黑人”（keep me black）[1]，因为这背后牵扯到他们的经济利益，还造成了严重的道德和社会后果。

1915年开始的非裔美国人口大迁徙浪潮到大萧条时期有所减缓，但在二战爆发后又重新高涨。“在每一次的移民潮中，非裔美国人都经历了许多挫折和磨难，带有浓烈的史诗般的冒险色彩。”[2]吃苦耐劳的黑人给普通白人特别是欧洲的底层移民带来了巨大的工作竞争和生存压力。仇视黑人的情绪也在他们所到之处迅速蔓延。住宅区域隔离不仅在白人和黑人之间树立起一道隐形墙，更是从经济、就业、教育、公共环境等社会生活的方方面面将黑人禁锢在难以逾越的藩篱之中。美国学者马克·纽曼（Mark Newman）说：“贫民区的居民住在破旧的房子里，还被迫缴纳高额房租。美国北方尽管没有种族歧视的立法，但是黑人儿童还是只得在质量低劣的学校接受种族隔离的学校教育。”[3]尽管1917年最高法院宣布住宅隔离违法，该法令却遭到白人房东的强烈抵制。鲍德温是土生土长的哈莱姆人，他的作品反映了一个局内人或“土生子”对美国黑人城市生活的极度熟悉和深刻反思。

在著名的散文集《土生子札记》（*Notes of a Native Son*，1955）和《没人知道我的名字》（*Nobody Knows My Name*，1961）中，鲍德温回顾了自己年轻时生活的哈莱姆社区。在题为《第五大道，市郊：来自哈莱姆的一封信》（“Fifth Avenue, Uptown: A Letter from Harlem”）的文章中，鲍德温回到他

---

1. James Baldwin, "The Language of the Streets", p. 1.
2. Richard L. Barksdale and Keneth Kinnamon, *Black Writers of America: A Comprehensive Anthology*, New York: Macmillan, 1972, p. 468
3. 转引自庞好农：《非裔美国文学史1619—2010》，北京：中央编译出版社，2013年，第139页。

的出生地，该地区“西到莱诺克斯大道，东临哈莱姆河，北到第135街，南达第130街”，繁华漂亮的第五大道到了市郊就变成了“宽阔、肮脏、充满敌意的第五大道”。[1]黑人社区的公共环境与白人社区有着天壤之别，他们往往生活在城市最肮脏、混乱、拥挤的地区。“哈莱姆人知道他们住在哈莱姆，因为白人认为他们没有资格在其他地方居住。无论如何改善都不能美化这个事实。”[2]即使对于像鲍德温这样在城市中成长、积累了一定家庭财富的美国黑人而言，想要提升自己的生活环境而融入主流白人社区也异常困难。鲍德温在《街道的语言》中描写了黑人中产阶级家庭的尴尬境遇。“我们有一点钱，可以购置一些东西，千万别小看我们为之付出的努力。对所有人都很难，但想象一下如果是黑人情况会更糟。我们开始搬到河对岸的布朗克斯。那些刚刚变成白人的人在恐慌中四处逃散，其后果之一就是导致了现在布朗克斯南部无法居住的灾难。这个国家白人的动机——即使难以启齿也要面对——就是尽可能地远离黑鬼。”[3]黑人一直以来被认为天生具有暴力倾向，白人与黑人混居势必会引发冲突。“不管这家人多么有教养和守规矩，也足以加速人们的逃离。”[4]

很多重要非裔作家都描写了黑人恶劣的居住环境，这些作品也成为黑人社区主要的城市空间表达。鲍德温笔下的哈莱姆住宅“像监狱一样沉闷无趣”，“它们颜色暗淡、毫无特色、又高又大、令人作呕，遍布哈莱姆的各个角落。宽大的窗户俯瞰着哈莱姆难以改变、无法形容的邋遢破败”。如果说阴暗破旧的房屋尚且是生活条件的差异，那么精神层

---

1. James Baldwin, *Collected Essays*, New York: The Library of America, 1998, pp. 170-171.
2. Ibid., p.175.
3. James Baldwin, "The Language of the Streets", p. 135.
4. 黄卫峰：《哈莱姆文艺复兴研究》，北京：外语教学与研究出版社，2007年，第84页。

面的重压则令住在这里的黑人承受着无尽的失败与痛苦。鲍德温在小说《倘若比尔街能说话》(*If Beale Street Could Talk*，1974)中用心理叙事的策略以黑人女孩狄茜的第一人称视角讲述了一段艰难的爱情故事。狄茜与弗恩尼相爱并准备结婚，但婚前厄运来袭，弗恩尼因冒犯白人警察而遭到陷害，被诬告强奸入狱。怀有身孕的狄茜和弗恩尼的父亲随即展开了一系列解救行动，但均以失败告终。小说的最后，弗恩尼的父亲不堪打击投河自尽，弗恩尼的案件悬而未决，狄茜顺利生下孩子，继续为解救弗恩尼而努力。小说采用的内心分析和独白揭示了黑人潜意识的心理波澜，在反抗白人压迫、解救爱人的过程中，展现了黑人家庭的互助精神，讴歌了青年男女的真挚爱情。弗恩尼被捕后，狄茜的心理变化也投射到她身处的城市景观之中。“也许我喜欢过纽约，很久以前，那是爸爸经常带姐姐和我来这里的时候，爸爸会给我们介绍这里的各个景观。……那是我们欢乐无比的日子，但那是因为我们的爸爸，而不是因为这座城市。”[1]儿时的亲情成为纽约这座城市里最温暖和美好的回忆。自从未婚夫锒铛入狱，狄茜便改变了对城市的看法。“我敢发誓纽约一定是全世界最丑陋、最肮脏的城市。这座城市拥有最丑陋的建筑和最讨厌的人，还有最坏的警察。”[2]可以看出，狄茜内心将个人的情感遭遇投射到对城市的整体印象上，显然这并不是理性之举，但这种主观和绝对化的内心独白恰恰能够反映出黑人在种族主义社会中面对的巨大困难和内心的绝望情绪。

二战以后，美国经济空前繁荣，工业产值达到巅峰，国家经济的发展让美国普通民众获益良多，中产阶级数量倍增，然而对黑人群体而

1. James Baldwin, *If Beale Street Could Talk*, New York: Dial, 1974, p. 10.

2. Ibid., pp. 10-11.

言，种族隔离非但没有被打破反而更加严重。二战期间大多数的兵工厂和军事基地都建在南方，加上农业机械化取得的长足进步，这就迫使更多的黑人农民离开农村，移居到收入较高的城市。南方非裔美国人总人口比重从77%下降到68%[1]，大量黑人涌入城市也加速了中产阶级白人搬离城市入驻郊区的进程。郊区的发展让主流白人的生活水平进一步提升，但同时黑人群体被兴盛的郊区摒弃在外。中心城市和郊区形成了截然不同的两个世界，也更加凸显了美国中心城市的贫困问题。到了20世纪60年代，中心城市问题成为媒体关注的中心，有关报道连篇累牍，如《动荡的城市》《美国的战场》《贫民窟：我们城市心脏上的恶性肿瘤》和《城市危机》这类标题比比皆是，有的甚至称"贫民窟年代"正在到来。[2]黑人蜗居在城市中心，与白人的主流生活完全脱节。道格拉斯·马赛（Douglas S. Massey）和南希·丹顿（Nancy A. Denton）指出，"如果说20年代城市黑人与白人的区域隔离还是社会现实，那么到了二战后，就已经成为美国城市空间组织的结构性特征"[3]。住宅区隔离使城市中心的黑人区发展受到极大限制，同时黑人人口的激增又让居住条件更加恶化。在这个意义上，杜波依斯曾经提出的黑人种族"发展扩张和自我提升的自由"似乎成为一个"被延迟的梦想"[4]。鲍德温认为，城中心的黑人生活是"十足的灾难"[5]，"哈莱姆蔓延着一种强烈的拥挤感，如同患幽闭恐惧症的人身处一间门窗紧闭的小房间中试图呼吸时感受到的持续的、令

1. 庞好农：《非裔美国文学史1619—2010》，第143页。
2. 王旭：《美国城市发展模式》，第228页。
3. Douglas S. Massey and Nancy A. Denton, *American Apartheid: Segregation and the Making of the Underclass*, Cambridge: Harvard University Press, 1993, p. 46.
4. Thomas Heise, *Urban Underworld*, p. 132.
5. James Baldwin, "The Language of the Streets", p.135.

人发疯的头痛”[1]。

如果说居住区的空间划分导致了黑人与白人的隔离，那么教育资源的严重匮乏和受教育程度的巨大差异则进一步加大了黑人与白人之间的距离。鲍德温说哈莱姆区的“校舍阴暗、不祥，从这里走出来的孩子可能伤残、瞎眼、吸毒成瘾或愤世嫉俗”[2]。黑人社区学校的硬件设施、师资水平、管理水平等远不如白人学校，在所学课程和知识水平上，黑人孩子和白人孩子的差距就更加显著。20世纪初，美国黑人运动领袖布克·华盛顿（Booker Taliaferro Washington）主张同白人合作兴建社区学校以提高黑人的受教育程度，但他提倡黑人接受初等教育和职业培训就够了，因为他们首先要掌握一定的谋生技能，获得经济独立后才能被白人所接受，他的主张得到了一些种族主义者的认同。这样的观点让黑人在教育水平和自我认知上输给了白人，也进一步加深了种族割裂和种族歧视的鸿沟。教育不公，普通黑人无法接受高等教育，自然会导致黑人在职业选择上的困境。尽管战争给美国黑人带来了工作机会，但他们依然要面对种族隔离和排斥。在白人固有的观念中，他们认为自己才是这片新大陆文明的开创者，他们拥有积极进取的精神、勤劳勇敢的品质，理所应当从事与智力相关的高等职业，而黑人天生懒惰、愚昧无知，所以应该做那些耗费体力、不用思考的低等工作。布克·华盛顿也主张黑人通过辛勤劳动证明自己的社会价值，但事实上，黑人在白人不愿意做的工作岗位上任劳任怨却得不到相应的报偿，这直接导致他们经济和社会地位的低下。

无数背井离乡的黑人蜗居在城市的贫民窟中，在思念南方故土的惆

1. James Baldwin, "The Harlem Ghetto: Winter 1948", *Commentary*, Vol. 5, No. 2, 1948, p. 165.

2. James Baldwin, *Collected Essays*, p. 174.

怅中，他们终会发觉住宅区的区域隔离不仅是物理空间上的限制，更是教育条件、职业选择、公共资源等社会生活中全方位的种族隔离与不公。正如休斯的诗歌《单程车票》（*One Way Ticket*，1949）中所描绘的，南方黑人相信了那些“古老的谎言”，买了一张单程车票，踏上梦想之旅，可现实中的哈莱姆却到处是“背后的一脚”，还有只因为肤色而永远无法企及的工作。

所以我们站在这里
地狱的边缘
在哈莱姆
望向世界
我们感到疑惑
该怎么办
面对
那曾经的记忆。[1]

鲍德温在《街道的语言》一文中揭示了美国黑人沦为城市二等公民的原因，并将矛头直指美国主流文化对黑人的逃避，他将之称为“美国恐惧”（American panic），而美国人因此丧失了自己的身份。鲍德温认为，在美国这个移民国家中出生成长的移民后代与他们的祖辈之间必然存在文化断层和代沟，但因为黑人的祖先从非洲的各个部落戴着脚镣来到美国，相互之间不允许沟通交流，更不允许写作通信，而在这前所未有的大迁徙

1. Langston Hughes, *One Way Ticket*, quoted in Arthur P. David, "The Harlem of Langston Hughes Poetry", p. 280.

中，非裔美国人创造并传承了黑人的自我身份和文化属性，他向美国主流白人发出痛心疾首的呼吁："不光是城市，整个美国都要面临的问题，你们和我们是否愿意各自找到接受这个奇迹的勇气和道德信念，这也是同胞情谊的奇迹，否则就灭亡"[1]。

鲍德温从自身作为黑人和美国人的双重意识出发，指出了美国文化和美国身份的本质，即多种族文化之间的冲突与融合，而这一点在城市中尤为突出。城市的空间区隔和种族割裂本身就是黑人与白人之间文化冲突得不到解决的直接表现。在美国社会中，长期以来都是欧洲白人文化占据统治地位，但正如亨特（James Davison Hunter）所说，"任何种族和国家的文化容忍程度都是有限度的，它总是和意识形态的容忍、种族的容忍同时发生"[2]。一种文化长期凌驾于另一种文化之上，必然导致意识形态、生活方式和道德标准的对立。对于黑人而言，他们一方面生活在标榜自由、民主、平等的美国社会，认同美国白人的生活方式和价值体系，渴望融入主流社会和主流文化；另一方面，他们受到主流社会制度的排斥和歧视，并且这种根深蒂固的种族偏见不仅指向黑人群体，也指向群体中的每一个个体。很多非裔作家和知识分子都深刻地意识到黑人复杂尴尬的文化身份，鲍德温也不例外。有学者认为鲍德温通过"矛盾写作"来解构穿越时空的、单个的、稳定的身份，强调人类身份是多面的、多层次的。[3]也正是因为对黑人身份双重性的认识，鲍德温呼吁不仅要改革

---

1. James Baldwin, "The Language of the Streets", p .136.
2. J. D. 亨特：《文化战争：定义美国的一场奋斗》，安荻等译校，北京：中国社会科学出版社，2000年，第42页。
3. V. M. May, "Ambivalent Narratives, Fragmented Selves: Performative Identities and the Mutability of Roles in James Baldwin's Go Tell It on the Mountain", in T. Harris ed. *New Essays on Go Tell It on the Mountain*, Beijing: Peking University Press, 2007.

社会制度，更重要的是改变美国白人与黑人的精神世界。“美国黑人真正的心理状况是永远面临着一种复杂的爱与恨的选择。黑人问题是更为普遍的人与人之间的不公正问题。暴力成为一种巨大的、原始的吸引力，因为它看起来很简单，也是对社会不公的最后的解决办法。”[1]鲍德温认为，一味的暴力抗议和激进的思想非但不能缓解日益紧张的种族关系，黑人与白人势不两立的态势反而会加重种族仇恨。黑人生活在种族主义盛行的社会，更应该学会控制愤怒。因为长期受到政治、经济、文化上的多重压迫，作为一个黑人，几乎时刻都处在敏感自卑、怨恨愤怒的情绪中。种族歧视的不公让黑人对生活的外在环境和周围人的变化极度敏感，有时白人不经意间的举动也会激发他们内心积压的仇恨，这挥之不去的仇恨指向白人也指向自己，最终只会让白人与黑人的隔阂越来越深。鲍德温提倡黑白融合，用爱来抗议种族矛盾，用爱来抵抗种族歧视；并且认为作为作家，他承担的首要责任并不是社会宣传和服务于政治，他要做的是描写超越种族的、具有普遍性的复杂人性。鲍德温对人性复杂性的探索能够帮助我们理解他笔下的城市，他用独特的艺术形式揭示了黑人在种族隔离的城市中生存的实际诉求，也展开了对本真人性的深层挖掘。

## 第三节　“住在地下的人”：赖特的地下城

二战后，美国郊区长足发展，主流中产阶级白人大部分搬入了城市郊区，然而城市毕竟是经济活动的密集之地，因此城市规划部门、地产商人对中心区的开发仍然抱有极大热情。在市中心，工业化时期建造的

1. Maurice Charney, "James Baldwin's Quarrel with Richard Wright", *American Quarterly*, Vol. 15, No. 1(Spring, 1963), p. 72

住宅已经逐渐破败，基础设施老化，对其的改造引起人们的关注。1949年美国国会通过住房法案，开始了持续20多年的"城市更新运动"。这一法案决定授予地方政府征用土地的权力，定点清除萧条的住宅区和衰败的工业区，以市场价格购买贫民窟地产，清理出来后再卖给开发商和住建部门，用以建造公共住房和低租金住房。然而，城市更新运动历经几届政府，除了早期的一些集中项目外，在60年代频繁的政治动荡中早早偃旗息鼓了。城市更新运动作为全国性政策，并没有解决黑人区的住房问题，相反，它给很多城市的黑人区带来了灾难性的后果。在清理贫民窟的过程中，有时为了给高速公路让路，很多黑人社区被连根拔起，黑人只是从一个廉价社区搬到另一个廉价社区，居住条件非但没有改善，人口密度反而翻了两三番。60年代以后，政府不再涉足公共住房领域，在大多数城市里，中心区贫民的居住区交由私人住房市场和贫民窟房东摆布，结果导致黑人社区的房租比城市其他区域高出20%甚至50%。为了节省单位面积的成本，在黑人社区出现了很多高层住宅，穷人被一股脑塞进竖向发展的仓库式住宅，彼此孤立，由此，新的黑人聚居区"被罩在由玻璃和钢筋水泥构筑的巨型办公大楼的阴影之下"，这些都进一步强化了黑人与主流社会隔离的局面。[1]

城市更新运动不能解决黑人的主要问题，原有的黑人社区房租同样水涨船高，很多深陷贫困的黑人家庭不得不搬入地下室。如果说哈莱姆文艺复兴时期的地下酒吧、爵士俱乐部尚且是具有黑人种族特色和艺术气息的想象空间，那么20世纪50年代黑人的地下生活则是充满了肮脏、犯罪、贫困、疾病和死亡的赤裸裸的残酷现实。对生活在地下的黑人群

1. 王旭：《美国城市发展模式》，第218—220页。

体来说，他们处于城市空间关系和权力表征的最底端，美国第一位黑人议员、民权领袖小亚当·克莱顿·鲍威尔（Adam Clayton Powell Jr.）发表在《华盛顿邮报》上的一篇文章指出，“数以万计的哈莱姆人住在地下室：那里好像黑暗、潮湿、阴冷的地牢”，比南方佃农的居所还要肮脏。鲍威尔详细描述了在地下室里艰难度日的黑人家庭的生活环境，“开裂的混凝土地面，泛白的石墙，裂缝一样的窗户，墙角用作马桶的易拉罐上面还搭着床单”[1]。“黑人的生存空间构成了一种新的社会体系，产生了一种新的极其不好闻的社会气味。”鲍威尔看似幽默的戏言背后隐藏了对黑人地下生活的无奈。同时，纽约的政府机构也意识到黑人地下社区的问题，纽约市民居住计划委员会在宣传刊物《住房新闻》中多次提到黑人地下居住引发的社会危机。文章《地下室威胁》（“The Cellar Menace”，1952）引用卫生部的结论指出，“曼哈顿、布鲁克林、布朗克斯地下室的非法租住现象持续增长会导致严重健康问题”。另一篇题为《抨击地下室居住》（“Cellar Occupancy Attacked”，1952）的文章指出，“有些地下室不值1美元，租金却高达每月60到65美元，远远超过白人工人社区的普通租金水平。市民居住计划委员会将尽力帮助黑人改善租住条件，但由于房屋严重短缺他们的愿望也很难实现。”[2]

福柯在《空间、知识、权力》中谈到空间的重要性，“空间是任何公共生活形式的基础。空间是任何权力运作的基础。”[3]对黑人而言，贫民窟的地下室生活凸显了城市种族区域隔离下黑人受到的经济压迫，而生活

---

1. Adam Clayton Powell Jr., "Powell Says Rents Too High", in *Harlem on My Mind*, Allon Schoener ed. New York: New York Press, 1995, p. 138.
2. Thomas Heise, *Urban Underworld*, p. 133.
3. 福柯：《空间、知识、权力》，见包亚明《后现代性与地理学的政治》，上海：上海教育出版社，2001年，第13—14页。

空间上的限制也体现了社会权力的匮乏。列斐伏尔在他最具影响力的空间理论著作《空间的生产》（*The Production of Space*，1974）中打破了单纯将空间视为社会关系展现平台的传统观念，提出了物质空间、精神空间和社会空间三种形式。列斐伏尔认为，任何一种社会空间都是由社会生产的，同时也生产社会。一方面，每种社会空间都产生于某种社会生产模式之中，是某种社会运动的结果，它既是精神的也是物质的。另一方面，空间也是一切社会活动、相互矛盾和冲突的一切社会力量纠葛一体的场所，是社会的“第二自然”。空间不是被动地容纳各种社会关系，它本身是一个强大的、充满活力的变数，是一种社会生产模式，在社会再生产的延续中起到决定性作用。[1]在社会空间的意义上，黑人贫民窟的地下空间不是简单的种族歧视和种族迫害的结果，它同样具有一种精神属性，既是真实的也是想象的，既是具体的也是抽象的，既是实在发生的，也同时具有隐喻意义。作为一种社会空间，即使位于城市地下，也必然会作用于美国城市的整体发展和城市社会权力关系。

事实上，早在福柯和列斐伏尔提出空间理论之前，很多社会学家已经注意到黑人地下空间的社会意义，认为黑人贫民窟的居住环境差、道德意识低下等都是环境导致的病态表现。佐尔博在《黄金海岸与贫民窟》中研究了被称作“小地狱”“黑色地带”的芝加哥黑人区，他指出，“贫民窟给在里面居住的人打上了烙印，使他们具有了贫民窟特有的生活态度和行为习惯”。[2]“空间是具有传染性的”，长时间生活在某个特定的、狭隘的、没有交流的空间中意味着社会关系被固化，黑人生活在按身份划

1. 包亚明：《现代性与都市文化理论》，上海：上海社会科学院出版社，2008年，第112页。
2. Harvey Warren Zorbaugh, *Gold Coast and the Slum: A Sociological Study of Chicago's North Side*, Chicago: The University of Chicago Press, 1929, pp. 147, 151, 159.

分的固定区域，对空间形式的霸权缺乏抵抗能力，任何想要越界抵抗的行为都被冠以种族暴力、犯罪、骚乱而遭到无情镇压。黑人区的地下世界有其特殊的运行规则和空间特性，地上世界的自由精神和个人主义在地下变成了无人关注的隐形特权和漠视道德规则的偏常行为。佐尔博认为这里是充满了异质性、多样性的复杂世界，是“被遗弃的男人和女人、瘾君子、酒鬼、同性恋、罪犯和流浪汉”的聚居地，这里展现的不同人性比城市其他任何地方都要多。瑞典经济学家、社会学家贡纳尔·默达尔（Gunnar Myrdal）在其经典著作《美国人的困境：黑人问题与现代民主》（1944）中谈到黑人地下世界时说，“小贼和骗子、妓女和皮条客、私酒贩、瘾君子等人”让“利比多文化”在这里生根，掀开自由主义的遮羞布可以看到地下世界残酷严峻的社会现实，营养不良、居住环境差、教育水平低，传染病、未成年犯罪等屡见不鲜，这些从身体上和精神上摧残着生活在地下世界的人们。[1]

在20世纪20年代美国非裔作家的小说中，地下世界是黑人颓废文化和原始主义的空间隐喻。克劳德·麦凯的小说《回到哈莱姆》讲述了黑人工人杰克和黑人作家雷在哈莱姆的冒险经历，面对充斥着性、酗酒、吸毒和卖淫的哈莱姆生活，雷感叹自己“永远无法理解这个地下世界，虽然地下与地上的差别，与其他人类生活表现出的差异一样，都是表面的”。[2]麦凯在小说中试图解构黑人地下世界的空间隐喻，除了肮脏污秽的犯罪以外，那里同样有勤劳善良的黑人工人。作为一位名有抱负的黑人作家，雷发现自己接受的教育与非洲价值观之间出现了冲突，之后逐渐

1. Gunnar Myrdal, *An American Dilemma: The Negro Problem and Modern Democracy*, New Brunswick: Transaction, 1996, p. 330.

2. Claude McKay, *Home to Harlem*, Boston: Northeastern University Press, 1987, pp. 224, 225.

意识到美国文明的虚伪和邪恶，写作对他而言是一种政治行动。

如果说麦凯小说里的黑人“地下世界”还是一种空间隐喻，理查德·赖特1942年发表的短篇小说《住在地下的人》（*The Man Who Lived Underground*）则真正将小说的主要场景设在了城市的下水管道中。有人认为赖特从陀思妥耶夫斯基（Fyodor Dostoyevsky）的小说《地下室手记》（*Notes from the Underground*，1864）中汲取了灵感，但正如米歇尔·法布尔（Michael Fabre）所说，陀思妥耶夫斯基的主人公因厌倦世俗生活主动隐居地下，他因敏感而受尽折磨，记忆中的屈辱不断将他吞噬，然而复仇的梦想却终究破灭。[1]陀思妥耶夫斯基的地下人怀疑一切，否认人性向善，在他自卑、病态的剖析中，讨论了诸如自由意志、人的非理性等哲学议题，是深居地下室的思想者。赖特笔下的黑人男青年弗雷德·丹尼尔斯被白人警察冤枉，在躲避追捕的过程中意外掉入下水道，他在恶臭扑鼻、肮脏潮湿的管道中摸索，最终找到了进出几栋大楼地下室的通道。对丹尼尔斯而言，落入下水道并没有让他陷入自卑自怜的病态，相反他获得了一种窥视的优越感和存在意义上的自由。

“我得藏起来”，小说开篇，丹尼斯在“投降”和“躲藏”两种选择中毫不犹豫地选择了后者，他做出了多数人遇到危机时保全自我的选择。“逃避情结是人遇到难以克服的困难时所产生的一种本能性躲避心理，也是寻求自我保护的手段之一。”[2]值得注意的是，给丹尼尔斯提供保护的正是通过下水道连通的城市地下世界。文学史学家大卫·派

---

1. Michel Fabre, "Richard Wright: The Man Who lived Underground", *Studies in the Novel*, Vol. 51, 1(Spring 2019), p. 14.
2. 庞好农：《精神分析视域下的性恶书写：评赖特〈住在地下的人〉》，载《西安外语大学学报》，2013年第1期，第97页。

克（David Pike）指出，下水道不仅是“废弃物、粪便、污垢的存放处，也是混乱、疾病、癫狂等社会焦虑症的隐喻”[1]。在朱娜·巴恩斯（Djuna Barnes）的《夜林》（*Nightwood*，1936）中，下水管道象征着城市里“最原始、最不可控的部分”，同时也是保证城市有效运转不可缺少的组成部分。[2]在赖特的小说中，随着丹尼尔斯被迫躲进下水道，小说也赋予这个城市空间以更多的社会意义和精神内涵。在派克看来，赖特用地下城“分析战后非裔美国人的社会处境”，暗示地下已经成为他们唯一可以居住的地方，而居住在地下又是“根本上岌岌可危的情况”。[3]小说对丹尼尔斯刚进入下水道的场景是这样描写的，“这里漆黑一片，他站在齐膝深的污水中，思考着”，“四周弥漫着腐烂的臭味，他甚至已经感觉不到”。[4]相比于自己刚刚遭受的白人警察的毒打和诬陷，黑暗污秽的地下管道已经不是最令他恐惧的地方。

丹尼尔斯在下水道里摸索前行，找到一块未被水淹没的地方，把它打造成临时的避难所，用以躲避地面上警察的追捕。丹尼尔斯顺着下水道四处摸索打洞，后来竟打通了几栋大楼的地下室，这期间他找到了维持生存的必要食物、工具，甚至还在管道里拉起电灯，用偷来的钻石、金表和美钞装饰四周，听着偷来的收音机里放的音乐，俨然打造了一个属于自己的家。丹尼尔斯成为一个探索地下世界的鲁滨逊，在地下的一

1. David Pike, *Subterranean Cities: The World beneath Paris and London, 1800-1945*, Ithaca: Cornell University Press, 2005, p. 191.
2. Thomas Heise, *Urban Underworld*, p. 142.
3. David Pike, "Urban Nightmares and Future Visions: Life beneath New York", *Wide Angle*, Vol. 20, No. 4, pp. 20, 21.
4. Richard Wright, "The Man Who Lived Underground", in *Eight Man*, New York: Thunder's Mouth Press, 1987, p. 29.

片荒芜中开拓出人类文明。讽刺的是，在这个“价值不足一美元”的地下公寓里，丹尼尔斯在墙壁上贴满了美钞，把手表、戒指等贵重物品挂在墙上，还给地面上镶了宝石。这个超现实的地下居所变成了彰显财富的宝库，丹尼尔斯看着眼前的一切，“直拍大腿、狂笑不止”，他感到自己“胜过了地面上的人”，“他自由了”，“实现了一个在心里尘封多年的梦想”。[1]在那一瞬间，丹尼尔斯获得了心灵上的自我满足，实现了自我赋能。作为一个黑人，丹尼尔斯在充满种族歧视的城市生活里受尽苦头，被警察冤枉成杀人犯，严刑拷打下签了认罪书，面对不公他无力反抗，只有逃避，但每次警笛长鸣都会让他惶恐不安。然而，在他打造的“梦想房屋”中，大笔的财富赋予了他炫耀的资本，“要是人们能看到这一切就好了！他想即刻从洞里跑出去，大声向整个世界宣告自己的发现”[2]。赖特用超现实的表现手法描绘了一个下水道中的“黄金屋”，其中融合了地上城市的理性与癫狂、整洁与污秽、秩序与混乱、现实与幻想。同时，丹尼尔斯的“黄金屋”也颠覆了地上城市的等级秩序，作为下层社会被压迫阶级的代表，他的“炫富”行动也具有革命性的潜力。德·塞都认为，空间作为城市的运作方式包含“转化和占有之地，是各种冲突的客体，也是不断被新特征丰富的主体，同时还是现代性的装置和英雄”。城市作为整体总是包含着“力量控制之外自我抗衡结合的矛盾运动”，“在用意识形态解释城市的话语之下，没有明确身份的诡计和权力组合在增生扩散，没有人们可以把握的点，没有合理的透明度，它们不可能被掌控”。[3]丹尼尔斯创造的地下房屋正位于白人主流文化控制的城市下面，隐

1. Richard Wright, "The Man Who Lived Underground", pp. 62, 65.

2. Ibid.

3. 米歇尔·德·塞都：《城中漫步》，第167页。

藏在看不见的地方，偷盗、窥视等破坏秩序的行为正与城市的统治力量相抗衡。丹尼尔斯宣告胜利的时刻，也是想象中推翻种族压迫、颠覆阶级秩序的时刻。丹尼尔斯也知道，自己的胜利只限于想象，甚至那些贴满墙壁的美元大钞也无法真正拿来使用，他在地下的秘密活动充其量不过是城市生活中孤立的、偶发的、异化的事件，不可能在这一基础上创造出一种稳定互联、有一定数量的普遍匿名主体，所以丹尼尔斯的地下胜利是虚假的自欺欺人，如庞好农所说，“丹尼尔斯的这个精神胜利心理与鲁迅先生笔下阿Q的精神胜利法具有异曲同工之妙”[1]。

美国黑人女性主义批评家贝尔·胡克斯（bell hooks）认为家园是具有“反抗意义”的场所。家里的房屋作为私有空间对黑人女性发挥主体性、解构公共空间的种族霸权具有重要意义。胡克斯在《黑色美学：陌生与对抗》（“An Aesthetic of Blackness: Strange and Oppositional”）一文中充满深情地回忆了祖母的屋子，用感性的语言表达了对空间政治性的思考。祖母以这个屋子作为“她生活的空间”，她认定“我们的生活方式是由各种实物以及我们看待、摆布这些实物的方式所决定的”，“我们是空间的产物”。祖母的私人空间是她生活的全部世界，也是她释放精神需求、实现空间想象、重构自我身份的场所。“从她那里我认识到美，认识到对美的渴望，乃是因为心有所困”。巴巴不是一个封锁在自我世界里的人，相反她是日常生活的美学家，是用自己的方式观察世界的主人。“她擅长缝被子，她教我如何欣赏色彩”，“五颜六色的酒”“火辣辣的红辣椒”“花窗帘”，甚至在巴巴的葬礼上，她也被美环抱着，“美丽的火焰中一颗灵魂在燃烧、在穿越”。巴巴在对美的发现和追求中建构了自我主

1. 庞好农：《精神分析视域下的性恶书写：评赖特〈住在地下的人〉》，第98页。

体身份，向公共空间的种族主义和男权主义话语发起挑战。“在她的屋子里，我学习观察事物，学习如何在空间里悠闲自在。在挤满各种家什杂物的屋子里，我学习认识我自己。她给我一面镜子，教我仔细端详。”[1]认识世界、认识自我的空间从屋外转向了屋内，在日常事务中，作者也同祖母巴巴一样得以避开公共空间的种族和性别矛盾，“悠闲自在”的生活状态表现了她们对空间强大的掌控力和对主体身份的确信。“你相信空间操着生杀予夺的大权吗？”空间承载着日常生活的政治隐喻，家园亦是反抗之所。

反观丹尼尔斯打造的地下房屋，充其量也只是逃避种族压迫和道德审判的临时避难所，偷来的美钞、珠宝、名表在阴森昏暗、龌龊污浊的下水道里永远无法散发出阳光照射下的多样色彩，他也无法悠闲自在地欣赏自己的成果，相反，痴心妄想、自我麻痹的“精神胜利”终究不能持续下去。孤独的丹尼尔斯很快就从虚幻的梦境中回到现实，“他被困住了”。四周的墙壁时刻提醒他自己的困境，“他不能永远留在地下，他也不能出去”[2]。更何况丹尼尔斯的地下居所也时刻受到地上空间的侵蚀，这里远不是安宁美好、不受威胁的私有家园，相反，从地面上倾泻而下的污水象征着地上的威胁在不断侵蚀着他的私有领地。“他感到自己已经离地面百万英里了”，他仍然能够听到地上呼啸而过的警车，一听到警笛他就会惶恐不安。诚然，作为避难所，地下居所的确隐藏着具有反抗潜力的政治隐喻，丹尼尔斯打通几个大楼的地下室，在里面肆意妄为，破坏了地上的社会秩序，而他对自己住处夸耀性的重建更是在想象中具有了

---

1. 转引自包亚明：《现代性与都市文化理论》，第174页。
2. Michel Fabre, "Richard Wright: The Man Who lived Underground", p. 13.

对抗地上空间秩序的意义。但是，现实中的孤立无援、进退两难又无时无刻不在提醒丹尼尔斯，让他深刻意识到自己的困境。在米歇尔·法布尔看来，只身一人的丹尼尔斯“以一种对地上正常世界来说充满讽刺意义的对抗方式重塑着自己的世界，但无论参与或重构，他已然沦为现有社会关系的囚徒，因为意义的重塑也暗示出他已经接受了它已有的优越性”[1]。即使隐藏在地下，丹尼尔斯依然无法摆脱地上社会关系的牵绊，基本的生存条件也需要通过打通地洞、进入大楼地下室来实现，他偷东西的行为本身也是同地上世界的关联行为。现代城市中个体无法创造出一种完全脱离社会的、自给自足的生存条件，“个体无法逃避人类和文化的遗产，因为人类的精神境况拒绝孤独的个体存在”[2]。

无论丹尼尔斯怎样装饰他的地下居所，只要他仍然困在地下，就无法参与社会关系的重构，也无法改变种族压迫的现实。那么赖特笔下主人公的困境是否印证了白人种族优越、黑人种族低劣的种族主义理论呢？恰恰相反，赖特用一种极端超现实的手法撕掉了繁华都市光鲜靓丽的面具，揭露出贫穷、衰败、污秽和丑陋的地下世界的真实面貌。生活在地下的丹尼尔斯与地上的种族压迫和阶级秩序保持着安全的距离，地下隐蔽的身份让他拥有了观察的特权，他获得了“从外部审视自己文化的机会”，然而伴随着“隐身人”特权的是被主流社会排除在外的作为“局外人”的痛苦，以及无法抵抗的想要摆脱孤寂、回归正常生活的渴望。小说用大量篇幅描述了丹尼尔斯在下水道里摸索打洞的场景。地上一栋栋独立的建筑通过下水道连接起来，丹尼尔斯自由出入教堂、电影院、

1. Michel Fabre, "Richard Wright: The Man Who lived Underground", p. 13.

2. Ibid., p. 14.

太平间、食品商店和珠宝行库房等地，溺死的婴儿、腐烂的棺木、严刑逼供的警察、屈打成招的罪犯、含冤自尽的守夜人、教堂里如痴如醉的祈祷和影院中浑浑噩噩的观众等，都向他诉说着城市底层人生活中的冷酷、无奈与不公。

如果说刚进入地下建立起相对稳定的生存空间时，丹尼尔斯还能对城市的阴暗面保持冷静的旁观者态度，那么地下空间里的异化场景则让长期处于种族压迫之下的他陷入了自我怀疑、健忘和人格分裂的精神痛苦中。“为什么愧疚感如此根深蒂固，会轻而易举地想到，感受到，会如此真实地亲身体会到？”丹尼尔斯偷走了收音机，但主人怀疑收音机被一个男孩偷走卖给当铺了，他听到小男孩遭受毒打时也会心生同情，但很快却让冷漠旁观的情绪占据了上风。“也许那男孩挨打也是件好事；也许挨打也让男孩在他的人生中第一次意识到自己存在的秘密，一种永远无法摆脱的负罪感。”[1]丹尼尔斯对这种负罪感了然于胸，自己明明没有杀人，却屈打成招签了认罪书，无法自证清白的嫌疑犯在法庭上就等同于杀人犯。蒙冤受屈的过往让他面对他人的冤屈无动于衷，反而认为理所应当。这不能证明黑人的劣根性，也不能说明黑人贫民窟的破败生活是社会自然选择、竞争态势所致的结果，相反，丹尼尔斯的冷漠无情恰恰是他作为城市的边缘人，长期处于被压迫、被歧视的生存环境中而付出的精神代价。

我们在赖特的小说中似乎看到了贫民窟在其居民身上留下的“烙印”，正如托马斯·海瑟（Thomas Heise）所说，“贫民窟对文化和个性的加速毁灭是由于空间与种族共同作用下产生的控制场域”[2]。从逃进下水

1. Richard Wright, "The Man Who Lived Underground", p. 69.

2. Thomas Heise, *Urban Underworld*, p. 145.

道起，丹尼尔斯就试图摆脱过去的记忆，摆脱被警察诬陷的罪名，作为一个无辜的人，他要获得自由，想炫耀财富，要用象征知识与权力的打字机正确写下自己的名字，宣告自己的存在。同时，在地下空间赋予他的隐身权力下，他能够自由出入几栋大楼，甚至开始有了一些疯狂的想法，“一个人为了自我满足，杀人、偷盗、折磨他人，这些行为都没问题”，他与“丧失理性的冲动”斗争，地下局限、封闭、囚笼似的空间让曾经守法的黑人逐渐丧失自我，失去理性的控制，此时的丹尼尔斯也具有了贫民窟里冲动野蛮的典型黑人罪犯形象：他“漫无目的地在洞穴似的地下居所来回踱步”，“他这是怎么了……一定是这些墙；这些疯狂的墙壁让他忍不住要爬出去，爬到地面上黑暗的阳光下”。[1]下水道里的生活没有让丹尼尔斯感到自由，到后来，他试图从心底回忆起已经离开的世界，但在某个时刻他甚至连自己的名字都想不起来，“他知道自己为了躲避警察逃到这里，但为什么呢？他的大脑一片空白……感到模糊的恐惧”。[2]

丹尼尔斯“超人”的意识终究敌不过内心越来越强烈的负罪感。小说的最后，他重回地面，“满脑子都是警察局的样子”，但他已无法用完整、清晰的语言描述自己的经历。在种族压迫和地下空间的双重作用下，罪恶已经吞噬了丹尼尔斯，他完全丧失了自我身份，正如海瑟所说，“几乎退化为婴儿的原始状态”[3]，成为“一个住在地下的人”。自首行为引发了原案件负责人罗森警长的报复，因为杀人真凶已经抓住，丹尼尔斯的出现以及那纸认罪书就成了他严刑逼供的证据。为了保全自己

1. Richard Wright, "The Man Who Lived Underground", p. 65.
2. Ibid., 61.
3. Thomas Heise, *Urban Underworld*, p. 144

的利益，尽管罗森根本不相信丹尼尔斯嘴里的地下城，但还是在一个风雨交加的夜晚让他带路，等他进入检修孔后，举枪杀害了他。丹尼尔斯在生命的最后时刻感到“强大的水流慢慢把他推到下水道中间，他旋转着”，“嘴里满是浑浊、苦涩的污水”，“他顺着水流旋转着”。[1]丹尼尔斯的生命永远留在了地下，那苦涩的污水永远无法洗净他内心的罪恶感，他不能诉说自己的地下经历，因为在权力控制的话语体系中，他根本不具备言说的权利。哪怕是讲述自己构建的地下世界，看似对地上秩序和权力控制造成了潜在威胁，但语无伦次的表达让他的话在听的人耳中不具备任何可信度，他丝毫无法通过话语言说撼动白人权力的统治。相反，杀害他的白人警察原本就是诬陷的元凶，在对丹尼尔斯凝视、殴打、规训的过程中，他实施了白人作为权力主体的特权，也强化了黑人作为他者的命运和罪恶的想象。

在赖特眼中，美国黑人面临着无可回避的各种问题，种族歧视、种族隔离、仇恨、奴隶制、谋杀、私刑等，长期生活在充满敌意的社会中导致他们产生了强烈的恐惧感。“黑鬼（Negro）一词在美国并不是种族或生物学意义上的，而是纯社会意义上的，是一种美国制造。”[2]种族主义的意识形态已经内化到整个社会，白人作为种族压迫的施暴者有恃无恐，黑人，特别是贫民窟里的底层黑人，则深陷贫困、疾病、毒瘾、失业、暴力、犯罪等各种问题以及随之而来的罪恶感之中。丹尼尔斯看到珠宝店守夜人被诬陷、遭痛打至饮弹自尽，他对守夜人的评价也是对自己以及所有身处困境的地下黑人的评价。“他没有犯被指控的罪行，他有

1. Richard Wright, "The Man Who Lived Underground", p. 92.
2. Richard Wright, "The Literature of the Negro in the United States", in *White Man, Listen!* New York: Doubleday, 1957, p. 80.

罪，一直以来都有罪。”[1]丹尼尔斯已经将这种根深蒂固的种族观念内化为自我与生俱来的罪恶感，这也是他与其他生活在贫民窟的底层黑人之间共同的精神负担。然而，事实上，黑人的罪恶感与西方社会由来已久的主/客二元关系密不可分。为了区分文明发展史上所谓的主体与客体、自我与他者、白人与黑人，才有了高低贵贱之分，一系列种族歧视制度就是为了巩固这种二元关系。贫民窟地下世界里的堕落、污秽和疾病不仅是种族社会的病态事实，也是体现在城市规划和阶级分布中的权力话语，是控制不安定因素的策略和隔离潜在威胁的手段。派克指出，“地上世界是法律、秩序、谋求经济发展、社会和谐的世界，它的组织结构和运行规则要求必须排除地下世界。”这种排除的方式在城市组织中表现为黑人贫民窟与主流文化之间的割裂，而且更多表现为一种意识形态上的象征性差异，比如用以描述白人和黑人的一系对比语言策略，“高与低、上与下、浅与深、北方与南方”等。[2]

赖特小说中“住在地下的人”丹尼尔斯代表所有身处敌对、异化、疏离的生活困境中的美国黑人，他为自己打造的地下居所以及这个居所连通的地下城也是美国黑人生存环境的隐喻。赖特在小说中勾勒出一个充满罪恶、堕落和道德败坏的地下世界，通过丹尼尔斯的内心揭示出黑人被施加的持久的罪恶感。赖特通过下水道极端的生存环境揭示出种族主义笼罩下的城市黑人的边缘化境遇，他们是“住在地下的人”，被地上主流社会、文化、经济体系排除的“局外人”，在权力话语体系中，他们永远是沉默的、被误解的、不被信任的。从因逃避警察的诬陷和追捕落入地下，到迫于生存做违反地上秩序、道德规则的坏事，再到因无法承受

1. Richard Wright, "The Man Who Lived Underground", p. 75.
2. David Pike, *Subterranean Cities*, p. 7.

的负罪感回到地上自首，最后被白人警察杀人灭口重新落入地下，在丹尼尔斯几次地上与地下的往返中，赖特赋予他行动和生存的空间以丰富的政治寓意和身份想象。黑人长久地生活在被主流文化和社会秩序掩盖的“地下世界”，忍受精神和身体上的迫害，甚至到了21世纪的今天，面对白人警察的施暴，无数的乔治·弗洛伊德（George Floyd）仍然无法呼吸，死于非命。从1934年哈莱姆爆发的黑人骚乱到2020年席卷全美的“黑命攸关”（“Black Life Matters”）反对种族主义抗议运动，非裔群体仍在为争取健康、就业、教育、公平审判等方面的平等权利而斗争。可悲的是，面对根深蒂固的系统性种族歧视，多少生活在贫民窟地下世界的底层黑人忍气吞声，独自吞下“苦涩的污水”。赖特认为，黑人作家要承担的社会责任就是为这些底层黑人发声，从而打破黑/白、高/低、地上/地下、主流/边缘的二元对立，他在小说《住在地下的人》中深入到主流白人看不到的地下城，将非裔美国人的恐惧、仇恨和暴力全部暴露出来，其目的不是要挑起种族战争和传播恐怖思想，而是要揭示“坏黑人”及其罪恶感是如何被种族歧视恶意地制造出来的。他对地下世界的“恶”的近乎残酷和赤裸裸的书写，体现了他对黑人种族的深切热爱以及深刻的民族主义精神和最广泛的社会意识，也就是法布尔所说的普遍意义上“代表人类生存处境，作为人类心理一种基本形式的、形而上的焦虑”[1]。

## 第四节 “看不见的人”：艾里森的身份探究

在美国非裔文学史上，拉尔夫·艾里森（Ralph Ellison）与理查德·赖

1. Michel Fabre, "Richard Wright: The Man Who lived Underground", p. 13.

特、詹姆斯·鲍德温齐名，并称为20世纪五六十年代黑人作家三巨头。赖特被誉为“现代美国非裔文学之父”，是自然主义抗议小说的代表作家，评论界普遍认为《土生子》（*The Native Son*，1940）之后黑人文学才真正进入美国主流文学的范畴。鲍德温作为二战后美国非裔文学发展历程中承前启后的人物，一方面受到赖特抗议小说的鼓舞，另一方面也积极探索非裔文学发展的新方向。艾里森则创作了非裔文学史上史诗般的经典著作《看不见的人》（*Invisible Man*，1952）。该小说在出版的第二年即获得国家图书奖，之后又在1965年和1978年分别被美国《读书周刊》和《威尔逊季刊》推选为二战后最重要、最有影响力的小说之一，艾里森也以美国现代作家的身份荣登世界文学殿堂。

美国著名黑人女作家托妮·莫里森（Toni Morrison）将现代美国黑人小说的发展分为四个阶段：“先是抗议的狂热，随即是较为反省地寻找自我本质，进而是进一步探索文化，技艺上精益求精，最后是对世界持更广博的看法”[1]。评论界普遍认为艾里森的《看不见的人》标志着黑人文学脱离现实主义和自然主义之风进入现代主义阶段。艾里森解构美国社会黑白对立、建构文化融合的思想早已脱离了自然主义抗议小说的创作原则，他在小说中对白人至上的教育理念、面具型非裔美国人、兄弟会、激进民族主义、暴力与种族歧视以及作家职责等问题进行了深度思考和犀利分析，揭示了美国多元文化融合的实质。T. S. 艾略特认为《看不见的人》可进入西方探索人类生存普遍意义、具有普遍价值的经典文学行列。

要一个作家的思想做到既有本国特色又有普遍意义，这并

1. 转引自董衡巽等：《美国文学简史》下册，北京：人民文学出版社，1986年，第455页。

> 不难；但我怀疑，诗人或小说家是否可以做到既有普遍意义又不带本国特色？谁的作品比《奥德赛》更有希腊特色？比《浮士德》更有德国特色？比《堂吉诃德》更有西班牙特色？比《哈克贝利·费恩》更有美国特色？或者说，比《无形人》中那无名无姓的主人公更有非裔美国人特色？然而，这些人物都是人类神话中无处不在的原型。[1]

《看不见的人》以一个无名无姓的叙述者"我"的视角，讲述了自己从美国南方到北方，从乡村到城市的生活经历。叙述者自称"看不见的人"，这反映了整个黑人种族的身份危机，构建了非裔美国文学传统中的一个核心隐喻："匿名性"。然而，如果从更广大的现代生活视角来看，"看不见的人"的身份危机不仅反映了黑人种族对自我身份的重新定位和认识，也呈现了现代社会中从乡村到城市的这一普适性经验，因此它超越了种族的界限，展示了现代城市的感性经验和生存困境，也就是雷蒙·威廉斯所说的现代城市"作为一种独特类型的定居地，隐含着一种完全不同的生活方式及现代意涵"[2]。

小说的主体部分从叙述者追忆祖父的临终遗言开始，在这个曾经做过黑奴的老人看来，黑人的生活本就是"一场战争"，他告诫家人要用表面上的顺从来麻痹白人，内心却要铭记痛苦和仇恨。年幼的叙述者对祖父"面具人生"的处世哲学感到困惑，但每当作为"品行端正的楷模"

---

1. 转引自谭惠娟等：《美国非裔作家论》，第199页。《无形人》即本书中的《看不见的人》。
2. Raymond Williams, *Keywords: A Vocabulary of Culture and Society*, New York: Oxford University Press, 1976, p. 47.

受到赞扬时，他就会产生一种“犯罪感”。[1]叙述者在成长过程中始终背负着自我实现的愿望和种族背叛的自卑情绪，为了获得良好的教育，他坚定地遵从白人至上的原则，但一次次的屈辱又让他在内心里无法接受自己二等公民的身份。在黑人学院求学期间，因叙述者品学兼优、待人谦卑，校长布勒索博士专门安排他为来参观的白人校董开车。在校董的坚持下，叙述者带他接触了一个乱伦的黑人，这将黑人社区的愚昧落后暴露无遗。为此布勒索开除了叙述者，让他带着自己的七封介绍信去纽约找工作。在叙述者眼里，这七封信承载着种族相连的深厚情谊和自己在大城市的美好前程，然而事实是，这些信不外乎是自私圆滑、精于世故的布勒索博士为保护自己名誉和学校利益而写的，目的就是与酿成大错的叙述者撇清关系。信中一句“务必使这小黑鬼继续奔波”与祖父遗言“你要在险境中周旋”前后呼应，预示着叙述者必然会被卷入城市的惊涛骇浪之中。

去纽约的路上，同行的老兵嘱咐他，“在这个世界上，什么事情都是有可能的，只是要你去寻找和发现”，叙述者也陷入了对“未知天地”的美好憧憬中。然而当满怀“信心和乐观精神”来到纽约，挤进地铁里“黑压压的人群”，连人带物塞进“拥挤不堪的车厢”时，初到城市的叙述者立刻感到了城市生活的紧张刺激和随处可见的威胁。“乘客都给挤得仰着头、瞪着眼，活像小鸡听到了大祸临头的响动，吓懵了似的”。拥挤的地铁车厢里弥漫着充满异化感的生存焦虑，这种焦虑和威胁已经超越了种族的界限，黑人白人、男女老少都挤在一起，共同等待命运的裁决，毫

1　拉尔夫·艾里森：《看不见的人》，任绍曾等译，上海：上海文艺出版社，2014年，第13页。本书所引《看不见的人》内容均出自此版本，后文不再逐一标注。

无反抗之力。叙述者被迫紧贴着一个大块头的妇女，清楚地看到“她油光光的白皮肤上长着一粒色痣”，“头一低，嘴唇就会碰着嘴唇”。南部乡村的生活经验告诉他，一旦这个白人妇女喊叫起来，他就会百口莫辩，可令他吃惊的是，压根儿没有人注意，就连女人自己都不介意。令叙述者深感窘迫和恐慌的身体接触在城市人看来只不过是日常生活中最不起眼、最平凡的小事，他们早已习惯了人与人之间短暂、肤浅的身体和精神交流，正如西美尔所说，“都市生活的心理基础包含在强烈刺激的紧张之中，这种紧张产生于内部和外部刺激快速而持续的变化”，不同于乡村缓慢的生活节奏以及稳定传统的感觉和情感关系，在都市生活强烈紧张的刺激下，人们“用头脑代替心灵做出反应”，他们变得麻木不仁，毫无个性。西美尔认为这种“自我隐退”的心理态度是城市生活催生的自我保全行为，是一种社会性的消极行为。[1] 随着叙述者经历更多的挫折和刺激后，他也同地铁里的其他人一样，发展出保护自己的器官，变成了“看不见的人”。

走出地铁，街道上的繁华景象让叙述者感到震惊。“砖砌大楼、霓虹灯商标、玻璃橱窗和喧哗的交通”，一切都是新鲜陌生的。哈莱姆大街上黑人的数量之多更让他感受到前所未有的“文化冲击”。[2]商店柜台前的黑人姑娘、指挥白人的“黑人警察”、大庭广众之下发泄怒气的黑人示威者以及站在一旁熟视无睹的“白人警察”，在闹市的喧嚣中，叙述者意识到自己已经脱离了受以往生活圈子局限的南方，置身于这个“梦幻中的城市”，这里“一切事情都有可能”。甚至白人警察都会友善地跟他打招呼，

1. 西美尔：《大都会与精神生活》，第132—133页。
2. Daniel B. Weber, "Metropolitan Freedom and Restraint in Ellison's 'Invisible Man'", *College Literature*, Vol. 12, No. 2 (Spring 1985), p. 164.

帮他指路。叙述者看到了“一个充满希望的新世界影影绰绰地呈现在我面前”，城市似乎赋予了他无尽的希望。可与此同时，叙述者听到黑人演讲者怒气冲天的声音，又显得那么“格格不入”。就如城市里的繁华喧嚣背后总是隐藏着破败与腐朽一样，影影绰绰的希望也伴随着潜在的危机与冲突。后来的几天里，叙述者在街道上、餐馆里、地铁上碰到了更多礼貌又冷漠的白人，进一步加深了他“梦幻般的奇特而朦胧的感觉”，他开始处处提防“这罪恶都市的生活方式”。

果然，叙述者发现自以为手握“王牌”，可信一封封信送出去却收不到回音，再加上身上的钱也所剩无几，只能寄希望于最后一封给爱默生先生的信。叙述者见到爱默生的儿子后，在交谈中终于得知了信件的真相。后者长久地生活在父亲的掌控中，自称“父亲的囚徒”，他对叙述者心生怜悯与其说是哈克贝利·费恩式的对种族偏见的自觉反抗，不如说是两人心中共同的对自由的渴望，这促使他帮助叙述者，介绍他去油漆厂工作。

油漆厂巨大的电动广告牌上写着“使用自由牌油漆可保持美国洁净”。叙述者在这里的工作就是给白漆中添加不多不少的10滴黑色配料，加入后用力搅拌，直到看不到黑色为止，最后做出的就是能够得到的“最纯净的白色”。艾里森通过白漆的制作过程揭示了美国正统历史想要拼命掩盖却又无法遮蔽的事实。一方面，白人标榜的纯种白人事实上早已失去了纯净度；另一方面，黑色配料完全融入了白色油漆，被彻底遮蔽了，象征着黑人边缘文化在与白人主流文化融合的过程中丧失了自己的传统，其印记也被完全抹杀了。在这个生产“自由牌”油漆的工厂里，叙述者四处碰壁。他偶然闯入了工会会议室，被工会的人当作工贼，“辩护遭到否定，权利受到剥夺，人身在门口受到检查”，在一片敌意中落荒而逃。回到布罗克韦的地下室，又被当作工会的奸细，而且前者不听他解释，勃然大怒扬言要杀他。叙述者在恐惧中出于自卫同布罗克韦大打出手。在充满敌意、误解和冲突的环境中，就连不喜欢惹是生非的人也已经丧失了理性沟通的能力，只能诉诸暴力。“自由牌”油漆厂的冲突也暗示了城市中各种政治势力明争暗斗的复杂环境，“看不见的人”在夹缝中求生存，处境愈发艰难。

叙述者在锅炉事故中受伤被送往厂医院治疗，却在医院被当作医疗设备的试验品，遭到电击，结果失去了记忆，连自己的名字都想不起来。“你叫什么名字”“你是谁”“你的母亲叫什么名字”“你的母亲是谁”，这一连串的问题让叙述者陷入了到纽约之后的第一次身份危机，他“为自己的身份发愁”。在当代文学批评和文化研究中，身份（identity）一词有两种基本含义：“一是指某个个体或群体据以确认自己在一个社会里之地位的某些明确的、具有显著特征的依据或尺度，如性别、阶级、种族等等”，“在另一方面，当某个人或群体试图追寻、确证自己在文化上的身份时，identity也被称为‘认同’”。[1]造成叙述者身份危机的不仅是锅炉事故和后续诊疗中遭受的身体创伤，更重要的原因是在厂医院“权力规训实验室”暴露在“种族、科学及帝国话语权力”的“医学凝视”下而带来的强烈的思想震荡和精神磨难。[2]英国文化理论家斯图亚特·霍尔（Stuart Hall）认为，“应该把身份视作一种‘生产’，它永不完结，永远处于过程之中，而且总是在内部而非在外部构成的再现”[3]。可见，身份是

1. 汪民安：《文化研究关键词》，南京：江苏人民出版社，2006年，第283页。
2. 陈后亮：《“被注视是一种危险”：论〈看不见的人〉中的白人凝视与种族身份建构》，载《外国文学评论》，2018年第4期，第126页。
3. 斯图亚特·霍尔：《文化身份与族裔散居》，见罗钢、刘象愚《文化研究读本》，北京：中国社会科学出版社，2000年，第212页。

流动的、建构的、不断形成的，也自然是可以被解构和抹杀的。“白人在科技武装下，企图把黑人的过去和黑人的自我统统抹去，使他们做白人统治下的顺民，按白人的意志生活。”[1]叙述者躺在“白色统治的视觉空间里”，像一只被解剖的生物标本，完全暴露在白人医生“居高临下”凝视的目光中，他们借检查之际，对叙述者进行种族意义上的治疗和改造。“凝视的作用就是把病人变成他者，一个与检查者完全不同的人或物。最坏的情况是，凝视变成针对病人的象征性暴力，一种拒绝将其当人对待的权力”[2]。凝视不是简单的看与被看，目光触及的两端是主体与他者的想象。白人作为凝视的主体，具有建构自我身份、剥夺他者身份的权力，他们把黑人想象成充满罪恶、欲望、暴力的客体，为了消除自我的恐惧对其进行身体和精神的双重改造，而电击、X光、阉割、开颅手术等都是白人统治者消除异己、铲除威胁的方式。在如此重压下，叙述者的自我身份被抹杀了，感到“一阵恐怖的感觉”，“被突然发生的羞耻心压倒了”，一阵“恶心”后他感到自己就是“阴郁、慌张和痛苦本身”。让他感到痛苦的不光是白人威胁的目光，更是被剥夺自我身份后的无所适从，以及被异化状态下的羞耻和罪恶感。

然而，凝视的对象并非永远是温顺服从的客体。贝尔·胡克斯指出，“一切想要压抑我们黑人的凝视权利的企图都在我们内心制造出一种无法遏制的观看的欲望、一种反抗的欲望以及一种对抗的凝视”[3]。在叙述者的目光下，医生凸出的眼睛像“保存在酒精里的一只年代久远的生物

---

1. 王家湘：《20世纪美国黑人小说史》，南京：译林出版社，2006年，第180页。
2. 陈后亮：《“被注视是一种危险”：论〈看不见的人〉中的白人凝视与种族身份建构》，第128页。
3. 转引自同上，第130页。

标本”，在他的想象中，这些“自命不凡的家伙”不过是令人恶心的“一大群活的白虫子”，被“黑皮肤的号手”“吸进金煌煌的喇叭管里”。白人在叙述者的想象中丧失了主体性，被异化为没有生命的“标本”和“虫子”，叙述者在想象中回击白人，也赢得了建构自我身份、恢复记忆的主动性，随之而来的是“极度的狂怒”和“深刻的冷漠的意识”。治疗完成后，他与白人的凝视关系也发生了微妙变化。与厂代表谈判的过程中，“我发现他目不转睛地注视着我，所以这一次我就坐着，没有再站起来”。他没有因屈辱或羞愧而表现出毕恭毕敬、唯唯诺诺的样子，也没有像街头发动暴乱的黑人那样发出愤怒的吼叫，他不再以白人的赏识为目标，也不再害怕和逃避，相反他能够对白人的问题对答如流，“被礼仪上的情感控制住了”。叙述者终于发展出西美尔所说的都市人的自我保护器官，能够用“用头脑代替心灵做出反应”，他感到自己被某种深藏在体内的“异样的个性所支配了”，“不再害怕了。不怕大人物，不怕校董，也不怕那类人”。叙述者放弃了对白人权贵阶层的依赖，油漆厂的经历让他获得了清醒的自我认知，如果说从前他对黑人种族身份的认知都是白人所界定的，要求“安分守己、自知自足”，那么现在他认识到要回归哈莱姆，回归真正的黑人种族文化，做注视的主体，实现自我身份的建构。

从油漆厂出来，善良的黑人妇女玛丽收留了昏倒在街头的叙述者，之后他在哈莱姆的贫民窟中有过一段安定温暖的生活。玛丽代表了非裔传统中的部落情谊和真诚互助精神。虽然自己穷困潦倒，但从不催债，对叙述者的生活也百般照顾，她说自己人在纽约，可纽约并不在她心里。她告诫叙述者“不能忘记过去的煎熬”，要带头“改变这个世道”。玛丽口中的世道是哈莱姆随处可见的阶级分化和社会不公，作为一个黑人妇女，她无力改变现代都市的生活，就用自己永葆初心的精神感化他人，寄希望于这个来自南方的青年大学生。叙述者说，玛丽代表了一种来自过去的、“坚定的、熟悉的力量”。玛丽的希望和无形的压力又引发了叙述者对自我身份的困惑和不安。“我是谁”这个问题始终在他内心萦绕。这象征着他与“面具型”黑人价值观的决裂，他不愿再戴着面具在白人主导的城市中苟且偷生，“新的、伤脑筋的、对立的声音已经在我内心逐渐形成”。

叙述者内心的声音很快就在街道上迸发出来，他看到一对黑人夫妇因交不起房租在大雪天被驱逐，那些被一股脑丢在街上的东西都是黑人文化的象征，他再也忍不住，面对持枪的警察发出了“我们是守法的”“我们被剥夺了”的呼喊。兄弟会领导人杰克发现了叙述者的演讲才华，聘请他做兄弟会的演讲人，并提供充足的生活保障。为了帮助玛丽摆脱困境，叙述者只好进入了兄弟会的“冥神大楼”。兄弟会成员聚会的地方是一个富丽堂皇的大屋子，“富有意大利特色的红帷幕，从天花板径直垂到地面”，“穿着讲究的男男女女”聚拢在一起，“餐柜宽大得足以给一个夜总会锦上添花”。这里不像是为“全体人民美好未来奋斗”的地方，作为工会代表的兄弟们俨然一副上流社会花天酒地的样子。叙述者警醒地道，“同这些人打交道，也得小心谨慎，得永远小心谨慎”。

叙述者凭借出色的演讲在兄弟会声誉大增，还获得了一个新名字，拥有了一个“有生命力的新角色”，叙述者发现自己“被它的理论迷住了”。让叙述者着迷的其实是一种大都会精神，一种现代性的表征形式。西美尔说，“准时、工于计算、精确都是由于都市生活的复杂和紧张而被强加于生活之中的”[1]。韦伯同样将理性作为现代社会组织的内在根基，理

1. 西美尔：《大都会与精神生活》，第132—133页。

性之所以受到推崇，是因为能提高效率。兄弟会作为现代组织的代表，其运行规则同样是以科学为依据，“生活完全是由模式和纪律构成的”。然而，在理性支配下，现代组织的发展在韦伯看来就等同于官僚制度管理的发展，置身其中，人们的日常生活都会被规则、目标、手段和事务性的非人格性支配。它要求处于官僚制度中的职员依据“可计算之原则”，而“不考虑人的因素”来履行职责。官僚组织越发“非人性，越发成功地从职务中除掉包括爱、恨在内的一切纯粹个人的、非理性的、超出计算的感情因素”[1]。这种官僚制度最终变成了压制个人自由、窒息创造力的“铁笼”。叙述者因为对黑人同胞的命运抱有深切同情，在演讲和行动当中备受情感牵绊，克里夫顿死后，他更加认清了兄弟会作为白人政治组织的本质。这个官僚组织为追求效率最大化赋予自己新的身份，这本身就是一种工具性的体现。其成员完全受到组织的约束和操控，不允许有任何违背组织意愿的私人行为。正如杰克所说，“雇你是让你讲话”，“我们的工作并不要求我们去问他们在想什么，而是去告诉他们该想些什么!”作为一块原材料，一旦没有利用价值，其工具性的身份随时都会被瓦解。只有冲破这个铁笼，才能实现维护黑人种族利益、实现自我价值、建构主体身份的诉求。

摆脱现代官僚体制的束缚、冲出铁笼是一个艰难的过程，毕竟现代城市作为政治和经济的中心，其本身就是各种权力相互角逐的场域。利罕指出，“权力以集体的方式发挥作用，无论是学院的权力，还是爱默生先生（美国当局）的权力……还是‘规劝者’拉斯（黑人民族主义）的

---

1. 马克斯·韦伯:《官僚制》，周颖译，见汪民安等《现代性基本读本》，第412页。

权力。每一种权力都试图组织并控制城市和国家以满足自身的利益”[1]。个人有利用价值，才是重要的，否则就会被轻易抛弃。托德·克里夫顿是兄弟会青年组的组长，与叙述者一起在哈莱姆扩大了兄弟会的影响，却被领导无端指责排挤，他深感被控制的屈辱，再加上黑人民族主义者拉斯的劝说，他离开了兄弟会，后来在街头卖起了黑木偶桑博娃娃，这是自我讽刺也是在告诫他人。在克里夫顿被白人警察枪杀的瞬间，叙述者听到了“急促的爆炸声”，看到他“向前一冲，两膝一屈，就跪了下来，好像在做祷告”。为了给克里夫顿伸冤、抗议警察的暴行，叙述者组织了一场盛大的葬礼游行。兄弟会却对克里夫顿的死置之不理，认为叙述者给叛徒送葬是个错误。这时，叙述者质问杰克道：“你是谁，是伟大的白人父亲?”叙述者终于觉醒，在这一刻，他看到杰克的一只眼球掉了出来，“这颗眼球好像从井底暗黑的水里朝我盯视”。杰克的目光是令人厌恶的、虚伪的，即使从杯底发出也要施加充满规训力量的视觉暴力。可叙述者已经不同以往，他不愿再卑躬屈膝、唯命是从，他要还击这种凝视的暴力，“我盯住他的脸庞，心中一阵气愤”，“他爱盯人的眼神如今失去了控制”。叙述者回想过去一件件往事中受屈辱的形象，“向心灵中某个角落窥视，杰克、诺顿和爱默生都溶成一个单一的白人的形象”，“同样的高傲，同样的荒唐”，“他们所关心的只是我们这些名字可以涂在假选票上，在他们方便的时候就能用上”。“我只不过是一块材料，可以利用的一种自然资源”，是白人眼中“看不见的人罢了”。叙述者彻底抛弃了对白人社会的幻想，克里夫顿的死让他警醒，也让他清楚地意识到在纽约城的地上世界中，自己永远都被各种力量支配和控制着，不可能实

1. 理查德·利罕：《文学中的城市》，第328页。

现真正的自由。

兄弟会把哈莱姆的黑人群众当作选票和游行工具，黑人种族主义团体也一样。拉斯及其追随者借克里夫顿的死大肆煽动种族分离，导致黑人区处于分崩离析的状态，抢劫商店、袭击公交车司机的事情屡屡发生。拉斯已经走上了极端的道路，他强迫哈莱姆的黑人接受他们的政治主张，否则就打击甚至谋杀。他们偏执的思想最终被兄弟会利用，导致黑人之间自相残杀，妇女和孩子居住的房子被付之一炬。在哈莱姆流血骚乱的夜晚，叙述者被迫与拉斯对阵。“规劝者”拉斯手持长矛，骑一匹黑马，身穿阿比西尼亚酋长的服饰，口中高喊着“绞死他”，俨然从梦中出来的“煞星”。在这场近乎狂欢的暴乱中，哈莱姆的街道到处是血腥与混乱。叙述者认识到，对于黑人种族主义者而言，一个有独立人格、独立思想、不受控制的黑人是极度危险的，他们并不认可独立的黑人个体身份，又无法对其视而不见，所以宁愿以集体的名义将其否定甚至抹杀。叙述者决心不能“为别人的荒唐去死，不管他是拉斯还是杰克”。“再也不必为杰克、爱默生、布莱索和诺顿之流跑腿了”，在“希冀与欲望之间”“恐惧与仇恨之间”，叙述者选择为自己而战，哪怕是以一己之力对抗荒谬、复杂、使人迷惑不解的混乱现实。“我飞出了长矛，在这一瞬间我仿佛遗弃了原来的生命而开始了新的生命”。

叙述者的新生是在地下展开的。为了躲避拉斯的追捕，他偶然落入了哈莱姆区一个废弃的地下煤窖里，起初这里是他的藏身地，用以躲避地面上狂热种族主义分子的袭击，随后他烧毁了公文包里所有的文件和虚假证明，这也意味着他把他人赋予自己的身份付之一炬，决心要与过去一刀两断，“不管是玛丽家，还是学院、兄弟会，或老家，我都不能去了。……我准备在地下住下来”。

艾里森在小说的序曲和尾声部分讲述了“看不见的人”在地下的生活，构成了叙事结构上精巧的闭环。在小说开篇，叙述者讲述自己是“看不见的人”，而这个自我认同的身份与他所处的空间密切相关。他住的这个地下室位于哈莱姆边缘两区交界处一座专门租给白人的公寓下面，这里在19世纪时就已经封闭且被人遗忘了。在城市小说的传统中，地下空间往往是肮脏破败、腐朽混乱的地方。比如在赖特的《住在地下的人》中，下水道是非裔美国人在空间上被隔离、政治权利上被压制的象征。而在艾里森的小说中，被遗弃的地下室却成为叙述者对抗权力主体压迫的地下堡垒。“我可以暗中与他们作对，而他们自己却蒙在鼓里”。叙述者选择斗争的目标是电力公司，他在地下室里装了一千三百六十九盏老式的耗电多的灯泡，蓄意耗电以给电力公司造成损失，但因为在两区交界处，电力公司无从追查。这看似荒诞的行为背后，却有着深刻的寓意。“看不见的人”把自己地下室的处所改造得“温暖如春，光线充足”，“走遍整个纽约也找不到像我这个洞这样明亮的地方”，相反，灯火通明的帝国大厦其实是“我们整个文明最为黑暗的场所”。他坚信“真理就是光明，光明就是真理”。他在漆黑的地下室里制造光明，也追求“真理”，而他所追求的“真理”与地上看似光明实则黑暗的真理不同。如果说帝国大厦的光象征着大都市的喧嚣繁华，那么它所代表的“真理”就是统治阶级白人书写的正统历史，它讴歌制度化、工业化的科学理性，赞扬大都会的现代精神，是权力占有者的集体叙事。“看不见的人”所追求的真理则是底层黑人书写的“不成文的历史”，它赞颂个体生命的自由价值，探索真正的主体身份，是对抗权力的个体叙事。

艾里森在《走向领地》（“Going to the Territory”）一文中指出，“美国不成文的历史隐现为官方认可的国家叙事的另一面，像一个神秘的种族阴影。尽管它被我们普遍的自我认知所压制，却总是活跃在事件的形成过程中。”[1]“看不见的人”书写的就是这种“不成文的历史”，“我打算写出来”。“我一开始很乐观。我相信埋头工作，相信进步，相信行动。”在所经历的“拥护”社会和“反对”社会的两个阶段中，叙述者有共同体的归属感，但无论是白人兄弟会还是黑人民族主义团体，与其说接纳了他，不如说为了实现各自团体的利益利用了他，将各自的话语体系和身份属性强加给他，因为地上世界“越来越盛行要求人们整齐划一”。然而世界的定义就是“可能性”，“本来就应该丰富多彩”，“只要人能保持其多种成分，我们就不会变成暴君式的国家”。所以“看不见的人”书写的“不成文历史”是属于个体的人性的历史。他独居地下室的孤立状态恰恰凸显了与集体历史的疏离感。“我不再自称处于什么社会地位，也不自己限制自己”。“人的一生应该一天天地度过，却不应该受人控制；只有面对劣势坚持不懈，才能获得人性。”“人性属于他个人，而原则在人世间亘古永存”。人的命运就是“一”与“多”的统一，置身于现实与想象的混乱中，“看不见的人”可以抛弃一切，但唯独没有丢弃“心灵”，他独居地下，“在设计出了一种生活方案的同时，绝不能忘了这个方案产生时的一片混乱的背景。这个道理对社会、对个人都一样”。

艾里森的结论与西美尔对大都会精神的分析别无二致。西美尔认为城市作为最高度的劳动分工中心，充满了具体化与非人格化的精神。一方面，“在压迫性束缚，如政治、土地、行会和宗教领袖的束缚下，对自由与平等的要求出现了。人们相信，在所有社会和理性的关系中，个人应当拥有完全的自由”。另一方面，“人的价值的载体不再是存在于每个

---

1. Ralph Ellison, "Going to the Territory", in *Going to the Territory*, New York: Vintage, 1986, p. 124.

个体中的‘普遍人性’（general human being），而是人的独一无二性与不可替代性”。都市为这两种社会整体中个人角色的界定方式提供了斗争与和解的舞台。所以都市的历史不应该只是正统的、官方的、国家层面的历史，更应该包含隐藏的、被压抑的、个体的“不成文的历史”。事实上，艾里森在出版《看不见的人》之前已经在题为《哈莱姆一无是处》（“Harlem is Nowhere”，1948）的随笔中谈及黑人个体在都市中的境遇。“由于过分拥挤，在政治和经济上被剥削，哈莱姆区成了黑人与其出生地永远疏离的场所和象征。”在哈莱姆生活的黑人失去了南方黑人的某种宗教、团体、家庭或更大的共同体的归属感，因此也失去了“用来抵御持续不断的混乱所带来的威胁的屏障之一”，“家庭破裂，信仰分裂，民间智慧因不能适用都市生活而被丢弃”。城市里找不到任何可以求助、可以依靠的东西，“人变得一无是处”，哈莱姆沦为一个“错置”了的美国民主的产物。[1]从一无是处的个体，到一无是处的哈莱姆区，再到一无是处的城市，不同社区、不同种族的个体在大都会中的精神体验或许只有程度上而没有本质上的差别。城市“总是通过先前的混乱形式和失败了的权力形式来重新组织自己，而它的许诺永远是更新权力的形式”[2]。如此看来，叙述者在小说最后发出的警示就具有超越种族、超越城市各种可能性的历史书写意义了。“谁知道我不是替你说话，尽管我用的调门比较低？”

1. 理查德·利罕：《文学中的城市》，第327页。
2. 同上，第331页。

# 第六章

# 城市与景观：后现代城市的文化碎片

自20世纪五六十年代来以来，西方社会普遍进入以后工业主义、信息化、后福特主义、后殖民主义、全球化为特征的后现代社会，后现代主义思潮以夺人之势震慑了整个思想界。大都市作为经济现代化的主要场所、公共文化的集中产地和政治思想的角斗场，在文学与艺术中的再现也发生了剧变。多元文化、多种族文化、跨文化交际、移民文化等现象彻底重塑了“都市表征的动态一体性”（dynamic unity）[1]。如果说，对现代城市的空间实践和文化体系的研究方式是“将城市作为可读的文本”，那么，它作为一种符号系统，就需要一个先验的能指去处置其他符号。然而，先验的“能指”不管是“上帝”“自然”“历史”还是“理性”，都受到了以德里达为代表的后结构主义的猛烈批判。德里达认为，这些抽象词语的意义本身是不可知的，它们作为其他观念的基础被赋予了不恰当的现实意义。真理、进步和普遍意义等启蒙运动以来现代思想的基本特征和宏大叙事不仅遭到怀疑，而且从一开始就因包含着自我否定而被认为是危险的幻觉。德里达及其他解构主义者旨在批判西方逻各斯中

---

1. Gunter H. Lenz, *Mapping Postmodern New York City: Reconfiguring Urban Space, Metropolitan Culture and Urban Fiction*, Heidelberg: University of Heidelberg Press, 2003, p. 10.

心主义的思想传统，打破单一的、传统的、以理性为核心的秩序，建立一种新的看待世界的观念。“当今时代已放弃了制定统一的、普遍适用的模式的努力，新的范畴如开放性、多义性、无把握性、可能性、不可预见性等等，已进入后现代的语言。在后现代，彻底的多元化已成为普遍的基本观念”[1]。在城市社会学的研究语境下，没有了先验的能指，我们需要对城市公共文化的多元性、开放性、不可预见性等进行重新界定和革新。

## 第一节　后现代城市：城市社会学的空间重构

20世纪上半叶堪称城市社会学的“黄金年代”，而城市社会学的创立与芝加哥学派紧密相关。芝加哥学派对都市发展的动力和社会生活的影响具有浓厚的兴趣，并做了大量的研究工作。其代表人物路易·沃斯（Louis Wirth）在著名的《作为一种生活方式的都市主义》（“Urbanism as a Way of Life”，1938）中明确提出都市环境催生了一种社会生活，他称之为都市主义。沃斯认为“都市社会关系的特征是肤浅、淡薄和短暂”。城市人际关系的被分割特征和功利本质在体制上表现为“专业化任务的增生”，也就是说，城市生活是建立在高度的人口密度、复杂的劳动分工和异质化的差异体系之上的，作为一种社会组织形式，一方面，它削弱了传统人际联系纽带，另一方面，都市生活意味着人们相互依赖的程度更高，人际关系更复杂、脆弱、不稳定。[2]

---

1. 陈世丹等：《美国后现代主义小说论》，北京：中国人民大学出版社，2019年，第7页。
2. 路易·沃斯：《作为一种生活方式的都市主义》，见汪民安等《城市文化读本》，第148—152页。

如果说沃斯的研究对象还是作为生活方式的城市文化内容，继芝加哥学派之后，美国的文化研究和社会研究则经历了一场空间转向。文化地理学、地形学提出了新的地点阐释意义、社区边界概念、文化空间实践和批评话语，为城市的社会、历史和文学研究创造了思考与阐释的新模式。人们像关注社会性、历史性那样关注空间维度，对城市空间的地理历史进行重新描画。以爱德华·索亚（Edward W. Soja）为代表的洛杉矶学派占据了重要的学术地位。索亚以列斐伏尔的《空间的生产》为基础，提出了打破第一空间和第二空间的二元区分的思考模式。所谓第一空间是"空间形式具象的物质性，它是可以由经验描述的事物"。城市空间作为一种物质化的"空间性实践"，它代表可测量、可标识的"真实性"。第二空间是"人类认知形式中的空间性，它是由空间的观念进行再表征的"，因而更倾向于"想象性"，城市空间也发展为一种思想和观念的领域。索亚这两种空间理解方式虽然涉及城市的真实和想象的空间形式，但生活空间的特殊性却被描述为"历史、社会、政治、经济、行为、意识形态、生态等非空间性过程的固定形式"。索亚倡导的"第三空间"（Thirdspace）试图"结合第一空间和第二空间的视角，并且探索地理性和空间性想象的范围及其复杂性"。作为"第三空间"的都市"是完全鲜活的空间。既是真实又是想象化的，既是事实又很实际，既是结构化个体的位置，又是集体的经验与动机"[1]。可以说，第三空间的概念无疑带有浓厚的后现代主义色彩，它鼓励人们用不同的方式思考空间的意义。它的视野具有极大的开放性，在"后大都市"的重建与危机中，力求呈现不同维度社会差异不断变化的表征，比如种族、性别和阶级问题等。在

1. 转引自包亚明:《后大都市与文化研究》，上海：上海教育出版社，2005年，第13页。

索亚以洛杉矶为典型的后现代都市的研究中，“第三空间”是一种策略性的、灵活的思维方法，他借此提出了都市研究的六种话语。

一、弹性城市论：关于重构城市化政治经济，以及形成更具弹性的专业化后福特主义工业都市。

二、国际都市论：关于城市资本、劳动力和文化的全球化，以及形成国际性城市的新等级。

三、外缘都市论：关于重构城市形态，以及边缘城市、外围城市和后郊区的发展——都市的内部外迁和外部内转。

四、都市两极论：关于重构的社会嵌合体，以及新型两极化分化和不平等的出现。

五、监禁城岛论：关于堡垒城市、监视技术的兴起，以及警察市（police）取代城市（polis）。

六、拟像城市论：关于重构的城市假想和日常生活逐渐增强的超真实性。[1]

索亚提出的六种话语建构了一种对后现代城市研究的概念框架，超越了空中宏观视角与地面微观视角的对立，摒弃了非此即彼的选择，实现了“第三空间”的兼容并蓄，为阅读后现代城市文本和文学文本提供了地理社会学的理论视角。

## 第二节　阅读后现代城市：历史与空间

阅读后现代城市意味着要探索和解读城市文本和文学文本中纷繁复

1. 爱德华·索亚：《关于后都市的六种话语》，见汪民安等《城市文化读本》，第33—34页。

杂、瞬息万变、光怪陆离、包罗万象的文化表征和生活经验。正如利罕所说，“不管谈论城市文本还是文学文本，后现代主义都创造了一个完全不一样的现实概念。”[1]现代主义作为一种广义上的文化复合体和承载现代性经验的媒介，其出现在很大程度上要归功于审美的诉求，即捕获转瞬即逝的、昙花一现的美，也就是波德莱尔所说的一半是“过渡、短暂、偶然”，一半是“永恒和不变”的美。“现代主义的哲学基础是追求一种在场的形而上学、追求一种永恒不变的真理和终极价值的本体论和认识论。”[2]后现代主义诞生于索绪尔的结构语言学理论，后成为一种哲学、人类学的范式，进而席卷整个20世纪后半叶的思想界。后现代主义摒弃了现代性确立的短暂与永恒、中心与边缘、现象与本质、主体与客体、自我与他者的二元对立认知模式，挑战了主体作为独立自我意识之源泉的观念，用可能性和不确定性取代了确定的知识，因此无论是个体的生活还是城市复杂的后现代经验本身，都进入了一种新的阐释语境，而这个语境中没有自然产生的、绝对的、确定的意义。城市作为一种文本，其意义的复杂性取决于阐释范式的复杂程度。因此，对于多元化的、散乱无序的、短暂瞬时的、无政府主义的、不确定的城市文本，我们需要采取相应的阅读策略。这其中包括关注文本中的多种文学与文化混杂性，将文学文本的解读与后现代城市的文化地形学解读相结合，从而构建城市“第三空间”的思维方法，考察城市的再现模式、空间诗学、想象话语的权力体系等。我们身处全球资本时期，面临严峻的生态危机和极大的不确定性，然而在荒诞、虚无、意义消散的城市中，我们依然能够看

1. 理查德·利罕：《文学中的城市》，第352页。
2. 陈世丹等：《美国后现代主义小说论》，第1页。

到希望，它存在于文化与身份的流动之中，存在于冲破旧的障碍、开启新的可能性之中。

在这种语境中，不同的理性模式发挥了不同的功能，工具理性（instrumental reason）虽然有用却是盲目的，理性的批判（rational criticism）能够帮助我们理解不确定的世界。不加思考、不加判断地全盘接受不确定性，必然会动摇批判的根基，也会削弱社会文化批评的力度。[1] 毕竟，后现代主义的理论是唯物主义的，他们只承认文本，而社会包含的一系列行为就是一种语言。詹明信说，“我们只存在于现时，没有历史；历史只是一堆文本、档案，记录的是个确已不存在的事件或时代，留下来的只是一些纸、文件袋”[2]。后现代主义在这里获得了核心的批判力量。詹明信认为，历史小说所能承担的任务只在于“把我们对于‘过去’的观念以及观念化的‘典型’看法‘再现’出来”，“我们只能通过我们自己对历史感应到的‘大众’形象和‘摹拟体’而掌握历史，而那‘历史’本身却始终是遥不可及的。”[3] 詹明信告诉我们，要从时间维度上看，不朽的过去已经耗尽了，后现代主义只好通过一种“拼凑”（pastiche）的方式来处理各种“已死”的风格（dead styles）和文学，而这种“拼凑”方式下的历史小说再也无法“再现”过去，因为我们无法在时间中为自己找到一个位置，赋予历史足够的权威。到头来，历史不过是一种语言结构，人们在语言的帮助下结合“历史”文本提供的素材，创造出了一套叙事话语体系，也就是说，“符号化了的历史与现实既不能被现实主义模

1. Jim McGuigan, *Modernity and Postmodern Culture*, Maidenhead: Open University Press, 2006, p. 171.
2. 弗雷德里克·杰姆逊：《后现代主义与文化理论》，唐小兵译，北京：北京大学出版社，1997年，第205页。
3. 詹明信：《晚期资本主义的文化逻辑》，张旭东编，陈清侨等译，北京：生活·读书·新知三联书店，1997年，第469页。

仿与再现，也不能被现代主义形而上的想象所反映，而只能通过符号构筑的文本来揭示”[1]。

如果说“历史性”在后现代遭遇了危机，那么在以空间和空间文化为主导的文化领域里，同样经历着“文化的转变”。詹明信认为，后现代都市中发展出了一种新的“超空间”，但人们的视觉感官习惯依然无法摆脱现代主义高峰时期的设计规范，同时这种新潮的建筑空间刺激着城市“发展新的感官技能”，“扩充感觉中枢”，驱使身体迈向一个全新的“感官层次”。[2]詹明信将洛杉矶的鸿运大饭店（The Bonaventure Hotel）作为一种空间隐喻，指代一种混乱无序、令人焦虑的“超空间”城市。坐落在洛杉矶市中心的鸿运大饭店由四座圆柱形的塔式高楼组成，玻璃幕外墙将这座建筑与周围环境隔离起来，让站在外面的人无法透过外墙看到里面的世界，由此构成了一种奇特的“无位置感”。建筑师兼开发商约翰·波特曼（John Portman）试图构造一个“整体的空间”“完整的世界”和“小型的都市”，因此饭店的入口都是非常不起眼的“旁门左道”，似乎有意不愿作为“都市的一部分”，而宁愿作为“都市”的“同体”或“替身”。但同时四座塔楼的电梯以高速穿过天花板，将人带到外面的空间，人们在里面可以俯瞰洛杉矶的全貌，“洛杉矶作为所指物，骤然展示在你的眼前”，都市在此演变成一种景观印象，投射在鸿运大楼的玻璃墙上。饭店内部的公共空间可以说是“一片混乱”。完全对称的塔楼、飞速运行的升降机、面向大堂中央的一道道走廊、旋转的鸡尾酒廊等，都让置身于这个偌大空间的个体“完全失去了距离感”，“人来人往，全无秩序，

1. 陈世丹等:《美国后现代主义小说论》，第Ⅳ页。
2. 詹明信:《晚期资本主义的文化逻辑》，第490页。

就好像空间必须向占用它、在它里面走路的人示威报复”，即使四处增设了颜色标志和方向指示牌，也让人觉得这里来来往往的人无非是极力“想在一个失去的空间里寻找旧式空间的明确坐标”。[1]

詹明信要指出的是，鸿运大饭店绝不是特例，也不是建筑师玩弄的噱头和把戏，它作为一种“超空间”，是后现代时期普及的建筑空间的转化结果。它已经成为后现代主义的视觉象征，与其说是在“布置空间”，不如说是在填充空间。在这样一个去中心的迷宫中，人不能在空间中为其定位，身体与外部环境发生的断裂象征着思维能力的无可作为。詹明信用一个空间的隐喻将矛头直指“资本发展的第三阶段”，也就是“晚期资本主义”带来的全新的、去中心的世界网络。它浸浴在后现代社会的大染缸里，失去了空间的坐标也失去了批评的距离。对于作家和艺术家而言，这种全新的空间形式引发了“再现现实”的危机。有学者认为“传统的都市已经变得认不出来了”。为此，詹明信提出要建立一种新的文化形式，他称之为“认知绘图式美学”（aesthetic of cognitive mapping），它比个体在陌生城市里通过在脑海中绘制整体地图从而给自己定位的心理绘图模式更加复杂。詹明信受到凯文·林奇（Kevin Lynch）《城市的形象》（*The Image of the City*，1960）中采取的制图方法的启发，并借助马尔库塞派论者对意识形态的重新界定——“主体及其真实存在境况之间的想象关系”，提出了广义的认知绘图，即“把经验资料（主体的实际方位）跟非经验的、抽象的、涉及地理整体性的种种观念互相配合调节”[2]。也就是说，它要求我们找出城市空间的感官体验与“本地的、本国的乃至国

1. 陈世丹等：《美国后现代主义小说论》，第492—497页。
2. 詹明信：《晚期资本主义的文化逻辑》，第511页。

际上的阶级现实”之间的社会关系。在这个意义上，“认知绘图”将感官体验转化为阐释理解力，也就是把后现代空间中发生断裂的身体和空间环境统统置于跨国性的世界空间中。这样的认知地图将城市中的个体放置在“全球体系”当中，突破了区域与国家的界限。所以阅读后现代城市的空间意味着要具备足够的全球空间意识，不仅要确立个体在城市空间中的位置坐标，更要揭示其在世界系统中的位置，尽管这个新的世界系统已经经历了前所未有的碎片化和两极分化的过程。詹明信总结道：“全新政治艺术，假使可行的话，必须能够紧握后现代主义的真理。也就是说，我们要掌握后现代主义文化的基本对象——坚持守望在跨国性的世界空间里。与此同时，这新的政治艺术确曾成功地突破传统再现的形式，并且采用全新的、前所未有的文化模式，把那崭新的世界空间予以呈现”[1]。

## 第三节 后现代的城市景观与资本逻辑：德里罗的《地下世界》

詹明信提出了后现代艺术的文化政治使命，也就是在社会和空间层面投射一种全球性的“认知地图”。当今美国文坛最重要的后现代主义代表作家之一唐·德里罗在1997年出版的鸿篇巨制《地下世界》（*Underworld*）中恰恰回应了詹明信提出的挑战。德里罗在这部长达800多页的作品中描绘了冷战期间美国社会的全景图，力图揭示资本的内在逻辑及其催生的两极对立的空间和社会表征。一边是富裕的郊区，另一边是垃圾遍野的城市内城。一边是生活在城市地下世界的穷人，他们在

1. 詹明信：《晚期资本主义的文化逻辑》，第515页。

全球化的浪潮中受尽苦难；另一边是城市的主宰者，掌握跨国资本，将自己的成功建立在他人的苦难之上。后现代的两极性还表现在跨国资本矛盾的内在逻辑上。一方面，这个时代的特点是城市空间的非现实化（derealization），城市景观成为一个全球性的参照物和符号网络，在当代文化中漂浮却不扎根于任何地方。另一方面，它生产了城市中壮观的建筑景象，成为居伊·德波所说的“景观社会”中不可或缺的建筑景观。

德波认为“景观就是积累到某种程度的资本，这时它就成了图像”[1]。这也解释了城市的地标性建筑为什么往往都属于官僚资本主义的权力机构。承载景观的社会通过其经济霸权统治其他地区，这一点在全球化的经济浪潮中只会变得更加显著，并且与社会言语、治理融为一体，形成一种“景观任务的全球性分工”[2]。然而“景观的主使（agent）被搬上舞台成为明星，便成为个体的反面，个体的敌人”，因此隐藏在景观之后的正是“贫困的统一”[3]。在德波看来，在当代资本主义社会中，“景观是人们自始至终相互联系的主导模式”，其主导性本质主要体现为一种“被展现的图景性”。人们因痴迷于景观而丧失了对本真生活的渴望，所以景观制造欲望，而欲望又决定生产，虽然物质生产是客观的，但是它处于景观制造的假象和操纵之下。“在被真正地颠倒的世界中，真实只是虚假的某个时刻”[4]。可以说，景观的在场就意味着社会本真的缺席，人们置身于景观之中，始终无法自拔，这就导致了一种新的“分离”（异化）关系，至此，马克思主义的经济拜物教批判转变成德波的景观拜物教批判，与詹明信

1. 居伊·德波：《景观社会》，第15页。
2. 同上，第32页。
3. 同上，第34—35页。
4. 同上，第5页。

的晚期资本主义的空间隐喻有异曲同工之妙。

后现代城市因其两极分化的城市空间和景观制造的假象对试图阅读、理解甚至再现它的人们提出了严峻的挑战。塑造城市生活的全球资本流动要么流向了其他城市、区域或国家，要么被浸淫着媒体和信息的极具迷惑性的景象所遮蔽。德里罗在《地下世界》中抓住了后现代社会的一个棘手矛盾。城市一方面在不断扩张，另一方面其中心也在不断重新整合。作为经济、金融、法律、营销、技术、教育和文化的中心，城市为白领和高薪工人提供了就业机会。“就数量而言，这些地区的就业增长速度远远超过了极低工资就业的增长和地下经济的扩张。”[1]现代城市区域发展是不平衡的，但依然形成了相对稳定的“马赛克”，到了后现代时期，它在全球化的冲击下“变得几乎是万花筒式的”。[2]海瑟认为，“20世纪末，工作、技术、城市空间的漩涡式转变，就像一个同时向两个方向旋转的漩涡，一股是吸引着富人和穷人的向心漩涡，一股是离心式的旋风，将金钱和劳动力分散到全球。”[3]因此，德里罗所描述的世界性都市是一个全新的、万花筒式的地理空间拼凑形式，文化和金融堡垒紧挨着贫民窟，不同的移民群体混居在一起，陷入赤贫的下层阶级和极度富裕的上层社会人群交织在一起。

作为一部文学作品，《地下世界》不可能进行严谨的空间研究和经济学理论建构，德里罗将小说的结语命名为“资本论”，直接回应了后冷战时期政治经济学研究的核心问题。“资本烧毁文化之中存在的细微差别。”

1. Alejandro Portes and Saskia Sassen-Koob, “Making It Underground: Comparative Material on the Informal Sector in Western Market Economies”, *American Journal of Sociology*, Vol. 93, No. 1, 1987, p. 30.
2. Ibid., p. 36.
3. Thomas Heise, *Underworld*, p. 226.

这种被德里罗称为“光速运行”的“实时资本”通过“外国投资、全球市场、企业收购、跨国传媒形成的信息流”等方式实现了一种“深层次的同一性”，“给一切事物带来影响，从建筑到休闲时间，一直到人们吃饭、睡觉和做梦的方式”。[1]“消费欲望逐渐趋同——不是因为人们需要相同的东西，而是因为人们需要相同范围的选择机会”。在后现代的网络时代，“最终，万物都被连接”。“差异本身的差异、一切争议、一切冲突均经由编程而消解”。德里罗似乎得出了一个悲观的结论，但其小说恰恰是对消解差异的抵抗，书写“地下世界”历史的目的就是为了让我们在碎片化的、混乱的、变化的世界中定位。

德里罗的小说用辩证的叙事手法表现城市生活，同时通过精妙的排版展现后现代地理空间的不平衡性以及内在的种族矛盾。德里罗把小说几个部分的标题页都分成上下两个不相等的区域，每一页的上三分之二是白色，下三分之一是黑色。虽然中译本没有延续这种排版设计，但叙事结构并没有被打乱。在关于1951年的哈莱姆的叙事中，德里罗主要讲述了马丁家族的故事，包括年轻的科特尔和他失业的父亲曼克斯。在编排上，有关马丁家族的每一个新片段都用一个全黑色的页面与其他部分区别开来，这些片段又被穿插到小说倒置的年表中。德里罗在接受采访时说，“你实际上可以看到他（曼克斯・马丁）的运动轨迹：当你看这本书时，你会注意到黑色的书页创造了一条小溪，曼克斯・马丁是小说中一条按时间顺序排列的小溪，与其他部分河流逆序的巨流相对。”[2]

---

1. 唐・德里罗：《地下世界》，严忠志译，南京：译林出版社，2013年，第894页。本书所引《地下世界》内容均出自此版本，后文不再逐一标注。
2. Maria Moss, "Writing as a Deeper Form of Concentration: An Interview with Don DeLillo", *Sources: revue d'etudes arglophones*, Vol. 6, No. 1,1999, p. 86.

各章标题页面的黑白分化象征着小说内展现的在哈莱姆、布朗克斯、凤凰城以及马特·谢工作的沙漠军事基地等地的空间穿梭。小说第一章，57岁的主人公尼克驾驶一辆雷克萨斯汽车驰骋在西部的沙漠里。如果把主人公的出场方式与之后几百页中对过去的追溯联系起来，那么每一个细节都别具意味。无论是空旷的沙漠还是“无人工区组装”的汽车，都与城市中传统的、亲密的生活方式相对，战后时期城市的发展将步行区街角熟悉的商店、亲密的面孔连根拔起。小说中通过尼克对过去的回溯讲述了其家乡纽约布朗克斯区的变化，毒品、犯罪、环境恶化等问题让布朗克斯陷入了城市危机。五六十年代的城市设计者们普遍认为城市的危机可以通过城市更新运动来解决。始于1949年的美国城市更新运动到70年代结束，该项目与1964年约翰逊总统倡导的“向贫困宣战”运动结合，主要由联邦政府为城市贫民窟拆除和重建项目提供补贴资金，并大力兴建高速公路将复兴的市中心与不断扩展的郊区连接起来。美国著名的城市规划师罗伯特·摩西（Robert Moses）在20世纪30—60年代曾主导推进了包括跨布朗克斯高速公路在内的很多城建更新项目。然而，联邦高速公路的建设也产生了很多不良后果。市中心的大量空间让位于道路，很多贫民窟社区被连根拔起。布朗克斯高速公路于1963年竣工，超过6万人流离失所，很多人居住了20年的公寓房屋一夜之间被清空拆除。[1]高速公路完善后，郊区的通勤更加便利，其发展如虎添翼，这使得城市的离心化进一步加强。著名文学批评家马歇尔·伯曼也是布朗克斯的居民，他认为联邦公路计划的实施导致“城市被视为快速交通流动

1. Thomas Heise, *Underworld*, p. 229.

的障碍、破败腐朽社区的垃圾场，美国人应该有机会逃离这些垃圾场”[1]。小说中尼克和马特两兄弟的逃离就代表了在社会经济剧变的推动下，中产阶级逃离城市贫民窟的普遍经验。然而，黑人马丁一家的境遇则意味着在没有资本和权力的情况下，更多的底层人根本没有逃离的机会，只能挣扎在生存的边界线上，这种情况甚至意味着一个父亲要去偷儿子的宝贝并把它廉价卖掉。在跟随尼克和马特游历的过程中，德里罗描绘了资本和权力在美国乃至世界各地的流动。

摩西认为，“城市是由交通创造的，也是为了交通而创造的。获得速度的城市也能获得成功”[2]。在这个意义上，资本和权力跨区域流动的前提就是发达的交通网络。以摩西为代表的城市更新运动开创了以汽车为中心、以低密度为中心、以富人为中心的城市空间发展模式，这样的城市化新进程也催生了新的不平等，索亚将其描述为“一种去中心化与再中心化、中心边缘化和边缘中心化、城市内转外和外转内的组合”。在这个由汽车和高速系统组成的“车托邦”（autopia）里，“整个高速路系统成了一个汇总之地，一种连贯的心态，一种完整的生活方式”，它催生了两种更深远的趋势：“出现了新的社会断裂、分隔和极化模式”，以及“一种越来越以车为中心的城市”。然而，随着汽车在美国社会的普及以及公共交通的衰退，很多城市社会学家把汽车的“自移性”与“不平等、排外、

1. Marshall Berman, *All That Is Solid Melts into Air: The Experience of Modernity*, New York: Penguin, 1988, p. 307.

2. Robert Fishman, “Revolt of the Urbs: Robert Moses and His Critics”, in *Robert Moses and the Modern City: The Transformation of New York*, Hilary Ballon and Kenneth T. Jackson ed. New York: Norton, 2007, p. 125.

风险扩散、环境退化等同起来”[1]。

汽车代表了一种不受限于地理空间的移动空间，它带来的流动性也成为后现代信息和资本流动性的先驱。然而，当“自移性市民社会把公共空间转换为交通流”时，就出现了一种“可怕的统治模式”，“我们进入这个模式，就像汽车驾驶者进入驾驶座。的确，是我们在操纵汽车和选择方向、目的地，但是，构建我们与行驶于其中的这个世界之间的关系的却是汽车被组合在一起的方式、汽车工作的方式、汽车行驶的方式、汽车在何处行驶的方式”。[2]汽车在提供便利、拓展活动空间的基础上，也塑造了驾驶者感知世界的方式。挡风玻璃把城市的风景、声音、味道、温度以及气味简化为二维图案，因此乘坐汽车便意味着放弃了步行丈量城市街道的方式，也失去了漫步者在城市中瞬间捕获的经验。一方面，现代汽车包括安全带、气囊、减震、防撞等各种安全技术的保护，以及恒定温度、多媒体信息、高质量的声音娱乐系统等，这些给汽车里的人创造了一个规避外界风险、与大部分环境相隔绝的“栖息地”。另一方面，汽车是“韦伯的机动化的、移动的和私人化的现代性‘铁笼’”，它迫使人们以“高度复杂的、易碎的、不确定的方式”应对“时间的微小碎片”。[3]驾驶者的身体也是被机器管辖的，随意舒展四肢、环顾四周的欲望只要在行驶中必然被压制。由钢铁和玻璃铸造的汽车已经成为驾驶者的身躯，“机械化的杂合已经深入人心”。[4]从汽车里释放的利比多，到作为金钱、权力、地位象征的欲望梦想，从对事故和死亡威胁

---

1. 米米·谢勒尔、约翰·厄里:《城市与汽车》，见汪民安等《城市文化读本》，第223—224页。
2. 同上，第229页。
3. 同上，第217页。
4. 同上，第220页。

的恐惧，到困在交通阻塞中的沮丧和焦虑，从法定驾驶年龄的规定，到驾照的考试和审核，汽车参与了驾驶者能力、才干和自我意识的形成过程，也塑造了驾驶者对外部时空的感知方式。

在这个意义上，德里罗让他的主人公在汽车中出场就具有了更深刻的意味，这不仅凸显了美国以汽车为中心的发展模式——高速公路连接城市与郊区甚至直通沙漠的空间布局，而且汽车作为“流动空间”也象征着后现代社会资本和信息的流动。尼克在小说中这样描述自己租用的日本雷克萨斯汽车：“这辆汽车在无人工区中组装”，装配系统一直运转，“每个细微差别全部自动控制”，机器人完全“按照预定程序，完成单调乏味的工作”。雷克萨斯全自动的生产车间里“没有依靠咖啡因强打精神的人，也没有身患忧郁症的人”，单调乏味的体力劳动全部由机器人取代，这看似是对人的解放，但生产这样毫无“任何人汗迹”的汽车也意味着普通底层劳动者的工作被全球运作的资本和技术所淘汰。作为“人类智慧的巅峰之作”，汽车和很多后工业化时代的技术密集型产品一样，彻底抹去了普通劳动者的痕迹。这样，尼克觉得自己租用的汽车“与正在穿越的场所非常相称”，“空旷的沙漠上”“实际见不到人——当然，我算一个，然而我几乎不在现场”。尼克在沙漠中的“不在场”与工厂工人在后现代资本流动中的不在场相对应，普通产业工人非但不能在全球化的资本中获利，而且其偶然出现的身影也微不足道，几乎“不在场”。相反，不停运转的装配系统上“源源不断输送的空车”象征着全球流动的资本运作，正如结语中德里罗所总结的，“资本以光速运行，划过地平线，形成某种更深层的同一性”。

然而，贫民窟破败肮脏的城市景观与传统生产模式的遗迹却依然以各种神秘的方式在当下的生活中闪现，因为历史已经锻造了人们的精神和性格，而这些不会被轻易抹去。尼克在沙漠行进中看到了一辆“装有顶灯、黄色的车身闪闪发光”的“纽约市的出租车”，尼克感叹道：“不可能吧？但事实的确如此”。这辆“幽灵”似的出租车的出现仿佛一件“波普艺术品”，随之而来的历史以“花哨”“张扬”“带有动画角色气势”的后现代艺术形式侵入到当下。这辆汽车是著名艺术家克拉拉·萨克斯的学生送给她的生日礼物，这份礼物不仅仅是汽车和“涂抹的色彩”，而且是“记忆中的纽约印象”。尼克的到来也让两人回忆起年轻时的激情。尼克说，“人的脑海里会常常浮现出某些地方。……在梦中，我总是回到某些街道上去，回到昏暗的火车候车室去。某些人会在我的梦中反复出现，仿佛一些魅影”。正如海瑟所说，“在整部小说中，个人的、家庭的、国家的各种形式的历史像被丢弃的幽灵一样不断地再现，或者像废物一样不断地浮出水面”。不管是克拉拉在荒漠中用废弃的B-25战机作画，还是尼克作为垃圾分析师对核废物和日常垃圾进行处理，他们的意图都是好的，“对抛弃的东西心存尊敬”。因为在他们看来，“废物具有一种神圣的氛围，具有一种不可接触的侧面”，垃圾作为人类文明进程中的重要标志，它掩埋着历史的秘密与崇高，也映照着当下的需求与欲望。“废物是秘密的历史，是地下的历史”。这些废物拒绝被处理掉。“我们排泄的东西反过来正在毁灭我们”，尼克后来说的这句话简洁地概括了后现代都市的两极化景观和资本矛盾的内在逻辑。

## 第四节　“垃圾”之城：全球资本时代的末日景象

卡尔维诺在《看不见的城市》中描述了一座不断自我更新的垃圾之城“莱奥尼亚”。要衡量莱奥尼亚的富足与其依据“每日生产销售购买量”，不如观察“每天为给新东西让位而丢弃的物资数量”，你甚至会怀疑莱奥尼亚人所热衷的并不是“享受不同的新鲜事物”，而是“排泄、丢弃和清除那些不断出现的污物”。清洁工们“充满敬意地、默默地、以一种近乎宗教仪式的虔诚工作着”，他们将昨日的遗物搬走，运到城外。随着城市逐年扩大，垃圾越堆越多，新材料的制造技术也越来越高，垃圾也变得“经久耐腐，不发酵，不可燃”。于是“莱奥尼亚周围的垃圾变成坚不可摧的堡垒，像一座座山岭耸立在城市四周”。卡尔维诺继续以超现实的手法描绘垃圾之城莱奥尼亚的未来。它“将一点一点侵占整个世界”。“也许莱奥尼亚之外的整个世界都已布满了垃圾的火山口，各自环绕着一座不断喷发垃圾的城市。这些彼此陌生并敌对的城市之间的边界，就是一座座污染的碉堡，各个城市的废物相互支撑，相互重叠，混在一起。”在卡尔维诺一系列由“看不见的城市”组成的世界版图中，莱奥尼亚是一座“连绵的城市”，构成它与世界连续不断、重叠混杂的关系的不是“每次生产的新鲜事物”，而是垃圾不断喷发堆成的“环形火山”。随着垃圾越堆越高，坍塌的危险也越来越大，终有一天，“整个城市就将被淹没在她始终力图摆脱的过去中，与邻近城市的周边混合在一起，终于彻底干净了”[1]。在这部首版于1972年的作品中，卡尔维诺用诗意的语言勾勒出超越时空的“想象的城市”，他希望用这些与“时间无关的城市概念”“展开一种时而含蓄时而清晰的关于现代城市的讨论”[2]。笔者尚无法考证德里罗在创作《地下世界》时是否受到卡尔维诺的影响，但是在这部比《看不见的城市》出版晚25年的《地下世界》中，我们却发现两人

1. 伊塔洛·卡尔维诺：《看不见的城市》，张宓译，南京：译林出版社，2006年，第113—114页。

2. 同上，第6页。

共同关注了城市危机、自然环境的破坏、巨大技术体系的压迫性和脆弱感，同时，卡尔维诺想象中的城市也在德里罗对布朗克斯、哈莱姆、凤凰城等城市荒野的描写中找到了后现代城市的映照。

自城市出现以来，垃圾废物的处理就一直困扰着城市居民。亚里士多德在为城市选址时就曾定下这样的标准："城市的街道要洒满阳光，通风良好"[1]。自古以来就有抱怨城市肮脏污秽、臭气熏天的问题。中世纪的欧洲城市里垃圾普遍都堆放在街道上，法令规定市民有权用公共垃圾养猪。在某些地区，乌鸦、秃鹰等食腐类动物被当作神圣的清洁工受到保护。到中世纪末，伦敦开始清洁街道，并产生了加工粪便的技术。1817年开始，街道清洁工的权力被写进伦敦道路安全法。可见城市的垃圾处理并不是一个新问题。启蒙运动时期，在现代城市建设的观念中，垃圾被视为反现代、阻碍进步的古老遗留问题，理应被彻底清除。[2] 19世纪的城市公共建设项目主要围绕流动展开：人们乘坐公共汽车、电车和地铁在城市中高效地流动；废物通过地下污水系统被冲走；尸体被掩埋或焚化，远离城市居住空间。启蒙运动的领导者们在建立新城市的形象时，"任何一种带有地区特点的味道都遭到反对，理想的城市要除去它原有的污浊之气"[3]。无论是从城市建设还是现代概念上来看，"垃圾"都被置于现代理性和进步观念的对立面。19世纪的作家与城市规划者们的观点相近，比如爱德华·沃尔福德（Edward Walford）曾在1870年的作品中评价伦敦市中心的停尸房，言语中充满了恐惧和不解。"很奇怪，这么污浊的

1. 伊万·伊里奇：《城市的垃圾，城市的气息，死尸的气味，没有臭味的理想城市》，见汪民安等《城市文化读本》，第258页。

2. David L. Pike, "Underworld and the Architecture of Urban Space", in *Don Dellio*, Stacey Olster ed. New York: Continuum, 2011. p. 96.

3. 同1，第262页。

地方直到维多利亚时代才被清除。”[1]

在波德莱尔、弗洛伊德、尼采等现代主义者之后，垃圾、污垢、排泄物等作为人类社会的有机组成部分逐渐被正视，其实际和理论价值才被挖掘出来。波德莱尔在他著名的《恶之花》中第一次在19世纪的巴黎都市中发掘出“恶”中之美。“腐尸”“吸血鬼”“毒”“乞丐”“骷髅”和“醉酒的拾破烂者”等浪漫主义诗人避之不及的意象构成了波德莱尔阴暗的世界，也打开了充满敌意的资本主义大都会的丑恶之门。比如在《腐尸》一诗中，诗人在前半部分用惊人的冷静笔触描写了路边一具腐烂的野狗尸体，其形象令人作呕，“腐败的肚子上苍蝇嗡嗡聚集，黑压压一大群蛆虫 / 爬出来，好像一股粘稠的液体，顺着活的皮囊流动”。紧接着，诗人用抒情的诗句描绘腐尸转化的梦境，随着“形式已消失，只留下依稀的梦”，诗人警示他的情人，“将来您也会像这垃圾一样，像这恶臭可怖可惊”。如果就此结束，可能会让人觉得这首诗“以丑为美”，将腐朽畸形的东西加以诗化，且难逃感慨红颜易老或红粉骷髅的窠臼，但在最后一节，诗人以惊人之笔化腐朽为神奇：“我的美人啊，告诉那些蛆，接吻似的把您啃噬：我的爱虽已解体，但我却记住，其形式和神圣本质！”[2]再美的人都会在散发着恶臭的“累累白骨”中腐朽，唯有精神的创造物永存。

像波德莱尔在城市街角的腐朽中发掘出永恒的精神和诗意一样，德里罗也在堆满垃圾的城市贫民窟中探寻日常生活给人的启迪。德里罗的出生地纽约布朗克斯区从20世纪60年代开始日渐衰落，相比于曼哈顿和纽约郊区获得的政策帮扶，布朗克斯成为纽约发展的灰谷，在工业化、

1. David L. Pike, “Underworld and the Architecture of Urban Space”, p. 96.
2. 夏尔・波德莱尔：《恶之花》，郭宏安译，上海：上海人民出版社，2008年，第72—73页。

资本转移、高速路占地等因素的影响下，布朗克斯沦为一片城市荒漠，这也体现了战后美国资本主义经济在城市中两极化发展的恶果。德里罗通过蒙太奇手法、交错的历史序列，以及来自城市老居民和新居民的多种声音，展现了布朗克斯区的衰落。小说中，街道是城市内城日常生活的主要场所，也是保持相对完整的社区空间之一。20世纪50年代的布朗克斯区是充满活力的意大利移民聚居地。尼克的老师、克拉拉的丈夫阿尔伯特·布龙齐尼经常在街道上散步，对他而言，“步行是一种艺术”，他用脚步反复丈量、探访这个本就规模不大的区域，既与社区建立亲密的关系，又保持冷静的头脑和观察的距离。在这个意义上，布龙齐尼践行了德·塞都所说的行走的艺术和日常生活的空间实践，也用其所说的“现时的”“不连续的”和“交际性的”步行艺术书写了布朗克斯区的日常生活图谱。“男人们做着有趣的工作，有的是临时工，漆匠穿着沾满油漆的衣裤相连的工作服，有的人扛着干活儿用的大锤。人行道上熙熙攘攘，那些人来自西西里岛，面孔上粘着石头灰渣。”“女孩们有的玩抓子游戏，有的跳双绳。男孩子有的玩封印球，有的玩弹子。”布龙齐尼在小说中并不是一个可靠的叙事者，他对自己妻子与学生尼克的不轨行为丝毫没有察觉，但他的步行之旅却为读者展现了50年代布朗克斯作为意大利移民区的生活景象。这里的人常常变动，“有的搬走，有的搬来”。一旦被房东扫地出门，东西都被扔在街上，就像“开了一座贫穷博物馆”。这个细节与艾里森笔下“看不见的人”在哈莱姆见到黑人被逐出家门时的情景如出一辙。移民也好，黑人也罢，在白人资本统治的大都市中，都是地下世界的边缘人。当阿尔伯特进入地下室后，在往布满杂货的储藏间的洗手池里撒尿的童年回忆中，在“难以名状的肮脏感”中找到了“熟悉的感觉”。布朗克斯的地下世界已经危机重重，在倒置的时空中，读者窥视到它几十年后的衰败迹象。“墙壁上横向排列着管道，冒出了阴沟的臭气”，“令人恶心的生活污水出现在他眼前”。街道漫步者的诗意已经一扫而光，留下的只是令人作呕的污秽和臭气。

我们将时间推进到20世纪80年代中期到90年代早期，也就是布龙齐尼在小说中第一次出现的时候。他住在“一幢环境糟糕的房子里，门口到处可见城市贫民的样本——喷涂的油漆、尿液、唾液、颇像血迹的黑乎乎的斑点”。读者面对的是冷战末期布朗克斯的城市废墟，是福特主义在全球化时代的废墟，也是历史和进步风暴中过时的经济形式堆积起来的碎片，其“荒芜的模样触目惊心”，“沥青地面上热气腾腾，露出一种沉重、膨胀的慵懒，破碎的玻璃在黑色表面上闪闪发光”。如果过去的布龙齐尼“鲜活生动，不乏色彩”，那么此时的他已经同周围破烂不堪的环境一样，只是“原来形象的一张底稿”。布龙齐尼是小说中屈指可数的没有离开布朗克斯的人之一，作为一个“老派的罗马式禁欲主义者”，他的根扎在这里，不愿再去适应其他生活。电脑化的郊区生活、收费高速公路旁拥挤的飞地、出售十几种法式面包的便利店等后现代城市的消费、技术、资本景观与布龙齐尼完全没有关系，他依然生活在由回忆构筑的布朗克斯，在那里，“记忆与人工制作的物品共谋，把时间压扁，引起一种充满温柔的回忆”。空无一人的教堂、已经去世的鱼贩的遗照、俱乐部里反复播放的录像，都“象征着某种庄重的纯真”以及“显示着年代久远、一去不复返的甜蜜时光”。即便拄着拐杖，他依然需要走路，“停止走路，就会死去”。但此时他蹒跚的脚步串联起的与其说是城市漫步者的空间体验，不如说是熟悉的记忆与陌生化现实中时空压缩的体验。回到曾经执教三十多年的中学，封闭的道路、古老的儿童游戏早已成为“心中的遗物”，但是布龙齐尼惊喜地发现那里到处是牙买加、印度、马来西亚儿童，他们在布满灰尘的街道上玩着古老的游戏，他仿佛感到“生命倒转”的时光奇迹。布龙齐尼的时光已经停滞，在资本与技术主宰的后现代都市中，他已成为彻头彻尾的被抛弃者，他见证了布朗克斯的衰败，也深刻体会到底层人根深蒂固的被剥夺、被遗弃的感觉。

美国社会学家沙朗·佐京（Sharon Zukin）在《谁的文化？谁的城市？》一文中指出，“文化是控制城市的一种有力手段。作为意象与记忆的来源，它象征着‘谁属于’特定的区域。”[1]城市的公共文化是建立在社会微观层面上的，拥有政治和经济力量的人通过塑造城市公共空间的建筑形式、文化表演、工商业服务、消费体系来提升城市的形象，然而，公共空间在本质上是民主的，公共生活的体验是由个体在城市街道、公园和商店里进行的社会交往中产生的，所以谁拥有城市，谁能够定义城市，本质上来说是一个没有确定、唯一答案的问题。德里罗在小说中同样探讨了地下世界的归属问题，以布龙齐尼为代表的老一代移民虽然在布朗克斯扎根，在街道上行走和观察，却不能对这里宣告主权，相反，其所拥有的只是记忆中永恒的遗物，面对城市的变迁他们更多时候采取排斥、无视和自我隔离的态度，所以同周围的环境一样，作为被动的观察者，他们的时间终究会滞后，而他们所处的“地下世界”也成为“一处处残垣断壁，堆放着多年积累起来的废弃物品——家庭垃圾、建筑废渣、遭到破坏的汽车车身、锈蚀的汽车部件”等。

布龙齐尼在小说中扮演的角色是陷入严重经济恶化和人口剧变的城市贫民窟白人，但他却不是地下世界的主要发声者，小说中能够代表街道和地下世界发声的当属涂鸦艺术家伊斯梅尔·穆尼奥斯。如海瑟所

---

1. 沙朗·佐京：《谁的文化？谁的城市？》，见包亚明《后大都市与文化研究》，第125页。

说，后者是德里罗笔下英雄艺术家的典范，“他被束缚在他那岌岌可危的社区里，用他周围被摧毁的商品和被摧毁的生命，用砖瓦的方式制作了一种救赎的艺术”[1]。作为一个身患艾滋病的同性恋者，拉丁裔伊斯梅尔相比于其他深陷赤贫状态的白人，在资本和权力的等级分化上处于最边缘的位置，但德里罗却赋予他表达和言说的欲望，他要讲述“地下的历史”“秘密的历史”。在成为知名艺术家和布朗克斯的社会活动家之前，16岁的伊斯梅尔就带领自己的涂鸦小组在火车车厢、地铁隧道、月台和台阶等地方到处用名字涂鸦作画，他要用这种“狂野的做法”“让自己的名字和街道编号组成一个字母城市”。伊斯梅尔的涂鸦是流动的、非法的，是代表底层人生活的艺术形式。其每一个字母“都是充满生气的摇摆乐”，讲述“住在廉价公寓里的人们的故事，其中既有愉快，也有悲伤”。伊斯梅尔隐身于黑暗中，用字母和数字宣告地下世界的真实存在，他“同住在狭窄通道里的人聊天”，“和住在西区地下废弃的火车隧道里的人聊天”，并在创作中表达他们生活中的所有细节。而每次在火车上涂鸦都要冒着被捕甚至生命的代价，这更加剧了他“无名英雄”的荣誉感，他是无人能敌的城市“涂鸦之王”。带有“月球人 157”涂鸦作品的列车飞驰在“布朗克斯核心地带”，飞驰过“满目疮痍、锈迹斑斑的城市”，“从堆放着垃圾袋的街道上方驶过”，“从空空荡荡的廉价公寓窗边驶过”，这种来自贫民窟的艺术，“轻快跳跃”，“忽隐忽现”，它骄傲地向地上世界的当权者们宣称，“你可能视而不见，你不可能充耳不闻”。

伊斯梅尔30多岁后不再采用年轻时狂野、充满利比多的艺术方式，转而用涂鸦从事更具社区责任感的事业，代表了一种“正面力量”。每当

1. Thomas Heise, *Underworld*, p. 242.

当地有儿童因疾病、虐待、遗弃而死亡，他就在一栋废弃的廉价公寓侧墙上喷涂一个天使的图像，并在图像下面写上死去儿童的姓名和死因，人们称之为"灵墙"，因为它记载着"普遍存在的被排斥的感觉"，作为一块"隐蔽之地"，"游离于社会制度之外"。面对日渐衰落的社区和被彻底抹杀清除的危机，伊斯梅尔和他的团队坚持书写属于"废弃的街道、烧毁的大楼和无主的灵魂"的被遗忘的历史。这座树立在废物和垃圾之中的"孤零零的灵墙"，仿佛一座历史遗迹的丰碑，只不过它纪念的是地下世界被忽视和遗忘的历史，公然向对"向贫困宣战"的城市发展理论发起挑战，并揭露了城市进步和光明背后的伤痛与黑暗。这堵墙永远不会被商品化成一个静态的图像，而是随着每一次死亡被重新粉刷。这是一堵公共的"哭墙"，是布朗克斯种族和阶级隔离的象征，也代表了城市区域化、两极化发展产生的异质景观。

如果说在欧洲游客的眼中，布朗克斯随处可见的残垣断壁和堆积如山的垃圾是一种"超现实主义"的城市景观，那么在当地人看来，充斥着拾荒者、穷人、瘾君子、艾滋病患者和孤儿的灵墙区域则是城市卑贱孤寂的底层人最真实的生活写照。这里无处不在的垃圾、废物、瘟疫、暴力和死亡是被理性、进步与科学所主宰的城市极力排斥却又无法掩盖的事实，它赤裸裸地揭示了资本主义消费文化造成的巨大浪费。市政工人定期清理现场，"他们站在巨大的土地平整机械——粘着黄色泥土的反铲式装载机和推土机——旁边，就像步兵面对轰隆驶来的坦克，小心翼翼，胆战心惊"。工人们在垃圾清理现场如同上战场一般，德里罗再一次展示了武器与废物之间"不可思议的联系"，"我们排泄的东西反过来正在毁灭我们"。果真，市政工人很快败下阵来，留下"挖了一半的土坑，随意丢弃的设备"，仓皇而逃。城市文明总是在理性和技术的加持下，试图阻止垃圾对人类的侵蚀，但垃圾作为地下世界、秘密历史的代表，非但不能被彻底清除，反而不断地刺激人们对它做出回应。德里罗借助作为“空想家”和“废物理论家”的加州大学洛杉矶分校教授杰西·德特威勒之口道出了垃圾与城市文明的秘密。

> 随着填埋的废物慢慢增加，城市将在垃圾上建立起来，在数年时间里一点一点地抬高。无论是在房间里，还是在垃圾填埋场，垃圾要么层层堆积，要么向四周漫延。可是，垃圾有它自身的势头，它咄咄逼人，填满每个可以利用的空间，规定建筑模式，改变仪式体系。它滋生老鼠，产生偏执狂，人们被迫做出有组织的回应。这意味着，人们必须掌握有效的处理方式，形成社会结构，动员工人、管理人员、搬运工、拾荒者，将其一一付诸实施。建立文明，推动历史……

垃圾不是人类文明的衍生物，相反是先于人类文明出现的，人们在“自卫的过程中形成文明”。这种看似极端又荒谬的言论却真实地触及了资本主义消费社会的深层逻辑。“不消费，就死亡”然而大量的消费品最后以垃圾告终，因此，人们在制造垃圾的同时也要面对处理垃圾的问题，这不只涉及技术层面，更涉及精神和心灵层面。德里罗在小说中表达的观点与美国亚利桑那大学“垃圾挖掘计划”的创立者威廉·拉什杰（William Rathje）不谋而合。后者认为，“垃圾就如同一面文明之境，不仅映照着人类的存在，反映了社会的变迁盛衰，也呈现着人类的生活面貌。”[1] 小说中德里罗赋予堆满垃圾的空间一种人类学的意义，它构成了

---

1. 周敏：《〈地下世界〉的“垃圾”美学》，载《国外文学》，2012年第1期，第81页。

城市景观中强大而神奇的空间，甚至具有有机自然的修复能力。“在倾倒的废弃物品中，长满了野草和小树。成群的野狗、偶尔可见老鹰和猫头鹰。”德里罗赋予了被垃圾占据的城市贫民窟田园牧歌般的浪漫想象。这仿佛回应了艾略特在《荒原》中的诘问：“这岩石般的垃圾之上 / 能长出何样的枝条？”[1]

“岩石般的”垃圾缝隙中除了恶臭、病菌和自然生发的枝丫，还催生了城市贫民窟独特的经济形式和社区团结互助、自我组织的方式。如果说“灵墙”上的天使是伊斯梅尔书写地下世界历史的文化生产方式，以对抗被遗忘、被掩埋的命运，那么他组织居民回收报废汽车再卖给废铁加工厂换取报酬则是主动融入现代消费社会的经济生产方式，从而为底层穷人争取维持生存的基本条件。伊斯梅尔付费让修女们为他搜寻废弃汽车，也派手下人帮助修女分配食物。他们在荒芜衰败、垃圾遍野的贫民窟里挖掘微薄的利润，并非为了自身的利益，而是以“利他主义的方式加以利用”，这样的行为在崇尚金钱、权力和自我享受的时代，无疑是一种“正面力量”，也让那个曾经的涂鸦少年的“无名英雄”主义精神具有了服务“社区”的社会意义。伊斯梅尔不仅具有现代企业家的组织管理能力，也具有自给自足、开拓创新的精神。他们将一辆固定的自行车同二战时遗留下来的发电机连接起来，通过快速踩踏脚踏板发电，再输送给垃圾堆里发现的破旧电视机，开关开启的瞬间，屏幕上忽隐忽现、不停跳动的图像将世界最核心的经济形式带进了这个已经被遗忘的角落。主流社会淘汰的垃圾在贫民窟的地下世界中被重新创造性利用，

---

1. 周敏：《冷战时期的美国“地下”世界——德里罗〈地下世界〉的文化解读》，载《外国文学》，2009年第2期，第23页。

垃圾不再是生产过程中的衍生物和废弃物，相反，它以全新的姿态进入了生产和消费循环之中。“自行车上的孩子俯着身子，喘着粗气，图像短暂晃动”之后，“屏幕下方冒出了价格显示条”。无孔不入的资本在废物改装的、依靠原始人力发电的装置上创造性地显现出来，这个具有黑色幽默性质的形象恰恰展示了布朗克斯的多面性。这里既是一个旧生活方式的残余领域，也展现了它废物利用、自给自足的创造力；既是一个犯罪、瘟疫、死亡肆虐的赤贫之地，也闪现着互助、关爱和利他主义的人文精神之光；既是一个被主流社会文化摒弃的超现实的地下世界，也从不放弃在看不见的边缘地带通过劳动、资源和废品回收融入全球经济体系的宏伟目标。

伊斯梅尔“喜欢表示购买和出售股票的语言”，他的雄心是上网为废弃汽车做广告，“实现全球销售，把废铁卖给希望建设军事工业的被蹂躏的国家”。讽刺的是，在小说所处的冷战时期，在资本主义与社会主义意识形态在军事、技术、经济实力白热化对抗的大时代背景下，身处地下世界的边缘人，将自己和社区的未来建立在消费链末端的废品垃圾之上，并直言要卖给第三世界国家。伊斯梅尔的梦想恰恰揭示了美国冷战政治为其经济利益服务的实质，正如杜瓦尔（John Duvall）所指出的，在经济至上的原则下“保护自由市场的机制和消费者的选择权，真正的得益者是能对市场、消费者施加影响的势力”[1]。在这个意义上，即使身处权力和资本的边缘，伊斯梅尔仍对国际资本主义的运行模式了然于胸，这一方面出于痴人说梦般的远大理想，另一方面也证实了资本消费文化向外席卷全球、向内无孔不入的态势。所以“冷战的赢家不是美国，而是

1. 朱梅：《〈地下世界〉与后冷战时代美国的生态非正义性》，载《外国文学评论》，2010年第1期，第167页。

国际资本主义”[1]。

《地下世界》里的布朗克斯区是一个超出城市规划者控制、游离于主流社会之外的小世界，但种族和意识形态对底层边缘人的压迫以及生化垃圾对环境的侵害却绝不仅仅局限于布朗克斯这样的地下世界中。席卷全球的资本主义消费文化在全世界的大都市中打造物质和享乐至上的天堂，也制造了像被死神侵蚀过一般的垃圾荒原。更可怕的是，在冷战意识催生的恐怖氛围中，核武器研发和核废料泄露引发了严重的生态危机，小说中满目疮痍的核试验基地，充满了末世灾难和恐怖的死亡意象，对生态环境造成了不可逆的影响。进入新世纪，贫困和不平等非但没有消除，反而更加严重。德里罗小说的意义在于从边缘化和贫困化的角度书写了地下世界的故事，强调了空间的政治性，讲述了“另外一种历史”“人民的历史”“活生生的历史”，并且强调了日常空间的政治性，即空间是如何在日常实践的微观层面形成的，它甚至超越了宏观层面由领袖制定的“宏大政策”。所以在这个意义上，即使经济全球化将继续摧毁和重建我们脚下的城市，但文学中的地下世界已经出现，并将继续涌现，从而争取尊严、正义、民主、平等和共享城市发展的权利。

德里罗在这部错综复杂的鸿篇巨制中描绘了20世纪后半叶美国重要的历史运动、风云人物和事态潮流等。从序言中将棒球赛场上“响彻世界的一击”与苏联原子弹爆炸相联系开始，个人的历史与民族国家的历史相互交错，接踵而至，历史变得像拼贴画一样支离破碎。在时而倒叙、时而预叙之间，人物间错综复杂的关系得以展现，维系关系的有兄弟情、婚外情史、工作、友谊、背叛以及对棒球本身的欲望等，所有人

---

1．John Duvall, *Don Dellio's Underworld: A Reader's Guide*, New York and London: Gontinuum, 2002, p. 46.

物之间若隐若现的关系归根结底都是公共视野下私人的、个体的历史，而与之相对的承载私人历史的城市也必然充满强烈的私人体验和感受。克拉拉·萨克斯眼中的纽约是一座“隐秘的城市”，街道上“充满个人特性，人的方向各不相同”，她爬上屋顶，放眼望去，“一种无法解释的奇异姿态凸显出来”。一些独具特色的、“难以描述的”、“不知名”的城市景观争相出现在她眼前，“安放在房顶上的通风口”和“密密麻麻”的天线，“白色护墙板搭建的小房子显出某种神秘”，“奇妙的装饰性头像带有复活节岛艺术的风格”，“轰隆隆的声音不时在天空中响起”。隐藏在公众视线之外的和人们熟视无睹的事物共同造就了一个隐蔽的、独特的城市形象。克拉拉看到世贸中心的大楼已经高高耸立起来，“无论走到什么地方，都可以看到它”。象征着资本和权力的双子塔在克拉拉看来是压倒一切却又无法逃避的城市本身。1997年出版的《地下世界》封面选用了摄影师安德烈·柯兹特（André Kertész）的一幅作品，照片中世贸中心的双子塔笼罩在一片阴云雾气中，旁边一只老鹰振翅盘旋。四年后，那只老鹰化作被恐怖分子挟持的飞机冲向双子塔，两幢大楼轰然倒塌。现实与想象呈现出惊人的吊诡，也凸显了城市的危机。世贸中心的坍塌产生了近30万吨的残渣碎片，大面积的办公场所被毁，成千上万人因此失业。无辜生命的离去令人悲痛，幸存者的心理和情感创伤同样真切。美国哈佛大学比较文学系教授大卫·达姆罗什（David Damrosch）曾对笔者讲述过他自己的经历。双子塔倒塌的数周后，他在布鲁克林的街头捡起了一片印有双子塔图像的打印纸碎片。从捡起那张带着烧焦的黑色印记、已经化作垃圾的碎纸的那一刻起，达姆罗什的个人历史与美国民族记忆中最惨痛的历史教训合为一体，那是鲜活的、令人震惊又沉痛的创伤的历史，也是属于城市的、碎片化的、偶然的瞬间体验。

## 第五节　后现代都市的文化空间：奥斯特的《玻璃城》

人们一般把保罗·奥斯特视为美国当代最勇于创新的实验小说家，这主要是因为他擅长使用元小说、拼贴、戏仿、零碎化等后现代叙事技巧。也正因为如此，自1986年《纽约三部曲》（*The New York Trilogy*）发表以来，关于奥斯特小说的大量研究都集中在对其后现代主题和技巧的挖掘上，即从不同理论视角入手探讨其小说的后现代特征，而少有从城市文化研究的角度探讨其城市文学特征的。[1]笔者试图从保罗·奥斯特的文学世界出发，在其与现实纽约城的碰撞中，呈现作家笔下想象与现实、历史与记忆、理性与欲望相交织的后现代都城。正如菲茨杰拉德笔下的盖茨比，奥斯特小说中的人物也把纽约作为立足生存、发财致富的场所，那里是有钱人的快乐之都，是穷人的寄望之所，也是作品中各种悬疑情节得以展开的背景。纽约迷人的都市之光同样闪耀着作家的创作灵感。奥斯特在访谈中反复讲到纽约对他的重要意义，“对我而言，纽约是最重要的地方”，他“既迷恋也痛恨着这个城市”，“纽约是属于世界的独一无二的城市”。[2]奥斯特在1985—1986年间以纽约为背景连续创作了三部小说《玻璃城》（*City of Glass*，1985）、《幽灵》（*Ghosts*，1986）和《锁闭的房间》（*The Locked Room*，1986），后又以《纽约三部曲》为题结集出版。限于篇幅，本书只探讨《纽约三部曲》中的第一部《玻璃城》，借以揭示当代都市种种错综复杂、神秘怪异现象背后的生存逻辑，考察纽约作为后现代都市的文化空间和都市人的日常生活经验。

---

1. 李金云：《保罗·奥斯特小说研究》，武汉：武汉大学出版社，2016年，第1—17页。
2. Mark Brown, *Paul Auster*, Manchester: Manchester University Press, 2007, p. 2.

“人们为什么要生活在纽约？”这是一个既容易回答又让人头疼的问题。对惠特曼来说，这是一座“船的城市”“世界的城市”，“所有民族都在这里出现，所有地球上的国家都在这里做出贡献”[1]。对麦尔维尔来说，纽约是他记忆中的梦魇，童年时父亲破产、死亡，他被迫离开这座城市当了水手和冒险者，当写完《白鲸》感到江郎才尽时他回到纽约，却发现他作为作者的身份已经被纽约的商业氛围完全淹没，没有人记得他曾经是个作家。对亨利·詹姆斯（Henry James）来说，那是“一座可怕的小镇”“一个快活的角落”，他笔下的人物多年蛰居海外，归来之后都在自己的鬼魂身上看到了端庄漂亮的外表和残忍无情的内心。对诺曼·梅勒（Norman Mailer）来说，纽约是赋予他政治想象力的地方，他笔下的罪犯既是破坏美国社会秩序的不法之徒，同时也并非无权者和精神匮乏者。但对鲍德里亚来说，纽约迷人的地方则是其匿名的人群。人群中的人“之间没有任何关系”，只有“拥挤在一起所产生的内在吸引力。这是一种身体接触带来的神奇感觉，是一种对占据中心的虚荣和渴望。他们组成了一个具有自我吸引力的世界，没有人想离开，然而除了拥挤在一起的狂喜，也没有其他留在这里的理由”[2]。相比之下，奥斯特笔下的纽约人不像这些先辈作家笔下的人物那样有雄心大志，那样阴险可怕，那样身心俱疲，倒是像鲍德里亚所钟情的纽约的人群，除了挤在一起感受人群的味道之外，他们似乎没有别的要求。

按戴维·哈维所说，纽约“是多种空间、人物、偶然事件和碎片化交际的拼接体”[3]。生活在这样的“拼接体”中，陌生人之间或许可以建立

---

1. 沃尔特·惠特曼：《草叶集》，赵萝蕤译，上海：上海译文出版社，1991年，第505页。
2. Jean Baudrillard, *America*, trans. Chris Turner. London: Verso, 1988, p. 15.
3. David Harvey, "Voodoo Cities", *New Statesman & Society*, Vol. 1, No.17, 1988, p. 33.

短暂的交际关系，但混乱错位的异化感却主导着人们的城市体验。《玻璃城》中的老斯蒂尔曼在纽约网格状的街道上游荡，他眼里的纽约是"最卑贱可怜的地方，整一个破碎的世界，混乱是普遍现象。你一睁眼就能看见。那些颓丧的人，那些破碎的事物，那些四分五裂的心智。整个城市就是一个垃圾堆"[1]。破碎、断裂和混乱是小说中的人物对这座梦幻之城的体验，因此其价值也是负面的，不像本雅明所分析的巴黎拱廊街那样具有历史价值，也不像德·塞都的城市文本那样具有启示意义。美国文学传统中伟大的"荒野"意象在奥斯特的小说中消失了，取而代之的是后现代的"荒原"，它既与狄更斯笔下肮脏的伦敦东区相差无几，又与艾略特《荒原》中的末世景象毫无二致。恰恰是老斯蒂尔曼眼里那个破碎的世界，那个垃圾堆，那些四分五裂的心智，也让鲍德里亚感到了纽约的刺激性、魔力和生命力。"街道上熙熙攘攘的人群、各式各样的广告，以或激进或平常的方式宣扬着城市的魅力。成千上万的人在街上无所顾忌地肆意游荡，一副无所事事的样子，除了生产永恒的城市景象他们也确实无事可做。"[2]破碎和异化作为一种后现代景象象征着后现代的社会秩序，它是以财富、权力、老化、冷漠、清教主义的精神卫生、贫困、废品、无效的技术和毫无目的的暴力为结构性因素的。[3]

这样的一个城市需要用一种特殊的手法来描写。与爱伦·坡一样，奥斯特在小说中融入了大量侦探小说的创作元素，用侦探悬疑小说的技巧描绘在想象与现实之间游移的纽约城。"我试图利用某些文学题材的传

1. 保罗·奥斯特：《纽约三部曲》，文敏译，杭州：浙江文艺出版社，2012年，第82—83页。本书所引《纽约三部曲》内容均出自此版本，后文不再逐一标注。
2. Jean Baudrillard, *America*, p.18.
3. Ibid.

统手法创作出不同的东西，完全不同的东西”[1]。这些完全不同的东西其实就是小说中的人物在纽约街头经历的“孤立、离别和精神崩溃”，迷失、异化和最终的自我放逐，这是他们每个人的城市体验，这也是“《纽约三部曲》的叙事基础”[2]。《玻璃城》中，奎恩因为无法忍受对已故妻子和儿子的思念而走上街头，孤独使他感到好像“怀抱一个三岁婴孩”，那是“一种实实在在的肉身的感受，是留在他身上的过去时光的印记”。而过去留给他的只有悲痛。悲痛让他放弃了一切社会关系，置身于喧嚣拥挤的城市，为自己开辟了一个完全孤立的放逐之地。然而，身处人群之中非但不能缓解孤独感，街头变幻万千的复杂景象和无休止的高强度刺激反而加剧了他的迷失感，使他与城市日常生活更加格格不入了。在奎恩眼里，纽约是“一个永远不缺新鲜花样的地方，一个无穷无尽的迷宫”。

> 不管他走出多远，不管他走入了如指掌的邻街地带还是其他什么街区，总会给他带来迷失的感觉。迷失，不仅是摸不清这个城市，而且也找不到他自己了。他每一次散步出去，都会觉得他把自己撇在身后了，一边走一边就把自己丢在了街上，因为把感知能力降至仅仅是一双眼睛的视觉，这就逃避了思考的义务，只有这种方式，才能使他得到一种内心的平静，一种祛邪安神的虚空。外面的这个世界，他四周的，他前面的，一直处于变化之中，他的目光不可能长时间停留在任何一样东西上面。重要的是他在走动，一步一步地迈出去……在最享受的

1. Paul Auster. *The Art of Hunger: Essays, Prefaces, Interviews*, London and New York: Penguin, 2001, p. 261.
2. Mark Brown, *Paul Auster*, p. 3.

漫步时刻，他会有一种不知身置何处的感受。这种感受，最后就成了他所期望的情形：身处乌有之乡。

毫无疑问，奎恩想要通过都市漫步来寻求自由，寻求西美尔所谓的“闹中取静”，建构城市个体所需要的自由空间。然而，街道上无穷无尽的视觉刺激使他无法应付这个千变万化的迷宫；他只能逃避。漫无目标的游荡让他失去了地方感，甚至抹杀了他作为个体都市人的存在意义。奥斯特在一篇尚未发表的手稿里写道，“城市将生活于其中的个体居民沦为物品，每个人只获得一种观察视角，仅仅凭借着想象的作用去创建这个城市。确切地说，纽约并不存在。”[1]在奎恩眼里，纽约是无主体的，无名的，微不足道的。这座城市没有给他提供任何可辨识的坐标，这令他感到不知身处何处，于是，眼睛所见无不是“乌有之乡”。

然而，这却是城市个体在单一视觉维度下建构的乌有之乡，它打破了人（的内心）与外在世界的界限，把内心的虚空投射到纷繁复杂的城市生活中，并使所处的城市不断随心性发生剧烈的变化。“在感觉最好的日子里，他能够把外界的什么东西摄入体内，成为内心的主宰。让客体之物浸润自身，把自我逐出自身，他成功地抑制了自己时而出现的绝望心境。如此说来，漫步，应该是一种无意识的举动。”实际上，使都市个体丧失个性的都市漫步赋予街道以异化的功能，使个体在漫步的时候通过异化而实现主动的自我放逐。奥斯特在小说中引用波德莱尔的话来说明都市中人与外部世界的关系。“波德莱尔：Il me semble que je serais toujours bien là où je ne suis pas。也就是说：在我看来似乎是，在一个我不在的地方，我才有

1. Mark Brown, *Paul Auster*, p. 4.

欢乐。或者，更直截了当地说：在我不在的地方我才是我自己。或者，还可以不顾一切地这么说，那是在这世上以外的任何地方。”在这个意义上，自我放逐就是寻找自我、寻找意义、寻找身份的确定性。

身份对奥斯特而言无疑是城市文学的重要主题，他曾坦言，整部《纽约三部曲》都是关于身份的故事，探讨“谁是谁或者我们是不是我们眼中的自己”[1]的问题。然而，如伊哈布·哈桑（Ihab Hassan）所说，后现代时期的一个特点是在“重建自我”中对流动性身份的追捧[2]，这种追捧同时也是对“稳定一致的自我概念”的质疑[3]。从城市文化的特点来看，身份的流行性越大，对稳定一致的自我概念的要求也就越强烈，而这种强烈要求本身就蕴含着对同质性身份的质疑。《玻璃城》一开头就展现了错综复杂、相互指涉的人际关系。人的身份丧失了确定性，没有了固定的意义，身份自身也变成流动的了。较为吊诡的是，作者自己也身临其中。书中说侦探小说家奎恩接到很多个电话，电话里要找的是奥斯特侦探事务所的保罗·奥斯特，于是奎恩就冒充奥斯特把一个个案子接了下来，并且故事讲到后半部分时，保罗·奥斯特真的以侦探小说家的身份出现了。奎恩的任务是保护一个叫彼得·斯蒂尔曼的诗人。他是个疯子，为了避免受另一个疯子的迫害才逃跑的，而另一个疯子就是他父亲，也叫彼得·斯蒂尔曼，刚从精神病院出来。然而，彼得·斯蒂尔曼可能是个化名，因为在介绍情况时他说这不是他的真名。名字作为个体身份的指涉名词就这样失去了指涉意义，成了流动的符号，而符号流动

1. Paul Auster, *The Art of Hunger*, p. 279.
2. Ramón Espejo, “Coping with the Postmodern: Paul Auster’s New York Trilogy”, *Journal of American Studies*, Vol. 48, No. 1, 2014, p.155.
3. Madeleine Sorapure, “The Detective and the Author: City of Glass”. in *Beyond the Red Notebook*, Dennis Barone ed. Philadelphia: University of Pennsylvania Press, 1995, p. 77.

的背后则是由流动性身份所映照的当代都市生活的瞬息万变。城市中的每一个个体必须在这瞬息万变中不断变换身份，建构身份。

身份的这种变换和建构是一个长期的重复过程，与都市的生活环境密不可分，因此具有一定的偶然性和随意性。奎恩以前是小说家，当偶遇一个读自己小说的姑娘时，他看起来异常兴奋，但事实上却非常恼怒：自己辛苦创作的作品在这样的读者眼里不过是用来打发时间的消遣之物——文学丧失了感悟人生、惠及众生的文化魅力。作为作家，面对以消费为主要目的的图书市场，他不得不重新进行自我定位和反思，他不得不通过自我叙事来重新建构自己的身份。作为具有多重身份的人物，他很难用一种稳定的身份叙事来叙说。他曾“希望有某种突然的灵光一现，某种茅塞顿开的大彻大悟以助他了解这个人（斯蒂尔曼）”。但当在火车站等待时，他看到眼前“每个人都跟别人不一样，每个人都确凿无疑地是他自己”。更怪异的是，奎恩发现了两个长相一模一样的斯蒂尔曼。于是，自我的身份分裂就投射到街上的人群中，投射到所追踪的人身上了。符号和意义之间的不确定性决定了身份的偶然性和随意性。

随着情节的发展，奎恩三次以不同的身份直面斯蒂尔曼。他坦然说“人是会变的，不是吗？一分钟前是这样，过了一分钟又变了个样”。他迷恋侦探工作，实则是在“冒名”中找到了快感。与爱伦·坡的《人群中的人》（*The Man of the Crowd*，1840）中大病初愈的“侦探”一样，奎恩也渴望在这个老人身上找到答案，也同样注重细节。“在他以往的想象中，出色的侦探工作的关键是密切注视细节。了解得越是翔实准确，办案就越成功。这其中的含义是：人类的行为举止是可以被解读的，从举手投足到某些行为习惯……理出某种头绪，寻绎某种动机来源。然而，在费力地捕捉到所有这些表面印象之后，奎恩却觉得自己并不比当初第一次跟上斯蒂尔曼时更了解他。……他并没有缩小自己和斯蒂尔曼之间的距离，他曾看着这老人从自己面前溜走，甚至就在自己眼皮子底下。”经过一番苦苦追踪，终究还是丢失了目标，奎恩得出结论：“这老人已经成为这个城市的一部分。他是一个斑点，一个标点符号，绵延无尽的砖墙上的一块砖头。”都市街头上的每一个人和每一个事件，“都可归结为偶然的机遇，一种数字和概率的梦魇。……没有提示，没有线索，没有活动踪迹”。斯蒂尔曼成了整个城市符号体系的一个因素，是整体城市叙事的一部分，在后现代小说中，意义指涉从能指与所指的纵向关系转变为能指符号间的横向游戏。他的生活现实“只存在于话语描述它的过程中”[1]。

人物的丢失象征着意义的丢失；无迹可寻意味着能指的流动和所指的淹没，这是语言的特征。“语言是自我和世界的遭遇，异化是语言及其滥用的结果。”[2]斯蒂尔曼的疯癫举动一方面具有要拯救语言的救赎意义，另一方面却也加剧了意义的不确定性。“世界裂成了一块块碎片。”他要“再把那些碎片拼凑到一起，找回它的原样”。他要发明一种新的语言，从而让精神层面的语言对应物质世界的文本。“我们的语言已经不再对应这个世界了。当事物是完整的之时，我们自信地感觉到我们的言词可以表达它们。但是，渐渐地，这些事物变得不完整了，零零碎碎地散开了，溃散成一片混沌。可我们的言词却还保持原样没变，它们已经不适合表达它们本身的新的实体了。”与奥尔罕·帕慕克（Orhan Pamuk）《纯真博物馆》（*The Museum of Innocence*）中的叙述者一样，斯蒂尔曼也在

1. Ramón Espejo, "Coping with the postmodern: Paul Auster's New York Trilogy", p. 157.
2. Ibid., p. 159.

收集弃物，所不同的是，帕慕克的叙述者是要通过这些弃物寻找过去的语言，而斯蒂尔曼则是要通过这些物品发明与之相对应的语言，如果说前者是要通过寻找过去的语言重现逝去的美好，那么，后者就是要创造新的语言找到城市本真的秩序。然而，斯蒂尔曼的“语言”随着他的消失而成为永远的秘密，这也说明碎片化世界中的语言危机终究是无法克服的。

但斯蒂尔曼并没有放弃。他试图通过父子关系来验证语言符号中能指与所指之间的脱节，以此来解释确定性与流动性、自我身份与自我转换之间的关系。他把幼小的儿子关进黑屋子一关就是九年，目的是要让其自然地习得纯粹的、没有污染的上帝语言，并通过这样的纯粹语言获得完整的自我。这种乌托邦梦想最终把父亲送进了精神病院，而这样的成长环境也使儿子几近癫狂，后者对自我和外界社会充满了不信任、畏惧和混乱的认识。用弗洛伊德的话说，这是人在世界中的一种“怪感”（uncanny）体验，也是人与人之间的存在关系。这是一种“莫名其妙的不舒适和怪异的感觉”，其主体“与可怕的东西相关——与引起恐慌的东西相关”。它本质上有被压抑的一面，“是那种令人回想起很久以前熟悉的人人皆知的恐惧之感”。而之所以怪，是因为人们在最应该感到安全或者熟悉的地方，产生了不在家或不舒服的感觉。[1]这恰恰是奥斯特笔下人物在大城市中的境遇，也是作家本人的城市生存体验。

在几乎令人僵化的寻常生活中发生的出乎意料的事情往往决定了我们的生活走向……世界是超乎我们理解范围的。我们

1. 于连·沃尔夫莱：《批评关键词：文学与文化理论》，陈永国译，北京：北京大学出版社，2015年，第312—313页。

时刻警戒着这些神秘事件。其结果令人恐惧，但同时也是可笑的……作为小说家，我自觉有责任将这些事件写入书中，去描绘一个自己认识和感知的世界。每一刻都有未知降临，我的职责就是用开放的心态看待和接受这些碰撞，去找寻和探究世界发生的神秘和灵异。[1]

事实上，《玻璃城》就产生于城市日常生活的这些碰撞之中。[2]这些碰撞触发了作家的灵感，但写作的任务，并不仅仅是去描绘一个熟悉和感知到的世界，而是必须去探究这些碰撞背后的神秘，发现这些表面上看似怪异的事件背后的真实。奥斯特小说中反复出现的怪异事件、双重或者多重身份的交织、死而复生的神秘人物等，在枯燥单一的生活中虽显得有些突兀，但正如“怪感”本身所蕴含的二元关系一样，意外的和陌生的事物被当作平常的和熟知的事物，魔幻的神话和幻象被视为日常生活的现实。当人在日常生活中获得的怪感变得习以为常时，那又该如何刻画一个比它更怪诞的现实呢？当现实与想象的界限已经无从分辨的时候，小说家所能做的就是尽可能再现一个充斥着怪感却又熟悉和平常的世界。

生活在这样的一个世界里，面对无数未知的超现实的怪异和神秘，意义和确定性就成了可望而不可即的东西。追踪斯蒂尔曼的行踪时，奎

1. Peter Brooker, *New York Fictions: Modernity, Postmodernism, The New Modern*, London and New York: Longman, 1996, p. 157.

2. 奥斯特第一次离婚后，搬到了布鲁克林的一家公寓。两个月后的一天，他接到一个电话，问这里是不是平克顿侦探事务所，回答当然是否定的。第二天，他又接到一个电话，询问相同的问题。于是，他开始想，如果我的回答是肯定的，会发生什么？如果我装作是平克顿侦探事务所的侦探，那会怎样？而如果把这些回答写成故事呢？《玻璃城》就是基于日常生活中经常接到的“错误电话号码”写成的。（James M. Hutchisson, *Conversations with Paul Auster*, Jackson: University Press of Mississippi, 2013, pp. 28-29.）

恩在地图上画出由几个字母组成的路线，表面上看这似乎蕴含着惊天的秘密，但实际上不过是偶然的巧合。“不管他做出什么选择……都可能是武断的，是一种无可奈何的将就之策。不确定性将始终如影随形地一直跟着他。”不论作为侦探的“奥斯特”还是作为侦探小说作家的奎恩，生活在城市中，面对无数有待破解的符号、密码和铺天盖地的媒体景观，都仿佛置身于超现实的巨大的“怪感”世界中，因此只能在偶然、短暂和瞬时的城市际遇中不断探索，在未知的、不确定的、怪诞的城市空间中不断行走，才能创造自己的身份，编织自身的话语，开拓出自己的一席之地。他们又何尝不是波德莱尔笔下现代城市生活的英雄——城市漫步者呢？

城市漫步者是带给城市一种独特意识的观察者，是现代生活的艺术家。城市不断更新的景观形象为他们提供了直接、多样、新鲜的感官刺激。城市发展越快，社会关系更迭就越频繁，形象刺激就越变幻多端。艺术家想要寻觅固定的、永恒的美，但现实中只有转瞬即逝、飘忽不定、昙花一现的美。而且，这种美是艺术家主观内在印象的表征，是他在四处观察和游荡中捕获的世俗景象。艺术家的责任就是将隐藏于现代生活中的种种矛盾在自己的作品中呈现出来，就是要从“城市漫步者”的视角来反映都市生活的流动性、碎片性和不确定性，就是要像爱伦·坡和波德莱尔那样，以诗人的特权和艺术家的姿态，隐身于都市人群，享受观察的乐趣，同时又游离于人群，保持超然的姿态，并迈开游荡的脚步，穿梭于都市迷宫，拥抱每一个反复无常的变化，搜寻每一个瞬息万变的形象，用“一面和人群一样大的镜子”“一台具有意识的万花筒”，“表现出丰富多彩的生活和生活的所有成分所具有的运动的魅力”[1]。

---

1. 夏尔·波德莱尔：《现代生活的画家》，第481—482页。

城市漫步者与街头人群之间的辩证关系在奥斯特再现的后现代社会里非但没有消亡，反而以更具流动性、碎片性和怪诞的方式出现在城市的日常生活中。越来越多丧失个性的人构成了人群中千篇一律的空虚面孔。“所有原创性的东西都已经被讲过或者做过。真实性的完整概念已经被抛弃。”[1]看似日新月异的生活实际上在被不断地重复、拟仿和体验。如果说作为“现代生活英雄”的城市漫步者曾在瞬息万变的人群和形象中拼贴出完整的自己，那么，后现代的城市漫步者在面对众多寡然无味、千篇一律的重复形象时，就更容易迷失自我，丧失主体。詹明信指出，“城市的异化与地方景观在个人脑海里无法测绘的程度是直接成正比的”[2]。也就是说，城市人想象的城市地图总是短暂的、瞬时的，随后现代城市景观的变化而变化，这使他们测绘地图的努力徒劳无益，后现代城市“只有在碎片和无法测绘的基础上才可称之为‘真实的’”[3]。这也是奥斯特的《玻璃城》中使奎恩“不知身处何处”的“乌有乡”，是“他在自己周围垒起来的一个乌有之乡”，是一个永远都给他带来“迷失感”的主观建造的物理和精神空间。

斯蒂尔曼消失后，奎恩偶然在一家商店门前的镜子里看到了自己的形象，“他压根儿都没有认出这是他自己。他以为在镜子里看见了一个陌生人呢……这段时间里，他成了别人”。然而，作为“现代生活的英雄”，他不介意这种身份转换，甚至享受匿身于人群的权力。“他试图回忆起以前的自己，却发现很难做到。……这真的没有什么关系。他以前是一个

1. Maria Beville. "Zones of Uncanny Spectrality: The City in Postmodern Literature", *English Studies*, Vol. 94, No. 5, 2013, p. 608.
2. Fredric Jameson, "Cognitive Mapping", in *Marxism and the Interpretation of Culture*, C. Nelson and L. Grossberg ed. Champaign: University of Illinois Press, 1990, p. 351.
3. Ibid.

样子，现在成了另一副样子。不算更好也没有更糟。不一样了，仅此而已。”城市漫步者“拥有作为自己和任何其他自觉得适合的人的特权……像一个游荡的灵魂恣意进入他人的身体”[1]。奎恩“要成为奥斯特，即意味着要成为一个没有本性的生命，一个没有思想的人”，从而得以“把外界的东西摄入体内，成为内心的主宰”。到头来，自己只是一具空壳，连家都丢了，流浪到斯蒂尔曼被遗弃的家中，像死人一样与世隔绝了。

鲍德里亚把后现代城市说成死亡之城。“公墓不存在了，因为现代城市正在发挥公墓的作用：它们是幽灵之城、死亡之城。如果伟大的都市是整个文化的终极形式，那么简单来说，我们的文化就是死亡的文化。”[2]当然，死亡并不是指真正意义上躯体的死亡，而是指城市人面对无处不在的幻象和拟仿而丧失主体性的过程。超现实“消除了现实与想象的矛盾。非现实不属于梦境或幻想，不属于隐藏的内部，而属于对现实世界幻觉式的拟仿。在这个过程中，现实变得反复无常，成为死亡的隐喻”[3]。奥斯特呈现了一个碎片化的、没有中心的、被怪诞景象和神秘符号所包围的城市，生活中的怪感和神秘，包括黑暗、孤独、丧失、痛苦甚至死亡都不足为奇。本雅明说，“死亡是分界线，它让生的故事得以讲述”[4]。而且，如奥斯特所说，“只有在孤独的黑暗中，记忆才开始工作”[5]。

奥斯特在小说中挖掘后现代城市的本质，揭示多变的城市景观在现

1. Walter Benjamin, *Walter Benjamin: Selected Writings 1938-1940*, Boston: Harvard University Press, 2003, p. 32.
2. Jean Baudrillard, *Symbolic Exchange and Death*, trans. Mike Hamilton Green, London: Sage, 1997, p. 127.
3. Ibid., p. 72.
4. Water Benjamin, *Illuminations*, trans. Harry Zohn, New York: Schocken Books, 1968, p. 94.
5. Paul Auster, *The Invention of Solitude*, London: Faber& Faber, 1988, p. 164.

实与想象、真实与虚无、记忆与幻觉之间那种既熟悉又陌生的“怪感”体验，进而在价值符号和生活意义之间脱节的情况下，在城市漫步者的内在私人空间里重建了一个具有救赎意义的世界。小说结尾时，奎恩已经超越了自己：“对自己也越来越不在意。他写星辰，写地球，写他对人类的祈盼。他感到自己的语言已经切断了与自己的联系，现在它们已经成了大千世界的一部分，非常真实而明确，就像石头、湖沼，或是花朵。”叙事和重复性写作使奎恩获得了想象性自救。鲍德里亚所说的死亡之城及其揭示的无法控制、吞噬一切的威胁力量，在奥斯特笔下的纽约城中却并非破碎殆尽，都市中无法拼贴的噩梦、流动的身份、变幻的景象、碎片化的生活似乎能够在都市人共享的历史记忆中持存，并在精神上重建起来。城市并没有死去。或许，最终的救赎就如同每日偶发的事件一样，就像突然停下来而等待再发的列车一样，“不知什么原因，灯突然灭了，电扇停止转动，每个人都静静地坐着等待地铁重新开动。没有人说一句话。甚至没有一声叹息。我身边的纽约人在黑暗中带着天使般的耐心静静地等待”[1]。

从以上论述中可以看出，奥斯特笔下的纽约是一座“玻璃城”，其典型特征是易碎性。如同小说中人物所体验到的，在现实生存环境中，“玻璃城”已经破碎，这已通过生活的不同方面充分反映出来了。如何拯救或重建一个已然破碎的生活世界？如何点燃一盏突然熄灭的灯或重新启动突然停止的电扇？纽约人静静的等待似乎既是事实又是虚构，但绝不是出路。作为小说家，奥斯特不能像建筑师那样给出具体的城建计划，他只能通过想象和虚构而把现实“升华”，使它“崇高”起来，“荒诞”

1. Paul Auster, *Collected Prose*, London: Faber & Faber, 2003, p. 503.

起来，或者“破碎”起来，进而给人以启示和警醒。如我们所看到的，纽约，无论在想象中还是在现实中，都是一个包罗万象的“城中城”，城里每个人的生活和命运都由他在城市中所处的位置决定。日常生活中，无数偶然的、无法预测的未知事件在每个人的眼前发生，而每个人又对这些事件熟视无睹。这即是说，人们已经习惯了这个世界的变化无常。它的诱惑和无情，它的魅力和残忍，它的逻辑和因果关系，这一切都不像在爵士时代那样重要了，或者也彻底失去了意义，因为意义本身已经随着身份的不断丧失而不复存在了。后现代城市既索然无味又错综复杂，索然无味的生活本身未能激起好奇的人们去探索其错综复杂的背后逻辑，更多的人只能像小说的主人公奎恩一样，在寻求身份中丧失自我，在试图证实自我的努力中失去自我。奥斯特意在说明，后现代城市的发展已经到了非个人化的程度，只能不断用语言去构造或重构，而每一次语言重构都会使它离现实更远，最终，城市本身也变成了语言，毕竟后现代的一切发明，包括孤独、破碎和身份的丧失等，归根结底都是语言的发明。

# 结　语

# 现实与想象缝隙中的城市形象

城市是20世纪美国文学的重要主题之一，更是现代文化乃至人类文明必不可少的根本元素，无论是歌颂还是批判，城市形象始终凝聚着作家永恒的神话般的创造力，吸引着批评家、文化学家和社会学家从不同视角、不同层面对现代城市生活经验进行深度的剖析、阐释和总结。从文学的研究视域来看，文学中的城市形象绝不是一个新鲜的话题，甚至可以说自从有了文学，就有了文学中的城市。如果少了关于人类最早聚居地的想象性描绘，《吉尔伽美什》《圣经》和《伊利亚特》等早期史诗和神话思想的史学价值必然会大大降低，作为人类初始文明的参照意义也会大打折扣。作为军事、宗教、政治、经济、文化活动中心的城市，从诞生起就代表了人类在自然环境中创造的伟大的文明成就，是不可磨灭的丰碑。然而不可否认的是，城市的爆发性增长和城市化进程的急速推进只是近百年的事。1800年，全球只有3%的人口生活在城市，1900年有14%的城市人口，而到了今天，城市已经聚集了全球半数以上的人口。也就是说，真正意义上的现代城市是启蒙时代的产物。在现代城市中诞生了前所未有的生产、消费和生活方式，城市也激发了人们新的意识和想象力，仿佛就此出现了一种从未有过的现代人。在这个意义上，研究

20世纪美国文学中的城市形象就可以实现双重目标。这首先在于对现代意义上的城市发展脉络进行历史性梳理。我们将文学中的艺术再现与历史现实有机结合起来，从想象与现实的缝隙中发掘记忆中不可见的城市形象，把想象作品中蕴含的无尽可能性融入未来的城市文化建构中。另外，这项研究可以考察现代化、都市化进程中美国人的经验世界、生存处境，他们的欲望和德性以及所遭受的精神创伤，展现那些不为历史记载、无法用数字统计的“看不见的城市”——人的城市——的体验。

美国城市规划专家林奇在《城市的形象》一书中创造性地指出，城市形象的构建过程是城市环境和城市居民互动的过程。尽管林奇所说的城市形象主要指“城市景观”，多局限于城市规划和设计的范畴，但其开放的、互动的、动态的观点对城市文化研究产生了深远影响。理查德·利罕在《文学中的城市：知识和文化的历史》中对西方城市从启蒙时代到现代主义再到后现代主义的发展进行了全景式、历史性的论述，以“将城市概念化的道路”表达了试图“创造一个物质性的城市文本并将此文本根植于知识和文化传统中——也就是历史中——的愿望”。因为城市与城市文学之间存在互文性，“当文学给予城市以想象性现实的同时，城市的变化反过来也促进文学文本的转变”[1]，阅读城市的方式也就暗示着阅读文本的方式。利罕因此得出结论，“城市是都市生活加之于文学形式和文学形式加之于都市生活的持续不断的双重建构。”[2]这也是笔者阅读城市文本和文学文本的出发点。

在世界文学的版图上，城市的形象并不是单一的，每一座城市都有

1. 利罕：《文学中的城市》，前言，第3页。
2. 同上，第3页。

其独特的表征形式。有狄更斯笔下19世纪的伦敦上演的“双城记”，有巴尔扎克讲述的巴黎的“人间喜剧”，有乔伊斯叠加于神话之上的都柏林城，有卡尔维诺架构在想象之上的“看不见的城市”，有波德莱尔笔下盛开着“恶之花”都城，也有艾略特展现的堕落世俗的、成为物质主义深渊的城市“荒原”。正如罗兰·巴特告诉我们的，没有唯一的现实主义（Realism），只有不同的现实主义（realisms）。作家聚焦于城市，不断以各自的方式书写对城市不同的观察、经验和感受，构建了一幅幅风格迥异的现代城市生活图景。然而，作家在刻画城市形象的过程中，离不开现实城市与想象城市之间共通的历史意识和城市人的生活经验。因此，本研究在描绘20世纪美国小说中的城市形象的过程中同样以这两方面为主要切入点，考察两种类型的城市形象，一种是经过作家想象性重构的形象，另一种是现实城市中实际存在的形象。它们不仅是物质的形象，更是文化的形象，在想象与现实的形象之间存在着相互建构的对话关系。

首要一点，强调现实的城市与想象的城市之间存在的差异，即是突出作家自己创造的具有个人鲜明特色的、秘密的、有待读者解码的城市。正如哈那·沃斯-内舍（Hana Wirth-Nesher）在《城市编码：阅读现代城市小说》中所说，不同作家看待城市的角度不同，呈现的城市形象自然各有差异，在差异的基础上阅读城市小说是基于作家在城市中占据的不同地点，也就是他们作为“不同类型的局外人体验到的不同边界和距离”[1]。再者，城市形象的表征本身就是一个充满矛盾的过程。一方面，对城市居民而言，他们不可能从整体上把握城市，获得城市经验，

1. Hana Wirth-Nesher, *City Codes: Reading the Modern Urban Novel*, New York: Cambridge University Press, 1996. p. 12.

除非在想象中将城市加以简化。另一方面，任何人在传递自己的城市经验时都需要用语言进行转化。虽然对于历史学家、社会学家而言，他们的根本目标是再现和梳理现实城市的真实经验，但他们仍然需要通过语言来传递。把真实的城市转化为词语的城市（word city），这本身就是一个隐喻化的过程，只不过历史学家的理想是在现实与词语之间建立一种一致性。[1]在历史学研究领域，如果说在19世纪的重构论历史观下城市仍然具有单一的、统一的、线性发展的过去，而且随着历史事实的积累，仍然能够呈现城市的本来面貌和意义，那么20世纪的建构论历史观则凸显了历史学家与历史之间的交互关系，在他们看来，任何史料都已经不可避免地带上特定的视角，历史学家需要用自己的精神去"重演""重现""重新复活"城市及其承载的文化精神。到了20世纪70年代，西方历史哲学领域发生语言学转向以来，以美国历史哲学家海登·怀特（Hayden White）为代表的后现代主义解构论的历史观彻底将历史和历史学"解构"成纯粹的文本。在这个意义上，所谓真实的城市已经不复存在，因为历史学本身就是一种"叙事话语模式"，其内容在同等程度上是"被发现的"，也是"被发明的"，历史学著作也成为"以叙事性散文话语为形式的言辞结构"，一种"文学制品"。[2]解构论的历史观打破了历史与文学的分野，那么真实的城市与词语的城市之间的鸿沟是否也可以跨越？

事实上，城市文学研究强调作家通过想象、再现、表述和话语形式等对现实城市的塑形（configuration），是对城市研究中以社会历史文化

1. 陈晓兰：《二十世纪八九十年代英美都市文学研究一瞥》，载《外国文学动态》，2006年第6期，第10页。
2. 彭刚：《叙事、虚构与历史：海登·怀特与当代西方历史哲学的转型》，载《历史研究》，2006年第3期，第25页。

为中心的抗衡。如陈晓兰所说，“文学不仅仅作为文化研究的附庸而为文化研究提供材料，文学对城市的‘观念化’问题被提升到城市文学研究的中心，成为研究的出发点。”[1]文学的、词语的、虚构的城市与社会的、现实的、真实的城市之间的关系是密不可分的，它们共享知识和文化的历史，共同创造了城市发展的历史节律，共同构成了城市命运的重要组成部分。而城市作为一种动态而非静态的领域，随着物质的城市的不断演进，文学尤其是小说对其的再现方式也在不断发生变化。《文学中的城市》一书就勾勒了城市与文学文本之间相辅相成的关系。利罕认为：现实主义和浪漫主义为我们提供了商业城市的洞见；自然主义和现代派表现了工业城市的洞见，而后现代主义则为我们窥视后工业城市提供了视角。[2]所以文学构建想象的城市，赋予其“想象的现实”，城市也在很大程度上决定了作家的生活方式、观察视角甚至文学创作中涉及的原型、技巧、情感、主题和叙述范式等。

真实城市与想象城市之间的复杂关系并非利罕最早提出。伯顿·派克在其著作《现代文学的城市形象》中已经明确指出真正的城市生活经验与词语城市之间存在缝隙。作家无法直接呈现自己的生活经验，必须要通过语言和文学形式的修辞惯例去表达自己观察和理解的城市。当然，作家也可以创造和拓宽现有的文学传统、语言和形象，但必须冒着加剧读者阅读困难的风险。乔伊斯创作的谜一般的《芬尼根守灵夜》时已经抛弃了读者，而沉醉于自己创造的世界之中。然而，从社会语言逻辑的角度来看，表现城市特性的语言是一种形式上的符号体系，虽说城

1. 陈晓兰:《二十世纪八九十年代英美都市文学研究一瞥》，第10页。
2. 理查德·利罕:《文学中的城市》，第380页。

市形象具有差异性，但在西方文化的历史演变中，它一直具有隐喻力量，表现出某种情感上的一致性。派克据此勾勒出欧洲文学中城市形象演变的轮廓，从早期城市表现为天堂和地狱的两面性，到19世纪文学从城市社群转向个体孤独、从静止转向流动的态势，直到后现代作品中城市的具体地点和空间表现都被消解，变成非物质化、碎片化的“看不见的城市”。[1]

如果说一个城市的历史记忆往往是集体的、宏观的、理性的，那么文学的记忆则是温暖的、柔软的、个体化的。作家的责任就是把个体的记忆转化为城市的、集体的人文经验。作家站在真实的城市与想象的城市的缝隙之间，捕获瞬间体验，又用艺术的方式将其转化为永恒。波德莱尔率先唱响了现代生活的赞歌，在19世纪的都城巴黎漫步，审视、阅读街头的万般景象，破解隐秘的城市角落里无数瞬息万变的隐喻。罗兰·巴特认为城市是一种符号、一种话语、一种语言，它们的共性在于借助某种媒体“对着城市居民说话”，向他们讲述一个空间化的时间的故事，并通过这个故事向他们传达某种要从根本上展开的“诗意”，而且作为一种开放性的结构符号，城市的意义永远不可能被填满，城市的故事也永远讲不尽。如果说城市是“石头上的写作”，那么文学就是“纸面上的写作”，[2] 无论哪种写作，都是书写个体和城市独一无二的经验遭遇。同时，纷繁复杂的城市决定了个体在其中只能摸索到城市的片段，只能将一个特定时空下城市的经验记录下来，也就是说，城市的经验不是固定的、一成不变的，而是流动的、变化的、繁复多样的。

---

1. Burton Pike, *The Image of The City in Modern Literature*, p. 11.
2. Roland Barthes, “Semiology and the Urban”, in *Rethinking Architecture*, N. Leach ed. London: Routledge, 1997, p. 167.

城市构成了作家创作的地缘依据，而城市形象则是作家再现城市文本、挖掘城市记忆、表达城市思想的根本依据。雷蒙·威廉斯以“城市和乡村”为核心搭建的比较视野成为城市研究传统中影响最为深远的视角。西美尔在谈论大都市的精神生活时总是隐含着对乡村文化的某种眷恋。本雅明在那不勒斯的街头漫步中发现了这座城市的“多孔性”，即公开与私下、神圣与世俗、新与旧等空间场所之间的混淆，在这里，漫步者看到了已经成为废墟的新建楼房，宗教活动与世俗生活相互渗透的教堂，工作与休闲相互融合的繁忙景象，以及集市贩卖、即兴表演、赌博行骗、卖淫行乞等万花筒式的“现代性幻象”。当城市被置于同乡村对立的比较视野中时，它已经被看作现代性的载体，不再强调个体城市的独立气质和独特体验，反而获得了属于自己的共同属性。“城市主要是作为一个文明类型而被看待的，它涉及到人类生活方式的总体”[1]。所以城市形象不应该仅仅是社会学、历史学和人文学科的研究对象，其本身就是文学和艺术的永恒主题。

本研究梳理和分析了20世纪美国文学中的城市形象，试图在现实与想象的缝隙间阅读和理解作为符号和文本的城市，在从隐喻到分析的过程中发现城市的象征意义和生成过程。文学中的城市并非脱离现实、不切实际的虚构空想，相反，城市存在于文本之中，我们只能通过自己的感知，在语言、符号、景观和形象等拼凑出的碎片中去理解和表述城市，而也只有借助于语言和符号描述，城市才能成为可认知的对象，从而融入开放的、动态的、发展中的城市文化建构之中。

20世纪的美国城市首先是欲望构成的物之城。南北战争结束后，在

1. 汪民安等：《城市文化读本》，第6页。

第二次工业革命的推动下，美国迎来了财富急剧增加、城市化进程加速的镀金时代。作为镀金时代美国城市飞速发展的见证人，自然主义代表作家德莱塞始终聚焦于城市，尤其关注年轻的乡下男女抵达城市后所受到的城市文化和消费主义的诱惑和冲击。《嘉莉妹妹》讲述了怀揣梦想的农村姑娘嘉莉一路从芝加哥到纽约的经历。来到城市，嘉莉不断寻求一个更好的、未知的自我。一方面她内心强大，在城市浮华炫耀的人群中，在百老汇灯光闪耀的舞台上，不断突破获得自我感。另一方面，她又被自己的物质局限所束缚，不断膨胀的欲望总是会在某个时刻被挫败。城市及其蕴含的无限可能如同催化剂一般塑造了嘉莉，她在城市中的命运沉浮也折射出城市具有超越人的力量的外部环境，也就是资本主义金钱社会对人的支配。在“适者生存”的城市丛林里，嘉莉是胜利者，实现了自己渴求的一切物质追求，但再多的物质满足也无法填补她精神上的空虚。德莱塞像一个物质世界的预言家，面对不断膨胀的物欲早早敲响了警钟。

在20世纪美国的城市文学中，美国梦是一个不可或缺的重要主题，围绕美国梦的实现与破灭而展开的历史叙事涉及城市日常生活的方方面面，既有普通百姓的平常生活，也有暴力、犯罪、阶级斗争和种族冲突等反映社会动荡的重大事件，在这方面，文学所再现的是一幅多元动态的全景图。作为“爵士时代”的缔造者和终结者，菲茨杰拉德凭借充满勃勃生机的想象力和敏锐非凡的创造才华，准确把握了大都市的精神氛围，刻画了20世纪纽约的社会风貌，而作家璀璨夺目又短暂的一生更是为这个时代谱写了一曲最动人心魄的挽歌。菲茨杰拉德在作品中淋漓尽致地表现了这个时代的华美与绚烂、喧嚣与冲突、梦想与幻灭，其中最有代表性的当属《了不起的盖茨比》。小说中叙述者尼克是唯一可以洞察城市本质的人，他看到了纽约生机勃勃的街道景象，也看到了破败衰落的灰烬谷尽头，他看到了盖茨比永葆希望的天真执着，也看到了黛西冷酷无情的虚伪懦弱。如果说尼克在小说开始时从西部到达东部象征着城市所代表的工业资本主义的巨大吸引力，那么结尾时的离开则是返璞归真、回归旧的生活方式的天真想象。然而，现代城市的发展进程是不可逆的，东部城市文明向边疆的侵蚀也是不可扭转的。正如菲茨杰拉德，遗失了他的城市，也遗失了“那璀璨的梦幻”。

在现代主义文学的视野下，20世纪美国城市小说表达了两种完全不同的城市想象。城市时而被描绘为充满异域冒险和新鲜契机的极具诱惑力的空间，时而被描绘为种族和经济压迫下的封闭空间，而更多情况下，作家采取了开放和封闭空间并存的双重模式。多斯·帕索斯的《曼哈顿中转站》以全新的叙述风格和创作视角被誉为“第一部真正的美国现代主义小说”。城市在这部编年体式的小说中扮演着众多角色，是故事发生的舞台，是小说的主角，也是反派。多斯·帕索斯以黑暗、讽刺甚至悲观的态度描写了20世纪早期物质主义盛行的美国大都市，用美国梦破灭的主题和对资本主义的反讽鲜明地表现了“迷惘的一代”的失败主义，并用一种街景快照式的手法展现了现代都市生活的象征符号，呈现了资本、商品、符号和城市主体无休止的流通，成为最早捕获美国现代城市精神的小说之一。

一战的爆发很大程度上阻断了来自欧洲的移民潮，但美国境内的移民潮很快风起云涌，出现了著名的“第一次黑人大迁徙”。从南部乡村到北部城市，黑人在城市化进程中不仅感受到了生活环境的变化，更接触到了先进的、现代的、工业化的城市生活。享誉美国乃至世界文艺界的哈莱姆文艺复兴是非裔美国文学史的一个重要阶段，黑人作家对城市的不同态度也带来了这一时期对哈莱姆丰富多样的城市表征。哈莱姆是黑人的天堂，代表进步、未来和自由的美国梦，也是肮脏的城市贫民窟，充满了暴力、落后和种族化的阴谋。黑人知识分子和作家在争论、探讨和大声疾呼中表达了自己的种族自豪感和独立精神。哈莱姆文艺复兴之后，很多重要的非裔作家都描写了黑人恶劣的居住环境，成为黑人社区主要的城市空间表达，其中包括20世纪五六十年代的黑人作家三巨头詹姆斯·鲍德温、理查德·赖特和拉尔夫·艾里森。鲍德温从自身作为黑人和美国人的双重意识出发，指出了美国文化和美国身份的本质，即多种族文化之间的冲突与融合，而这一点在城市中尤为突出。城市的空间区隔和种族割裂本身就是黑人与白人之间文化冲突得不到解决的直接表现。鲍德温提倡黑白融合，用爱来抗议种族矛盾，用爱来抵抗种族歧视。赖特的短篇小说《住在地下的人》勾勒出一个充满犯罪、堕落和道德败坏的地下世界，住在地下的主人公代表所有身处敌对、异化、疏离的生活困境中的美国黑人。赖特通过下水道极端的生存环境揭露出种族主义笼罩下的城市黑人的边缘化境遇，他们是“住在地下的人”，是被地上主流社会、文化、经济体系排除在外的“局外人”，在权力话语的体系中，他们永远是沉默的、被误解的、不被信任的。艾里森创作了非裔文学史上史诗般的经典著作《看不见的人》。小说中作家对白人至上的教育理念、面具型非裔美国人、兄弟会、激进民族主义、暴力与种族歧视以及作家职责等问题进行了深度思考和犀利分析，揭示了美国多元文化融合的实质。艾里森在小说的序曲和尾声部分讲述了“看不见的人”在城市地下的独居生活，凸显了他与集体历史的疏离感，因为都市的历史不应该只是正统的、官方的、国家层面的历史，更应该包含隐藏的、被压抑的、个体的“不成文的历史”。而“看不见的人”要追求的真理就是代表底层黑人书写的“不成文的历史”，它赞颂个体生命的自由价值，探索真正的主体身份，是对抗权力的个体叙事。

自20世纪五六十年代来以来，后现代主义思潮以夺人之势震慑了整个思想界。大都市作为经济现代化的主要场所、公共文化的集中产地和政治思想的角斗场，在文学与艺术中的再现也发生了剧变。詹明信提出了后现代艺术的文化政治使命，也就是在社会和空间层面投射一种全球性的“认知地图”。当今美国文坛最重要的后现代主义代表作家之一唐·德里罗在鸿篇巨制《地下世界》中就回应了詹明信提出的挑战。德里罗描绘了20世纪50—90年代冷战期间美国社会的全景图，力图揭示资本的内在逻辑及其催生的两极对立的空间和社会表征。一边是富裕的郊区，另一边是垃圾遍野的城市内城。一边是生活在城市地下世界的穷人，他们在全球化的浪潮中受尽苦难；另一边是城市的主宰者，掌握着跨国资本，将自己的成功建立在他人的苦难之上。德里罗在小说中通过蒙太奇手法、交错的历史序列，以及来自城市老居民和新居民的多种声音，展现了布朗克斯区的衰落，也体现了战后美国资本主义经济在城市中两极化发展的恶果。在另一位后现代主义大师保罗·奥斯特笔下，纽约是一座“玻璃城”，其典型特征是易碎性。奥斯特在小说中呈现了作为后现代都市的纽约的荒原景象，探讨了异化迷失感主导的城市境遇、流动身份的偶然性和随机性、语言符号的混沌与重建、城市人之间的“怪感”体验、城市漫步者的空间实践等主题，并且在小说中挖掘出后现代城市的本质，揭示了多变的城市景观在现实与想象、真实与虚无、记忆与幻觉之间那种既熟悉又陌生的“怪感”体验，进而在价值符号和生活意义之间脱节的情况下，在城市漫步者的内在私人空间里重建了一个具有救赎意义的世界。

通过梳理和分析20世纪美国文学中的城市形象，我们发现无论是自然主义作家笔下“弱肉强食”的都市丛林，还是现代主义作家塑造的喧嚣的都市幻想，无论非裔美国作家聚焦于种族意识的黑色都城，还是后现代主义作家描绘的多元异质城市社会文化空间和异化感主导的城市经验，与同时期的实体城市相比，它们都很难“真实”“完整”地呈现实体城市的全面风貌和历史经验。然而，在将城市文本化的过程中，作家在想象和真实的缝隙中构建的“文学中的城市”却为我们提供了将城市“概念化的方式”。一方面，不同时期诞生的文学文本和文化范式有助于我们捕捉历史和时间的变迁；另一方面，文学作品也能够保存和拯救那些已经毁灭、消失、沉寂和被掩埋的城市记忆，将城市恢复到人的尺度，引向知识的焦点，而这些知识体系又反过来决定我们思考城市的方式。

无论我们如何阅读和理解城市，在文明的历史长河中，城市已成为人类共同的命运。21世纪的今天，城市公共空间的日常功能被不断重塑，城市的历史记忆、社会价值和人文关怀也在不断书写。中国的城市化进程已经来到从量变到质变的节点上，城市必将与每个人的生活产生更加密切的关联。2020年春，《三联生活周刊》首次发起了“三联人文城市”的评选，此举旨在推动公众对城市公共性、人文性的关注，加强城市公共空间的审美、功能和权力意识的探讨，在后疫情时代重建人与人之间的交往和关联。作为中国媒体创办的首个建筑/城市评奖，这一活动对推动人文城市建设具有重要意义。虽然文学中的城市并不是真正的参评对象，但正如终审评委之一作家马伯庸所说，所谓人文城市，其关键在于人与城市的互动，以及城市中人与人的互动，而这些互动必然造就城市的不同故事，这些故事又赋予城市独特的人文气息。“诗意的栖居”不应当只是媒体和房地产商宣传的广告词，更应该成为我们从人文视角看待城市建筑空间、公共空间和居住空间的根本途径。20世纪美国文学中的城市形象或许在某种程度上已经丧失了其“现实意义”，毕竟在高度信息化、资本化的今天，人们看待城市的观念也是动态的、不断发展变化的。当城市的一座座建筑、街道、桥梁在建造、拆毁和重建中改变和塑造了城市的物理空间，而城市的人文空间和精神生活却有待充实时，那些关于城市的故事、城市人的故事，或许千篇一律，或许独属于某个历史和空间，但它们共同构建了城市的精神共同体，有助于我们解释过去、检验现在、构建未来，这或许就是研究“文学中的城市”的意义所在。

# 参考文献


阿兰·德波顿:《哲学的慰藉》，资中筠译，上海：上海译文出版社，2009年。

阿瑟·迈兹纳:《斯科特·菲茨杰拉德与20世纪20年代》，黄邦福译，见程锡麟《菲茨杰拉德研究文集》，南京：译林出版社，2014年。

爱德华·索亚:《关于后都市的六种话语》，张玫玫译，见汪民安等《城市文化读本》，北京：北京大学出版社，2008年。

安东尼·吉登斯:《资本主义、工业主义和社会转型》，胡宗泽等译，见汪民安等《现代性基本读本》，开封：河南大学出版社，2005年。

奥古斯丁:《上帝之城》，庄陶、陈维振译，上海：复旦大学出版社，2011年。

包亚明:《后大都市与文化研究》，上海：上海教育出版社，2005年。

—.《现代性与都市文化理论》，上海：上海社会科学院出版社，2008年。

保罗·奥斯特:《纽约三部曲》，文敏译，杭州：浙江文艺出版社，2012年。

陈后亮:《“被注视是一种危险”：论〈看不见的人〉中的白人凝视与种族

身份建构》，载《外国文学评论》，2018年第4期。

陈榕：《凝视》，见赵一凡等《西方文论关键词》，北京：外语教学与研究出版社，2006年。

陈世丹等：《美国后现代主义小说论》，北京：中国人民大学出版社，2019年。

陈晓兰：《二十世纪八九十年代英美都市文学研究一瞥》，载《外国文学动态》，2006年第6期。

陈晓明：《城市文学：无法现身的"大他者"》，见杨宏海《全球化语境下的当代都市文学》，北京：社会科学文献出版社，2007年。

陈永国：《视觉文化研究读本》，北京：北京大学出版社，2009年。

程锡麟等：《菲茨杰拉德学术史研究》，南京：译林出版社，2014年。

戴维·哈维：《现代性与现代主义》，阎嘉译，见汪民安等《现代性基本读本》。

德莱塞：《嘉莉妹妹》，潘庆舲译，北京：人民文学出版社，2015年。

董衡巽等：《美国文学简史》，北京：人民文学出版社，1986年。

菲茨杰拉德：《崩溃》，黄昱宁、包慧怡译，上海：上海译文出版社，2016年。

—.《了不起的盖茨比》，巫宁坤译，上海：上海译文出版社，2009年。

—.《人间天堂》，吴建国译，北京：人民文学出版社，2017年。

弗兰克·莫特：《消费文化：20世纪后期英国男性气质和社会空间》，南京：南京大学出版社，2001年。

弗朗西斯·克尔：《感觉"半女性化"：〈了不起的盖茨比〉中的现代主义与情感政治》，黄邦福译，见程锡麟《菲茨杰拉德研究文集》。

弗雷德里克·杰姆逊：《后现代主义与文化理论》，唐小兵译，北京：北京大学出版社，1997年。

弗雷德里克·詹明信：《晚期资本主义的文化逻辑》，张旭东编，陈清侨等译，北京：生活·读书·新知三联书店，1997年。

弗洛伊德：《论自恋：导论》，见《弗洛伊德著作选》，贺明明译，成都：四川人民出版社，1986年。

福柯：《空间、知识、权力》，见包亚明《后现代性与地理学的政治》，上海：上海教育出版社，2001年。

高奋：《〈了不起的盖茨比〉：美国大都市的文化标志》，载《广东社会科学》，2018年第6期。

格奥尔格·西美尔：《大都会与精神生活》，见汪民安等《城市文化读本》。

—.《货币哲学》，陈戎女等译，北京：华夏出版社，2018年。

—.《时尚的哲学》，费勇译，北京：文化艺术出版社，2001年。

黄卫峰：《哈莱姆文艺复兴研究》，北京：外语教学与研究出版社，2007年。

J. D.亨特：《文化战争：定义美国的一场奋斗》，安获等译校，北京：中国社会科学出版社，2000年。

吉奥乔·阿甘本：《幼年与历史：经验的毁灭》，尹星译，陈永国校，郑州：河南大学出版社，2011年。

加里·布里奇等：《城市公众空间综览》，唐伟译，见汪民安等《城市文化读本》。

杰西·祖巴：《纽约文学地图》，薛玉凤、康天峰译，上海：上海交通大学出版社，2011年。

金衡山：《欲望之城与效率的选择：城市的逻辑——〈嘉莉妹妹〉中的城市含义剖析》，见《国外文学》，2018年第2期。

居伊·德波:《景观社会》，张新木译，南京：南京大学出版社，2017年。

卡夫卡:《卡夫卡全集》第六卷，叶廷芳主编，洪天富等译，石家庄：河北教育出版社，1995年。

卡伦·雅各布:《对映的两面镜子：弗洛伊德、布朗肖和不可见性逻辑》，尹晶译，见陈永国《视觉文化研究读本》。

克瑞珊·库玛:《现代化与工业化》，陈永国译，见汪民安等编《现代性基本读本》。

拉尔夫·艾里森:《看不见的人》，任绍曾等译，上海：上海文艺出版社，2014年。

莱昂内尔·特里林:《F. 斯科特·菲茨杰拉德》，孙薇译，见程锡麟《菲茨杰拉德研究文集》。

李金云:《保罗·奥斯特小说研究》，武汉：武汉大学出版社，2016年。

理查德·利罕:《文学中的城市：知识与文化的历史》，吴子枫译，上海：上海人民出版社，2009年。

刘小枫:《金钱、性别、生活感觉》，见西美尔《货币哲学》。

刘英:《文如其城——约翰·多斯·帕索斯〈曼哈顿中转站〉空间叙事的背后逻辑》，载《国外文学》，2017年第3期。

路易·沃斯:《作为一种生活方式的都市主义》，见汪民安等《城市文化读本》。

罗钢、刘象愚:《文化研究读本》，北京：中国社会科学出版社，2000年。

罗钢、王中忱:《消费文化读本》，北京：中国社会科学出版社，2003年。

罗兰·巴特:《流行体系：符号学与服饰符码》，敖军译，上海：上海人民出版社，2000年。

—.《神话：大众文化诠释》，许蔷蔷、许绮玲译，上海：上海人民出版社，1999年。

罗念生:《论古希腊悲剧》，北京：中国戏剧出版社，1985年。

马尔科姆·考利:《菲茨杰拉德：金钱的罗曼史》，孙薇译，见程锡麟《菲茨杰拉德研究文集》。

马克思、恩格斯:《马克思恩格斯选集》第一卷、第四卷，北京：人民出版社，1973年。

马克斯·韦伯:《官僚制》，周颖译，见汪民安等《现代性基本读本》。

马里厄斯·比利:《菲茨杰拉德对美国的批判》，陈爱华译，见程锡麟《菲茨杰拉德研究文集》。

马泰·卡林内斯库:《现代性的五副面孔：现代主义、先锋派、颓废、媚俗艺术、后现代主义》，顾爱斌、李瑞华译，北京：商务印书馆，2002年。

马歇尔·伯曼:《一切坚固的东西都烟消云散了》，徐大建、张辑译，北京：商务印书馆，2003年。

玛丽·凯利:《形象欲望化/欲望形象化》，都岚岚译，见陈永国《视觉文化研究读本》。

米卡·娜娃:《现代性所拒不承认的：女性、城市和百货公司》，严蓓雯译，见罗钢、王中忱《消费文化读本》。

米米·谢勒尔、约翰·厄里:《城市与汽车》，见汪民安等《城市文化读本》。

米歇尔·德·塞都:《城中漫步》，苏蘉译，见汪民安等《城市文化读本》。

欧内斯特·海明威:《流动的盛宴》，汤永宽译，上海：上海译文出版社，2016年。

庞好农:《非裔美国文学史1619—2010》，北京：中央编译出版社，2013年。

—.《精神分析视域下的性恶书写：评赖特〈住在地下的人〉》，载《西安外语大学学报》，2013年第1期。

彭刚:《叙事、虚构与历史：海登·怀特与当代西方历史哲学的转型》，载《历史研究》，2006年第3期。

让·鲍德里亚:《符号政治经济学批判》，夏莹译，南京：南京大学出版，2009年。

让·波德里亚:《象征交换与死亡》，车槿山译，南京：译林出版社，2006年。

—.《消费社会》，刘成富、全志钢译，南京：南京大学出版社，2014年。

芮塔·菲尔斯基:《现代性的性别》，陈琳译，南京：南京大学出版社，2020年。

赛·卡恩:《〈人间天堂〉：幻灭的盛典》，秦苏钰译，见程锡麟《菲茨杰拉德研究文集》。

沙朗·佐京:《谁的文化？谁的城市？》，见包亚明《后大都市与文化研究》。

莎士比亚:《莎士比亚全集》第八卷，朱生豪译，北京：人民文学出版社，1979年。

斯宾诺莎:《知性改进论》，贺麟译，北京：商务印书馆，1986年。

斯图亚特·霍尔:《文化身份与族裔散居》，陈永国译，见罗钢、刘象愚《文化研究读本》。

谭慧娟等:《美国非裔作家论》，上海：上海教育出版社，2016年。

唐·德里罗:《地下世界》，严忠志译，南京：译林出版社，2013年。

瓦尔特·本雅明:《发达资本主义时代的抒情诗人》，张旭东、魏文生译，北京：生活·读书·新知三联书店，2007年。

—.《启迪：本雅明文选》，汉娜·阿伦特编，张旭东等译，北京：生活·读书·新知三联书店，2008年。

汪民安等：《城市文化读本》，北京：北京大学出版社，2008年。

—.《现代性》，南京：南京大学出版社，2020年。

—.《文化研究关键词》，南京：江苏人民出版社，2006年。

王家湘：《20世纪美国黑人小说史》，南京：译林出版社，2006年。

王琳：《美国城市文学地图：以纽约、芝加哥和洛杉矶为中心》，北京：中国社会科学出版社，2018年。

王旭：《美国城市发展模式：从城市化到大都市区化》，北京：清华大学出版社，2006年。

威·艾·柏·杜波依斯：《黑人的灵魂》，维群译，北京：人民文学出版社，1959年。

威廉·特洛伊：《斯科特·菲茨杰拉德——失败的权威》，孙薇译，见程锡麟《菲茨杰拉德研究文集》。

沃尔特·惠特曼：《草叶集》，赵萝蕤译，上海：上海译文出版社，1991年。

夏尔·波德莱尔：《波德莱尔美学论文选》，郭宏安译，北京：人民文学出版社，1987年。

—.《恶之花　巴黎的忧郁》，郭宏安译，上海：上海人民出版社，2008年。

雅克·德里达：《书写与差异》，张宁译，北京：生活·读书·新知三联书店，2001年。

仰海峰：《时尚、身体与拜物教》，载《江苏社会科学》，2013年第4期。

—.《“物”的分析：从马克思、海德格尔到鲍德里亚》，载《东岳论丛》，2004年第2期。

伊塔洛·卡尔维诺:《看不见的城市》，张宓译，南京：译林出版社，2006年。

伊万·伊里奇:《城市的垃圾，城市的气息，死尸的气味，没有臭味的理想城市》，朱晋斌译，见汪民安等《城市文化读本》。

于连·沃尔夫莱:《批评关键词：文学与文化理论》，陈永国译，北京：北京大学出版社，2015年。

虞建华:《什么是"迷惘的一代"文学》，上海：上海外语教育出版社，2013年。

约翰·拉塞尔:《现代艺术的意义》，常宁生等译，北京：中国人民大学出版社，2003年。

詹姆斯·E. 米勒:《菲茨杰拉德的〈盖茨比〉：灰谷般的世界》，孙薇译，见程锡麟《菲茨杰拉德研究文集》。

詹姆斯·乔伊斯:《尤利西斯》，萧乾、文洁若译，南京：译林出版社，1994年。

周春:《美国黑人文学批评研究》，上海：上海人民出版社，2016年。

周敏:《德里罗〈地下世界〉的文化解读》，载《外国文学》，2009年第2期。

—.《〈地下世界〉的"垃圾"美学》，载《国外文学》，2012年第1期。

周晓琳、刘玉平:《中国古代城市文学史》，北京：人民出版社，2013年。

朱梅:《〈地下世界〉与后冷战时代美国的生态非正义性》，载《外国文学评论》，2010年第1期。

朱荣华:《唐·德里罗小说中的技术与主体性》，载《当代外语研究》，2013年第4期。

朱振武:《生态伦理危机下的城市移民"嘉莉妹妹"》，载《外国文学研究》，2006年第3期。

Abbott, Carl. *Urban America in the Modern Age, 1920 to the Present*. Arlington Heights: Halan Davidson, 1987.

Agamben, Giorgio. *Infancy and History: Essays on the Destruction of Experience*. London and New York: Verso, 1993.

Auster, Paul. *Collected Prose*. London: Faber & Faber, 2003.

—. *The Art of Hunger: Essays, Prefaces, Interviews*. London and New York: Penguin, 2001.

—. *The Invention of Solitude*. London: Faber& Faber, 1988.

—. *The New York Trilogy*. London: Penguin, 2006.

Baldwin, James. *Collected Essays*. New York: The Library of America, 1998.

—. *If Beale Street Could Talk*. New York: Dial, 1974.

—. "The Harlem Ghetto: Winter 1948". *Commentary*. 5. 2, 1948.

—. "The Language of the Streets". *Literature and the Urban Experience: Essays on the City and Literature*. New Brunswick: Rutgers University Press, 1981.

Balshaw, Maria. *Looking for Harlem: Urban Aesthetics in African American Literature*. London: Pluto Press, 2000.

Barksdale, Richard L. and Keneth Kinnamon. *Black Writers of America: A Comprehensive Anthology*. New York: Macmillan, 1972.

Barthes, Roland. "Semiology and the Urban". *Rethinking Architecture*. N. Leach, ed. London: Routledge, 1997.

Baudrillard, Jean. *America*. Chris Turner trans. London: Verso, 1988.

—. *Symbolic Exchange and Death*. Mike Hamilton Green trans. London: Sage, 1997.

Bellow, Saul. *Humboldt's Gift*. New York: Viking Press, 1975.

Benjamin, Walter. *Illuminations*. Harry Zohn trans. New York: Schocken Books, 1968.

—. «Paris, die Stadtim Spiegel», in *Gesammelte Schriften*, R. Tiedemann and H. Schweppenhäuser eds. Frankfurt: Suhrkamp, 1974.

—. *Walter Benjamin: Selected Writings 1938-1940*. Boston: Harvard University Press, 2003.

Berman, Marshall. *All That Is Solid Melts into Air: The Experience of Modernity*. New York: Penguin, 1988.

Berman, Ronald. *"The Great Gatsby" and Fitzgerald's World of Ideas*. Tuscaloosa: University of Alabama Press, 1997.

Beville, Maria. "Zones of Uncanny Spectrality: The City in Postmodern Literature". *English Studies*. 94. 5, 2013.

Bloom, Harold. *Bloom's Modern Critical Views: F. Scott Fitzgerald*. New York: Chelsea House, 2006.

Bowlby, Rachel. *Just Looking: Consumer Culture in Dreiser, Gissing and Zola*. New York and London: Methuen, 1985.

Bradbury, Malcolm and James McFarlane. *Modernism 1890-1930*. Harmondsworth: Penguin, 1976.

Brevda, William. "How do I Get to Broadway? Reading Dos Passos's *Manhattan Transfer* Sign". *Texas Studies in Literature and Language*. 38. 1, 1996.

Brooker, Peter. *New York Fictions: Modernity, Postmodernism, The New Modern*. London and New York: Longman, 1996.

Brown, Mark. *Paul Auster*. Manchester: Manchester University Press, 2007.

Bryer, Jackson R. *F. Scott Fitzgerald: The Critical Reception*. New York: Burt Franklin, 1978.

Campbell, Colin. *The Romantic Ethic and the Spirit of Modern Consumerism*. Oxford:

Basil Blackwell, 1987.

Chamberlain, John. *A Life with the Printed Word.* Murphys: Gateway Books, 1982.

Charney, Maurice. "James Baldwin's Quarrel with Richard Wright". *American Quarterly*. 15. 1, Spring, 1963.

Citron, Pierre. *La Poésie de Paris dans la littératurefrançaise e Rousseau à Baudelaire*, vol. II. Paris: Éditions de Minuit, 1961.

Crang, Mike. *Cultural Geography*. London: Routledge, 1998.

Davis, Aruthur P. "The Harlem of Langston Hughes' Poetry". *Phylon.* 13. 4, 1952.

Debord, Guy. *Society of the Spectacle*. Detroit: Black and Red, 1983.

Deleuze, Gilles, and Felix Guattari. *Anti-Oedipus: Capitalism and Schizophrenia*. Robert Hurley et al. trans. Minneapolis: University of Minnesota Press, 1983.

Dellilo, Don. *Underworld: A Novel.* New York: Scribner, 1997.

Dreiser, Theodore. *Sister Carrie*. Donald Pizer ed. New York and London: Norton, 2006.

Duvall, John. *Don Dellio's Underworld: A Reader's Guide.* New York and London: Gontinuum, 2002.

Eckman, John. "Confronting Modernity: Urbanization and American Fiction, 1880-1930". Dissertation. University of Washington, 1998.

Ellison, Ralph. "Going to the Territory". In *Going to the Territory.* New York: Vintage, 1986.

—. *Invisible Man*. New York: Vintage, 1995.

Espejo, Ramón. "Coping with the postmodern: Paul Auster's New York Trilogy". *Journal of American Studies*. 48.1, 2014.

Fabre, Michel. "Richard Wright: The Man Who lived Underground". *Studies in the Novel.* 51. 1, Spring, 2019.

Fishman, Robert. "Revolt of the Urbs: Robert Moses and His Critics". In *Robert Moses and the Modern City: The Transformation of New York*. Hilary Ballon and Kenneth T. Jackson ed. New York: Norton, 2007.

Fitzgerald, F. Scott. *The Great Gatsby*. London and New York: Scribner, 2004.

Friedberg, Anne. *Window Shopping: Cinema and the Postmodern*. Berkeley: University of California Press, 1993.

Fussell, Edwin. "Fitzgerald's Brave New World". In *F. Scott Fitzgerald: A Collection of Critical Essays*. Arthur Mizener ed. Englewood Cliffs: Prentice-Hall, 1963.

Gelfant, Blanche Houseman. *The American City Novel.* Norman: University of Oklahoma Press,1970.

Geyh, Paula E. "From Cities of Things to Cities of Signs: Urban Spaces and Urban Subjects in 'Sister Carrie' and 'Manhattan Transfer'". *Twentieth Century Literature*. 52. 4, Winter, 2006.

Giles, James R. "The City Novel". In *A Companion to Twentieth-Century United States Fiction.* David Seed ed. NJ: Wiley-Blackwell, 2010.

Guichardet, Jeannine. *Balzac,* «archéologue de Paris», Geneva: Slatkine Reprints, 1999.

Halldorson, Stephanie S. *The Hero in Contemporary American Fiction: The Works of Saul Bellow and Don DeLillo*. New York: Palgrave Macmillan, 2007.

Harvey, David. "Voodoo Cities". *New Statesman & Soeiety.* 1.17, 1988.

Hauser, Arnold. *The Social History of Art*. London: Routledge and Kegan Paul, 1951.

Hegeman, Susan. "U. S. Modernism". In *A Companion to Twentieth-Century United States Fiction.*

Heise, Thomas. *Urban Underworld: A Geography of Twentieth-Century American Literature and Culture*. Piscataway: Rutgers University Press, 2010.

Hook, Andrew, and David Seed. "John Dos Passos". In *A Companion to Twentieth-Century United States Fiction*.

Hughes, Langston. *Selected Poems of Langston Hughes*. New York: Vintage Classics, 1990.

—. "The Negro Artist and the Racial Mountain". In *African American Literary Criticism, 1773 to 2000*. H. A. Ervin ed. New York: Twayne, 1999.

Hutchisson, James M. *Conversations with Paul Auster*. Jackson: University Press of Mississippi, 2013.

Jameson, Fredric. "Cognitive Mapping". In *Marxism and the Interpretation of Culture*. C. Nelson and L. Grossberg ed. Champaign: University of Illinois Press, 1990.

—. *Postmodernism, or, the Cultural Logic of Late Capitalism*. New York: Verso. 1991.

Jaye, Michael C., and Ann Chalmers Watts. *Literature and the American Urban Experience Essays on the City and Literature*. Manchester: Manchester University Press, 1981.

Jenckes, Kate. *Reading Borges after Benjamin, Allegory, Afterlife and the Writing of History*. Albany: State University of New York Press, 2007.

Johnson, James Weldon. "Harlem: The Cultural Capital". In *The New Negro*. Alain Locke ed. New York: Macmillan, 1968.

Kazin, Alfred. "New York from Melville and Mailer". *Literature and the Urban Experience: Essays on the City and Literature*. Michael C. Jaye and Ann Chalmers Watts eds. New Brunswick: Rutgers University Press, 1981.

Keller, Susan. "Compact Resistance: Public Powdering and Flânerie in the Modern City". *Women's Studies: An Inter-disciplinary Journal*, 40. 3. 2011.

Keunen, Bart, and Bart Eeckhout. "Whatever Happened to the Urban Novel? New

Perspectives for Literary Urban Studies in the Era of Postmodern Culture". In *Postmodern New York City: Transfiguring Spaces*. Günter H. Lenz and Utz Riese ed. Heidelberg: University of Heidelberg Press, 2003.

Kirkegaard, Peter. "Cities, Signs, and Meaning in Walter Benjamin and Paul Auster, or: never sure of any of it". *Orbis Litterarum*, 48. 2, 1993.

Lears, Jackson. "Dreiser and the History of American Longing". In *The Cambridge Companion to Theodore Dreiser*. Leonard Cassuto and Clare V. Eby ed. Combridge: Cambridge University Press, 2004.

Lefebvre, Henri. *The Production of Space*. Donald Nicholson-Smith trans. Oxford: Blackwell, 1991.

Lehan, Richard. *The City in Literature: An Intellectual and Cultural History*. Berkley: University of California Press, 1998.

Lenz, Gunter H. *Mapping Postmodern New York City: Reconfiguring Urban Space, Metropolitan Culture and Urban Fiction*. Heidelberg: University of Heidelberg Press, 2003.

Lindner, Christoph. *Imagining New York City: Literature, Urbanism and the Visual Arts, 1890-1940*. New York: Oxford University Press, 2015.

Locke, Alain "The New Negro". In *The New Negro*.

Madsen, Michael. "No More'n a Needle in a Haystack: The City as Style and Destructive Underworld in John Dos Passos' Manhattan Transfer". *Nordic Journal of English Studies*. 9, 1, 2010.

Maney, J. Bret. "'A Bit of Ashes in Their Hands': The Dysphoria of Success in Sister Carrie". *Studies in American Naturalism*. 13. 1, 2018.

Maine, Barry. *John Dos Passos: The Critical Heritage*. London and New York:

Routledge, 1988.

Marchand, Roland. *Advertising the American Dream: Making Way for Modernity, 1920-1940*. Berkeley: University of California Press, 1985.

Margolies, Edward. *New York and the Literary Imagination. The City in Twentieth Century Fiction and Drama*. Jefferson: McFarland, 2008.

Martin, Brendan. *Paul Auster's Postmodernity*. London: Routledge, 2008.

Marx, Karl. *The Economic and Philosophic Manuscripts of 1844*. New York: International Publishers, [1932]1964.

Massey, Doreen. *City Worlds*. London: Routledge, 1999.

Massey, Douglas S., and Nancy A. Denton. *American Apartheid: Segregation and the Making of the Underclass*. Cambridge: Harvard University Press, 1993.

May, V. M. "Ambivalent Narratives, Fragmented Selves: Performative Identities and the Mutability of Roles in James Baldwin's Go Tell It on the Mountain". In *New Essays on Go Tell It on the Mountain*. T. Harris ed. Beijing: Peking University Press, 2007.

McGuigan, Jim. *Modernity and Postmodern Culture*. Maidenhead: Open University Press, 2006.

McKay, Claude. *Harlem: Negro Metropolis*. New York: E. P. Duton, 1940.

—. *Home to Harlem*. Boston: Northeastern University Press, 1987.

McNamara, Kevin R. *The Cambridge Companion to the City in Literature*. New York: Cambridge University Press, 2014.

Michaels, Walter Benn. *The Gold Standard and the Logic of Naturalism: American Literature at the Turn of the Century*. Berkeley: University of California Press, 1987.

Moers, Ellen. *Two Dreiser*. New York: Viking, 1969.

Moss, Maria. "Writing as a Deeper Form of Concentration: An Interview with Don DeLillo". *Sources: revue d'etudes anglophones.* 1.6, Spring, 1999.

Myrdal, Gunnar. *An American Dilemma: The Negro Problem and Modern Democracy.* New Brunswick: Transaction, 1996.

Oates, Joyce Carol. "Imaginary Cities: America". In *Literature and the Urban Experience: Essays on the City and Literature.* Michael C. Jaye and Ann Chalmers Watts eds. New Brunswick: Rutgers University Press, 1981.

Park, R. E., and E. W. Burggess. *The City.* Chicago: The Chicago University Press, 1967.

Parsons, Deborah. *Streetwalking the Metropolis: Woman, the City and Modernity.* Oxford: Oxford University Press, 2000.

Passos, John Dos. *Manhattan Transfer.* New York: Vintage, 2021.

Pike, Burton. *The Image of the City in Modern Literature*. Princeton: Princeton University Press, 1981.

Pike, David L. "Underworld and the Architecture of Urban Space". In *Don Dellio*, Stacey Olster ed. New York: Continuum, 2011.

—. "Urban Nightmares and Future Visions: Life beneath New York". *Wide Angle*. 20. 4, 1998.

—. *Subterranean Cities: The World beneath Paris and London, 1800-1945.* Ithaca: Cornell University Press, 2005.

Piper, Henry Dan. *Fitzgerald's "The Great Gatsby": The Novel, The Critics, The Background*. New York: Scribner, 1970.

Pizer, Donald. "Introduction to New Essays on *Sister Carrie*". In *Sister Carrie*, Donald Pizer ed. New York: Cambridge University Press, 1991.

Portes, Alejandro, and Saskia Sassen-Koob. "Making It Underground: Comparative Material on the Informal Sector in Western Market Economies". *American Journal of Sociology*. 93. 1, 1987.

Powell Jr., Adam Clayton. "Powell Says Rents Too High". In *Harlem on My Mind*, Allon Schoener ed. New York: New York Press, 1995.

Rapport, Nigel, and Andrew Dawson. *Migrants of Identity*. Oxford: Berg, 1998.

Reekie, Gail. *Temptations: Sex, Selling, and the Department Store.* Sydney: Allen and Unwin, 1993.

Reichardt, Ulfried. "Counting Success and Measuring Value: Money, Numbers, and Abstraction in Theodore Dreiser's Sister Carrie". *Studies in American Naturalism.* 12. 1, 2017.

Rhys, Jean. *Good Morning, Midnight.* London: Penguin, 2000.

Serafin, Steven R., and Alfred Bendixen. *The Continuum Encyclopedia of American Literature.* London: A&C Black, 2005.

Simmel, Georg. "The Metropolis and Mental Life". In *Simmel on Culture: Selected Writings.* David Frisby and Mike Featherstone eds. London and Delhi: Sage, 1997.

Soja, Edward W. *Postmetropolis: Critical Studies of Cities and Regions*. Oxford: Blackwell, 2000.

Sorapure, Madeleine. "The Detective and the Author: City of Glass". In *Beyond the Red Notebook*, Dennis Barone ed. Philadelphia: University of Pennsylvania Press, 1995.

Stein, Gertrude. *Paris France.* London: Peter Owen, 2003.

Tocqueville, Alexis de. *Democracy in America*. Henry Reeve trans. Hertfordshire: Wordsworth Classics, 1998.

Tuan, Yi-Fu. *Space and Place: The Perspective of Experience*. Minneapolis: University of Minnesota Press, 1977.

Valéry, Paul. *Monsieur Teste*. J. Matthews trans. New York: Alfred A. Knopf, 1948.

Wagner, Linda Welshimer. *Dos Passos: Artist as American*. Austin: University of Texas Press, 1979.

Weatherby, H., and George Core. *Place in American Fiction: Excursions and Explorations*. Columbia: University of Missouri Press, 2005.

Weber, Daniel B. "Metropolitan Freedom and Restraint in Ellison's 'Invisible Man'". *College Literature*. 12. 2, Spring, 1985.

West, James L. W., III. "Editorial Principles". In *Sister Carrie: The Pennsylvania Edition*. John C. Berkey et al. ed. Philadelphia: University of Pennsylvania Press, 1981.

West, Thomas Reed. *Flesh of Steel: Literature and the Machine in American Culture*. Nashville: Vanderbilt University Press, 1967.

William Dow. "John Dos Passos, Blaise Cendrars, and the 'Other' Modernism". *Twentieth Century Literature*. 42. 3, Autumn, 1996.

Williams, Raymond. *Keywords: A Vocabulary of Culture and Society*. New York: Oxford University Press, 1976.

—. "The City and the World". *Royal Institute of British Architects Journal*. 8. 80, 1973.

—. *The Country and the City*. New York: Oxford University Press, 1973.

Wilson, Elizabeth. *Adorned in Dreams: Fashion and Modernity*. London: Virago, 1985.

—. "The Invisible Flâneur". *New Left Review*. 1. 191, 1992.

Wirth-Nesher, Hana. *City Codes: Reading the Modern Urban Novel*. New York: Cambridge University Press, 1996.

Wolff, Janet. "The Invisible Flâneuse: Women and the Literature of Modernity". *Theory,*

*Culture and Society.* 2. 3, 1985.

Woodward, Ian. *Understanding Material Culture*. London and Delhi: Sage, 2007.

Wright, Richard. "The Literature of the Negro in the United States". In *White Man, Listen!* New York: Doubleday, 1957.

—. "The Man Who Lived Underground". In *Eight Man.* New York: Thunder's Mouth Press, 1987.

Zlotnick, Joan. *Portrait of an American City the Novelists' New York.* New York and London: Kennikat Press, 1982.

Zorbaugh, Harvey Warren. *Gold Coast and the Slum: A Sociological Study of Chicago's North Side.* Chicago: The University of Chicago Press, 1929.

# 后　记

2013年，我在北京外国语大学金莉教授指导下结束了两年的博士后学习，入职中国人民大学外国语学院大学英语部工作，至今整整10年。2015年，我的以《女性城市书写：20世纪英国女性小说中的现代性经验研究》为题的研究报告出版。事实上，在清华大学攻读博士学位时，我就对20世纪的现代主义文学文化产生了浓厚兴趣，而城市文学又是再现这种文化的主要媒介。如果说20世纪是人类历史发生断裂性变革的时期，那么，城市文学就是反映这一剧变的中心舞台。然而，对于一个非本土研究者来说，阅读这个时期的城市书写，就必须从想象与现实的缝隙中发掘记忆中不可见的城市形象，展现那些不为历史记载、无法用数字统计的“看不见的城市”，以及淹没在无意识之中的人的城市经验。2015年国家社科基金项目申报时，我毅然把眼光投向了更熟悉的美国城市文学。或许得益于在此领域的一些初步积累，我的研究课题顺利获得了国家社科基金青年项目立项。

2016年，二女儿的降生给我的生活带来了翻天覆地的变化。说来惭愧，抚养两个幼女的重担、繁重教学工作的挑战渐渐成为我在科研方面懈怠的理由，也让我一度在此项目上停滞不前。但值得庆幸的是，在最艰难的时刻，自己终究没有放弃，在家人的鼎力支持下，我终于在2021年9月完成了这一项目。那一年，我的大女儿已经是一名小学生了。

如今，这份研究成果有幸入选北京外国语大学王佐良高等文学研究院“外国文学研究丛书”，我倍感兴奋。读着熟悉的文字，回首哄女儿入睡后挑灯夜战的日子，不免感触良多，但最主要的是，此书的出版似乎给我的未来指明了方向，与其举棋不定、踌躇不前，不如回归初心、砥砺前行！

本书得以出版，与两位恩师陈永国教授和金莉教授一如既往的支持和鼓励是分不开的。我仰望他们的为人和学术成就，更将他们的教导铭记于心。本书在申报和结项期间也得到了人大外院时任科研秘书夏苗老师和董宇琪老师的帮助，以及学院领导和同事的鼓励，特此致谢。感谢外研社编辑的认真负责，使得本书以更加严谨的面貌呈现给读者。

然治学问道，百密一疏。城市文学，浩浩烟海，难免疏漏。在此恳请学界专家不吝赐教，更期待道同者深度交流。

尹　星

2023年4月18日于北京家中